MARKUS HEITZ

ENERGIJA

ROMAN

Die Zitate von Werner Heisenberg sind entnommen aus:
Heisenberg, Werner: Physik und Philosophie. Stuttgart: Hirzel, 1959

Besuchen Sie uns im Internet:
www.knaur.de
Facebook: https://www.facebook.com/KnaurFantasy/
Instagram: @KnaurFantasy

Originalausgabe August 2019
Knaur Taschenbuch
© 2019 Knaur Verlag
Ein Imprint der Verlagsgruppe
Droemer Knaur GmbH & Co. KG, München
Alle Rechte vorbehalten. Das Werk darf – auch teilweise – nur mit
Genehmigung des Verlags wiedergegeben werden.
Ein Projekt der AVA international GmbH
Autoren- und Verlagsagentur, Herrsching
www.ava-international.de
Redaktion: Hanka Leo
Covergestaltung: Isabella Materne
Coverabbildung: Shutterstock.com/Nejron Photo,
BackgroundStore, August_0802, science photo
Satz: Adobe InDesign im Verlag
Druck und Bindung: GGP Media GmbH, Pößneck
ISBN 978-3-426-52462-6

2 4 5 3 1

Wenn Sie erfahren wollen, welche tödliche Entdeckung die Hackerin Suna Levent macht, lesen Sie von Beginn an.

Wenn Sie den Professor Sergej Nikitin warnen wollen, beginnen Sie auf Seite 22.

INTRO

DEUTSCHLAND, FRANKFURT AM MAIN, SPÄTSOMMER

Der Vorteil an der Frankfurter Freßgass war, dass sich niemand über Menschen in einem Café wunderte, die zwei Smartphones, einen Tabletcomputer und einen Laptop auf dem Tischchen deponierten. Im Schatten der Banktürme gehörte es zum Alltagsbild.

Auch die Bluetooth-Spracheinrichtung im rechten Ohr von Suna Levent war in Mainhattan normal. Sie lauschte den Dankesworten ihres Gesprächsteilnehmers, der Aberhunderte Kilometer entfernt in seinem Büro saß und via Internet über eine sichere Leitung auf Englisch mit ihr redete, während sie die braunen Augen wechselweise auf die Displays richtete. Der gravierende Unterschied zu anderen Leuten in Frankfurt bestand darin, dass es in diesem Gespräch nicht um Bankgeschäfte ging.

»Um es nochmals zu betonen: bester Stoff, den Sie geschickt haben«, sagte der Mann.

Suna grinste. »Habe ich Ihnen doch gesagt, Takahashi-san.«

Die junge Deutschtürkin, der man ihre Volljährigkeit zu ihrem eigenen Bedauern nicht ansah, nippte an ihrem schwarzen Kaffee, in den sie Kardamom, Zimt, Nelken, Pfeffer, Piment und Muskatnuss gestreut hatte. Sie führte die Gewürze stets mit sich.

»Wie sind Sie da rangekommen, Miss Levent?«

»Hat lange gedauert, bis ich einen Hersteller dafür fand.« Suna beobachtete die Anzeigen, auf denen beständig neue Infos aus dem Internet und dem Darknet erschienen. In ihrem Anzug und dem weißen Hemd mit dem locker gebundenen Schlips wirkte sie wie eine Praktikantin eines Investmentbüros. Die abgeranzten Sneakers brachen das Bild jedoch. »Verraten Sie mir: Was hat am meisten geknallt?«

»Bei mir oder meinen Freunden?«

»Beides. Damit ich weiß, was ich Ihnen als Nächstes schicken kann.«

»Waldmeister«, lautete die Antwort. »Auch das Toffee-Salzkaramell war extrem gut. So was wie Ihre Schaumküsse findet man in Tokio nicht.«

»Immer wieder eine Freude. Sie sehen, ich lege das Geld aus dem Stipendium Ihrer Stiftung gut an. Die kleine Firma fertigt die besten an. Ich mag die mit flüssigem Kern am liebsten.« Suna lehnte sich vor, öffnete ein Befehlsfenster und änderte den Suchalgorithmus von einem ihrer selbst geschriebenen Stöberprogramme. Dieses nannte sie *Akilli ihtiyar,* nach einem türkischen Märchen. »Ich habe ein paar Neuigkeiten für Sie, Takahashi-san.«

»Oh, sehr gut.«

»Die Berichte sende ich Ihnen vom neuen Spot, also in etwa« – Suna blickte auf die eingeblendete Uhr – »einer halben Stunde. Aber ich wollte schon mal sagen, dass ich meine Schätzchen verbessert habe.« Stolz schwang in ihrer Stimme mit.

»Könnten Sie das ausführen?«

»Sagen wir, ich komme jetzt in die Chatverläufe nicht weniger Kommunikationsanbieter und lasse dort nach Ihren Stichworten suchen. Inland und Ausland. Und auch Videoverbindungen, wobei die Spracherkennung bei der Auswertung noch Schwierigkeiten macht. Je nach Sprache.« Suna trank vom Kaffee und gab zwei weitere Stück Zucker hinein. Wie gerne hätte sie einen Vanilleschaumkuss gegessen. *Mit flüssigem Kern.* »Aber es funktioniert nicht schlecht. Die Filter reagieren inzwischen auf Ark, Arkus, Meteoritgestein, Particulae und Particula, Tür, Durchgang und die anderen Parameter, die ich von Ihnen bekommen habe, Takahashi-san.«

Suna wusste, dass ihr Tun hochgradig illegal war: das Ausspionieren von digitaler Kommunikation, wie es die CIA, der MI6, das chinesische Ministerium für Staatssicherheit, der FSB und so ziemlich jeder Geheimdienst der Welt tat. Sunas Software trojanerte sich in legale und illegale Behörden, suchte mit deren Rechnerfarmen nach den vorgegebenen Schlagworten und prüfte im nächsten Schritt autonom, ob sie miteinander in Beziehung standen.

Dafür bekam Suna als Lohn ein sogenanntes Stipendium von der Kadoguchi-Stiftung, offiziell für ihr Studium. Bei zehntausend Euro pro Monat ein schönes Sümmchen, plus Gratifikationen bei zusätzlichen Leistungen. Steuerfrei.

Suna betrachtete es als Testlauf ihrer Software, die später Behörden und illegale Rechnerzentren von Regierungen nutzen würden. Abgesehen davon klangen die Suchworte Türen, Meteoriten, Ark, Particulae weder gefährlich noch terroristisch. Mehr nach Esoterikspinnern und niedlichen Weltverschwörern.

»Ich bin auf eine Sache im CERN gestoßen, Takahashi-san.« Suna vergrößerte die Anzeige, um sie besser lesen zu können. »Sie wissen, was das europäische Forschungszentrum in der Schweiz macht?«

»Sicherlich, Miss Levent. Physikalische Grundlagenforschung auf allerhöchstem Niveau.« Takahashi klang angespannt. »Der Unfall?«

»Ja. Nur dass es womöglich *kein* Unfall war. Jemand schreibt in einem Chat, dass es unverantwortlich gewesen sei, das *Fragment* mit Teilchen zu beschießen, ohne die Beteiligten in der Anlage zu warnen.« Suna überflog den Nachrichtenverlauf. »Die erwartete Detonation des Particula sei glimpflich verlaufen. Der andere Teilnehmer des Chats wiederum geht von Sabotage aus.«

»Sehr gut, Miss Levent! Bitte alle Details dazu an uns. Was noch?«

»Einen toten Museumswächter in London, während der langen Nacht der Museen, in der Ägyptischen Abteilung«, las Suna vom nächsten Artikel auf dem Monitor ab. »Ein nicht benannter Augenzeuge behauptet, es habe etwas mit dem Sarkophagdeckel zu tun. *Die unglückselige Mumie* wird das Exponat genannt. Ziemlich abgefahrene Sachen. Wie in den alten Gruselfilmen.«

»Wieso reagierte Ihr Suchprogramm darauf?«

»Weil im Bericht steht, dass der Augenzeuge auf *Steine aus der Sonne,* also Meteoriten, aufmerksam machte, die angeblich im Deckel dieses Sarkophags eingelassen sind.«

»Ist der Deckel verschwunden?«

»Dazu steht hier nichts.« Suna hatte sich abgewöhnt, diese wirren Meldungen in Einklang bringen zu wollen. Sollte Takahashi selbst schauen, was davon für ihn zusammenpasste. »Und natürlich berichtete ein Junge vom Fluch einer altägyptischen Priesterin, der dabei eine Rolle spielt.«

»Natürlich.« Takahashi lachte. »Fehlen noch lebendige Mumien.«

»Solange es keine Zombies sind. Mumien sind cool.« Sunas Blicke wanderten auf den Monitor des Laptops. Neue Fenster waren aufgepoppt. »Takahashi-san, eben kamen noch zwei Sachen rein.«

»Lassen Sie hören, Miss Levent.«

»Es ist die Rede von einem Professor Sergej Nikitin, der in Cadarache Versuche mit Particulae vornehmen soll, damit jemand anderes weiter an *Lithos* arbeiten kann. Im Jules-Horowitz-Reaktor.« Suna prüfte in einem neuen Tab, wovon die Rede war. »Das ist ein Materialtestreaktor, der noch gar nicht in Betrieb ist. In Südfrankreich. Eigentlich startet er erst 2021.«

»Anscheinend läuft er bereits«, fügte Takahashi an. »Spannend.«

»Jedenfalls ist der Wortlaut der Nachricht recht unfreundlich. Scheint, als stünde der Professor kurz vor dem Rauswurf.« Suna leerte den Kaffee mit einem großen Schluck, das Gewürzpulver verteilte sich auf ihrer Zunge. »Dann habe ich noch einen Wilhelm Pastinak. Er soll den Schlüssel zu einem Ark haben, durch das, was er bei sich zu Hause eingelagert hat.« Sie las die Nachricht erneut und verstand nichts davon. »Ich lass das jetzt mal. Da kommt ein Dialog, der nach Kochrezept klingt. Verfasst ist das Original auf Russisch. Hab ich von einem Programm übersetzen lassen. Keine Ahnung, wie genau das ist.«

»Ich kümmere mich darum, Miss Levent.«

»In einer halben Stunde haben Sie alles. Ich bin hier schon zu lange im Hotspot.«

»Fühlen Sie sich verfolgt?«

Suna zögerte. »Nur von meinem psychotischen Ex. Weswegen fragen Sie?«

»Nur so. Man … weiß ja nie.«

Suna runzelte die Stirn. »Ich kann mir denken, dass es nicht ganz so harmlos ist, was mich die Stiftung suchen lässt, auch wenn ich nicht verstehe, was es soll.«

»Sie müssen sich keine Sorgen machen.«

Nervös schaute sich Suna um. »Oder liegt es an der Kadoguchi-Stiftung? Haben Sie Stress mit irgendwelchen Behörden? Steuerfahndung? Werden Sie observiert?«

Takahashi lachte. »Nein, da ist nichts.«

»Nun ja, die Struktur Ihrer Einrichtung ist nicht ohne. Letztlich führt die Finanzierung über Umwege zum Konsortium der Van-Dam-Familie.« Suna hatte sich informiert. »Dann der Name der Stiftung: Kadoguchi. Dass das Wort *Portal* oder *Tor* bedeutet und ich meine Spürprogramme nach *Türen* suchen lasse, ist vielleicht kein Zufall. Was meinen Sie?«

Schweigen.

»Takahashi-san?«

»Ich würde Ihnen raten, nicht die Hand zu beißen, die Sie füttert, Miss Levent«, sprach Takahashi kühl. »Halten Sie sich an Ihren Auftrag, und senden Sie mir bitte die Berichte. Richten Sie Ihre Programme vorerst auf Herrn Pastinak und Professor Nikitin. Mehr müssen Sie nicht tun. Und *sollten* Sie auch nicht. Einen guten Tag.« Der Mann legte auf.

Suna hob die Augenbrauen. »Wow«, murmelte sie. So kannte sie den kontrollierten Japaner nicht. Innerhalb weniger Sekunden hatte sie den Eindruck bekommen, in üble Scheiße geraten zu sein. Ganz ohne ihren psychotischen Ex-Freund.

Zur Nervosität gesellte sich Paranoia, die ihr als Hackerin bekannt war; mal unterschwellig, mal ausgeprägt, bis hin zu Phasen mit akuten Schüben und Angststörungen, bei denen Suna sich tagelang in ihrer Wohnung verschanzte oder sich rund um die Uhr mit dem ÖPNV bewegte, um kein leichtes, stehendes Ziel zu sein.

Schnell weiter. Hastig legte sie die neuen Suchparameter für *Akilli ihtiyar* fest, raffte die Smartphones an sich, packte Tablet und Laptop weg. Mit wenigen Handgriffen waren die Ladekabel der Powerbank angeschlossen, damit den Geräten unterwegs nicht der Saft ausging. Sie platzierte das Geld für den Kaffee auf den Tisch und verließ das Café.

Auf dem Weg zum nächsten Hotspot sah Suna sich immer wieder um, nutzte Scheiben und reflektierende Oberflächen, um hinter sich zu blicken.

Noch wusste sie nicht, was es mit den Particulae auf sich hatte, im regulären Netz fand sie nichts darüber. Dank ihrer anderweitig gewonnenen Erkenntnisse nahm sie an, dass es sich dabei um extraterrestrisches Gesteinsmaterial handelte. Offenbar gab es verschiedene Interessenten dafür; wer genau und wofür, war ihr nicht klar.

Mit den Meldungen über CERN und den Forschungsreaktor im französischen Cadarache, der offiziell noch nicht lief, erreichten die Infos einen neuen Level.

»Du hättest es Takahashi nicht sagen sollen«, schimpfte Suna leise vor sich hin und bog in eine Nebenstraße der Freßgass ab. In der Öffentlichkeit kamen ihre Selbstgespräche selten gut an, aber sie halfen ihr beim Nachdenken und Verarbeiten. »Da hast du dich mal schön selbst reingeritten.«

In den Spionagefilmen wurden Hacker und Mitwisser ausgeschaltet, wenn sie vom Plan und ihrem Auftrag abwichen. Ihr Puls stieg, Schweiß brach ihr aus und rann unter dem Hemd hinab.

»Scheiße.« Suna griff in ihre Jacke und nahm einen Blister mit Beruhigungstabletten heraus. Sie würden sie körperlich träge machen, aber die guten Medikamente gegen Panikattacken stellten sie gedanklich kalt.

»Erledige deinen Job«, raunte Suna. In einer ruhigeren Gasse ging sie in die Hocke, lehnte sich mit dem Rücken an die Mauer, nahm den Laptop heraus und loggte sich in das offene WLAN ein, um den Router von Frieda Illmann zu nutzen, die offenbar hinter dieser Wand wohnte. »Mach einfach deinen Job. Nicht einmischen. Hab ich dir immer gesagt.«

Mit den hastig ausgepackten Smartphones ging sie in zwei weitere, schlecht gesicherte WLAN von Bewohnern der Straße, Peter Uschmann und Theo Reuters, verband ihr Tablet damit und schaute, welche Neuigkeiten ihre emsigen Programme farmten.

Die Leute bemerkten nicht, dass Suna auf ihre Netzwerke zugriff und was über ihre Router und durch ihre Leitungen rann, bis sie möglicherweise eines Tages Besuch bekamen von dem Netzanbieter oder einem Sicherheitsteam. Das kam davon, wenn man die Passwörter nie änderte.

Während sie den Bericht an Takahashi fertig machte und eine Entschuldigung formulierte, flogen weitere Informationen herein. Zu Wilhelm Pastinak.

Sunas Finger kamen jäh auf der Laptoptastatur zum Erliegen. Sie starrte mit offenem Mund auf die Anweisung, die sie abgefangen hatte.

Auf dem Display blinkte in Englisch:

BRINGT DEN ALTEN PASTINAK ZUM SCHWEIGEN!
UND DAS UMFELD EBENSO.
ALLES ABGREIFEN, WAS IHR DORT FINDET.
AUF AUFZEICHNUNGEN ZU TÜREN ACHTEN.
PRÄMISSE: KEINE PARTICULAE ZURÜCKLASSEN.

Suna blinzelte, eine Hitzewelle rollte durch sie. Wurde sie soeben Zeugin eines Mordauftrages?

»Scheiße. So eine beschissene Scheiße!« Aus einer simplen Beobachterin war plötzlich jemand geworden, der entscheiden konnte, was als Nächstes geschah. Das ging weit über das hinaus, was die Stiftung von ihr verlangte.

Was mache ich jetzt?

Es wäre ihr ein Leichtes, Wilhelm Pastinak zu kontaktieren und zu warnen – aber mit welcher Begründung? Dass sie aus Versehen die Nachricht erhalten hatte, glaubte ihr kein Mensch.

Eine weitere ging ein.

LITHOS IN GEFAHR.
LIQUIDIERUNG VON NIKITIN NÖTIG.
UNFALLVERSCHLEIERUNG EINLEITEN. HEUTE NOCH.
BEI NACHFRAGEN: LIQUIDIERUNG JEDER BETREFFENDEN PERSON.
CODE: NACHTSCHWARZ.
AUTORISIERUNG: FOR THE UNIFORM

»Ihr wollt mich doch verarschen«, wisperte Suna. »Das … das kann nicht sein!«

Sicher steckte Takahashi dahinter, um ihr eine Lektion zu erteilen und ihr indirekt zu drohen. *Nein, das ist zu abwegig.*

Aber sollten es ernst gemeinte Befehle sein, wurden zwei Menschen mit ihrem Wissen eliminiert. Das machte sie zur Beteiligten.

»Fuck!«, rief sie und starrte das Display an. »Was soll die Scheiße? Ich will nicht mit reingezogen werden!«

Sunas eigenes Smartphone klingelte, der Rufton meldete ihren Kumpel Egon. Sie betätigte die Annahme über die Bluetooth-Verbindung.

»Was?«, blaffte sie. »Ich hab jetzt echt keine Zeit für Schaumkuss –«

»Jemand hat im Darknet ein Kopfgeld auf Nótt ausgesetzt«, unterbrach er sie. »Gerade eben!«

Suna gab einen Laut von sich, der zwischen Hilflosigkeit und Wahnsinn schwankte. Nótt. Das war ihr Hackerinname. Noch so ein Märchen- und Mythending. »Verarsch mich nicht, Alter. Ich hack dir deinen Spieleaccount tot, wenn –«

»Eine Million Euro. Für deinen Tod. Und wer deine Daten besorgen kann, *sämtliche* Daten«, fuhr Egon fort, »bekommt noch eine obendrauf.«

»Was heißt *für meinen Tod?* Kaltstellen und –«

»Nótt steht auf der Abschussliste, Suna! Einer *echten*, beschissenen Abschussliste! Es ist nicht irgendeine Drohung, um dich einzuschüchtern«, redete Egon aufgeregt weiter. »Was hast du gemacht? Wo bist du reingeraten? Welchem Arschloch bist du auf die Füße getreten? FSB? CIA? MI6? Mossad?«

Suna warf sich zwei weitere Pillen ein, um die Panik zu dämpfen, auch wenn sie damit mehr oder weniger zu einem Faultier werden würde. *Was war der Auslöser?* Ihre Nachforschungen für die Kadoguchi-Stiftung konnten es keinesfalls sein, dafür war die Liste der Suchbegriffe zu banal, zu harmlos. Es ging weder um Staatsgeheimnisse noch Bankzugänge oder Aktienmanipulationen. Sondern nur um Dreckstüren. Und elende Particulae – was immer das war. *Oder sind das in Wahrheit irgendwelche Regierungscodewörter?*

Dann fiel ihr noch eine Möglichkeit ein.

»Mein Ex. Irgendeine Scheiße von meinem Ex«, sprach Suna. Ihre Kehle und der Mund waren trockener als die Sahara. »Er kann diesen Kack angezettelt haben. Wie soll das Geld bezahlt werden?«

»Über Netcoins.« Im Hintergrund klapperte er auf einer Tastatur. »Der Aufruf verbreitet sich extrem schnell. Zwei Leute haben sich bereits gemeldet, die den Job machen wollen. Ex-Söldner. Nótt hat kaum Freunde, ne? Weißte selbst.« Egon senkte die Stimme. »Suna, sobald sie persönliche Daten von dir finden, bist du –«

»Das war so klar!« Aus dem Schatten einer Mülltonne trat ein junger Mann, den Suna bestens kannte. Orangefarbene Jeans zu weißen Shirts trug nur einer in ihrem Umfeld. »Immer noch die alte Hotspot-WLAN-Route. Es ist so leicht, dich zu finden.«

»Scheiße, der auch noch«, flüsterte sie. »Egon?«

»Ja?«

»Finde raus, wer das Kopfgeld aussetzte. Ich ruf dich gleich wieder an.« Suna beendete die Verbindung und erhob sich langsam, blieb dabei mit dem Rücken gegen die Hauswand gelehnt und hielt das Tablet in der Hand.

Ihre Finger flogen über die digitale Tastatur und setzten warnende Mails auf: eine an die Schreinerei von Wilhelm Pastinak, eine an die persönliche Website von Professor Nikitin. Sollten die Männer selbst entscheiden, was zu tun war.

Ohne aufzublicken, fragte Suna: »Was willst du, Stefan?«

Mit einem langen Schritt stand der dunkelblonde junge Mann vor ihr und nahm ihr das Tablet weg, bevor sie die Mails absenden konnte. »Schau mich gefälligst an, dumme Bitch!«

Sie ballte die Hände zu Fäusten und sah ihren einstigen Liebhaber an. Sie hatte ihn bereits nach einem Monat abgeschossen, weil er ihr nachgeschnüffelt und versucht hatte, an ihre Daten zu kommen. An ihre Programme. Er hatte an Nótts Geheimnisse und Wissen herangewollt, über die Gefühle der Frau. Der älteste Trojaner der Welt.

»Gib es mir zurück.« Sie entdeckte Abschürfungen, Prellungen und Blutergüsse in seinem eigentlich ansprechenden Gesicht. »Was ist mit –«

»Das waren Freunde von dir!«, schrie er sie an. »Du feiges Stück! Hetzt mir deine Türken-Assis auf den Hals.«

»Ich? Nein, ich …« Suna grabschte nach dem Pad. »Los, her damit!«

Stefan zog das Gerät weg und verpasste ihr eine Ohrfeige, die Suna zur Seite warf und auf die Knie fallen ließ. »Sie hatten sich maskiert, die Dönerficker. Der eine wurde von den Wichsern Xatar genannt. Wie der Türsteher vom *Shishaversum*. Dein guter Kollegah.«

Suna sah wütend zu ihm auf. »Ich hatte damit nichts zu tun.« Sie wich seinem ersten Tritt aus. Die Schuhspitze streifte die Wand, Putz bröckelte ab. »Bist du irre? Du –«

Der zweite Tritt traf sie in die Seite. Unwillkürlich krümmte sie sich und hielt sich die brennenden Rippen. Das Atmen tat weh, Tränen schossen ihr in die Augen.

»Das bezahlst du mit Schmerzen«, brüllte er und zertrampelte ihre Tasche. »Wie konnte ich dich mal geil finden, hä?« Knackend barsten die Smartphones und der Laptop unter der Wucht und dem Gewicht.

»Nein!«, rief Suna und wollte sich über die Computertasche werfen. Aber es war zu spät. Der stechende Geruch von sich zersetzenden Akkus und der Rauch verrieten, dass die zerstörte Powerbank durch eine Spannungsspitze eine Katastrophe angerichtet hatte.

»Und wenn sie dich im Krankenhaus zusammenflicken,

wirst du an mich denken.« Stefan zog ein Klappmesser. »Und wenn du mir deine Kümmel-Assis wieder schickst, bringe ich dich um. Mir scheißegal, was du denen vorlügst.« Er machte einen Schritt auf sie zu und ließ den Tabletcomputer achtlos fallen, der halb aus seiner Hülle rutschte. »Du kannst sagen, du wärst mit dem Gesicht durch eine Glasscheibe gefallen.«

Suna stemmte sich hustend in eine sitzende Position. Sie hatte Xatar einmal von Stefan erzählt und was er mit ihr abgezogen hatte. »Ich wusste nicht, dass er losgeht und dich verprügelt.« Sie betastete ihre Seite. »Aber gerade wünsche ich mir, er hätte dir die Eier abgerissen.«

Stefan rammte ihr das Knie ins Gesicht.

Suna konnte sich eben noch wegdrehen, das Knie traf sie daher nicht frontal auf die Nase, sondern seitlich am Kopf und warf die junge Deutschtürkin gegen die Wand.

Eine Platzwunde tat sich auf. Benommenheit breitete sich gnädig in ihrem Denken aus. Sie sah Stefan undeutlich, schmeckte ihr eigenes Blut im Mund. Die Lippe war gerissen, und sie hatte sich auf die Zunge gebissen. Sie war ihm hoffnungslos unterlegen.

»Hey, Sie!«, erklang unvermittelt eine Frauenstimme. »Was machen Sie da?«

Stefan wandte sich um. »Geht Sie nichts an. Verschwinden Sie.«

»Ist das ein Messer in Ihrer Hand?«

»Verpiss dich!« Stefan hob den Arm und ließ die Klinge im Licht aufleuchten. »Und nicht die Bullen rufen.«

»Werde ich nicht.« Die unscheinbare Frau kam mutig näher – und zog eine Pistole unter dem Kurzmantel hervor. »Ganz sicher nicht.«

»Mit der Schreckschusswaffe machst du mir –«, setzte Stefan an.

Es knallte zweimal.

Suna sah das Shirt auf Stefans Rücken zucken, dann entstand dort ein centgroßes Loch, an dessen ausgefransten Rändern Blut haftete. Roter Sprühnebel verteilte sich hinter ihm, darüber schoss eine armlange Fontäne aus dem Hinterkopf. Leise prasselte das Rot auf den Asphalt.

Zuerst regte sich Stefan nicht. Dann verlor er das Messer und fiel steif wie ein Stück Holz rückwärts um und schlug auf der Straße auf. Es roch nach frischem Blut.

Suna wollte schreien, vor Angst, vor Grauen und um Hilfe. Doch aus ihrem geöffneten Mund drang nur ein leises, heiseres Fiepen.

Die Frau in Alltagskleidung kam näher und warf einen Blick auf die offene Tasche und die zerstörten Elektrogeräte. Sie ging vor Suna in die Hocke, um auf Augenhöhe mit der Verletzten zu sein. Sie war etwa vierzig, die halblangen blonden Haare hatte sie im Pferdeschwanz nach hinten gebunden. Aus dem Lauf ihrer Halbautomatik stieg gräulicher Rauch, die abgefeuerte Waffe hielt sie lässig in der Rechten. »Suna Levent?«

»Nein. Nein, das bin ich nicht«, stieß Suna aus und atmete hektisch, trotz der brennenden Rippen. »Das ist eine Verwechslung.«

»Was wissen Sie über die Türen?«

»Welche –«

»Particulae? Das Ark-Projekt?«, hakte ihre Retterin nach. »Cadarache. Versuche mit Particulae. Lithos. Jules-Horowitz-Reaktor. CERN. Schreinermeister Pastinak.«

»Keine Ahnung. Wirklich, keine Ahnung! Es ist eine Verwechslung.« Suna hasste das Zittern, das sich über ihren Körper ausbreitete. »Sie müssen mich –«

»Aber Sie sind doch Nótt?«

»Ich weiß nicht, von wem Sie sprechen.«

»Sie haben Erkundigungen eingezogen.« Die Frau blickte auf die qualmende Computertasche. »Schade, dass das alles nur noch Schrott ist. Sonst hätte ich die Wahrheit gleich vor Augen gehabt.«

Sie weiß nicht, dass das Tablet unbeschädigt ist. Suna sah ihre Chance, Nikitin und Pastinak doch noch zu warnen. Das Auftauchen der Killerin bewies, dass nichts von dem, wonach sie gesucht hatte, harmlos war. Suna hasste Takahashi und die Stiftung aus ganzem Herzen dafür, sie in diese Lage gebracht zu haben. »Ich bin nicht Sundra Lovend oder wen immer Sie suchen.«

Die Frau lächelte kalt, knapp und müde. »Netter Versuch, Kleines.« Die Mündung schwenkte hoch und richtete sich auf die Stirn der Hackerin. »Tut mir leid. Wissen schützt vor Strafe nicht. Den Rest lasse ich mir von deinem Freund Egon erklären. Er weiß gewiss, wie ich an dein Back-up komme. Oder deinen Cloudspeicher.«

Die wird mich abknallen! Suna stieß sich mit ganzer Kraft von der Wand ab und warf die Frau um.

Fluchend ging die Killerin zu Boden. Krachend löste sich ein Schuss und verfehlte Suna um Zentimeter.

Suna hechtete nach Stefans Messer und packte es, schleuderte es mit einem Schrei nach der Frau und versuchte dann, das Tablet unter der Leiche ihres Ex-Freundes herauszuziehen.

Die Klinge wirbelte durch die Luft und traf überraschend präzise den zur Abwehr erhobenen Unterarm der Killerin, was die Frau zum Aufschreien brachte. Die Finger gaben die Pistole frei, sie klapperte auf die Straße. »Fuck! Team Alpha, greift sie euch!«

Sie ist nicht allein! Suna bekam das Tablet nicht unter Stefans totem schwerem Körper hervorgezogen. Die Hülle hatte sich verkantet. Blut verteilte sich über das geborstene Display, füllte die Sprünge und Risse. Sie erkannte zwei offene E-Mail-Fenster.

Ein weiterer Schuss krachte, neben Suna platzte ein Stück Mauer ab.

Die Killerin tastete mit ihrem unverletzten Arm nach der verlorenen Pistole. »Das war es für dich, Nótt!«

Schritte verrieten, dass das alarmierte Team anrückte. In etwa drei Sekunden wären die Leute hier.

Die Zeit reichte allerhöchstens aus, um eine Mail auf den Weg zu schicken – aber an wen?

Professor oder Schreinermeister?

Und wenn sie stattdessen die Flucht ergriff? Drei Sekunden Vorsprung waren entscheidend. Lebenswichtig.

»So eine Scheiße!«

Nikitin und der Reaktor, der offiziell noch gar nicht lief und Experimente mit etwas namens Lithos machte?

Pastinak und seine Türen mit Particulae samt Aufzeichnungen?

Oder ihre eigene Sicherheit, um dem Mysterium auf den Grund zu gehen, das zu ihrem Kopfgeld geführt hatte?

Die Schritte näherten sich rasend schnell.

Die Killerin bekam ihre verlorene Pistole zu greifen.

Sunas drei Sekunden waren fast um.

Eine Entscheidung musste getroffen werden.

Eine Entscheidung auf Leben und Tod …

KAPITEL 1

FRANKREICH, SAINT-PAUL-LEZ-DURANCE, SPÄTSOMMER

Sergej Nikitin schlenderte mit einer Kippe im Mund und in seinen bequemen Sachen durch das verschlafene Dörfchen, das in der Nähe seiner Arbeitsstätte lag und etwa neunhundert Einwohner hatte. Im Kernforschungszentrum Cadarache, wo der 58-jährige Russe seiner Tätigkeit nachging, waren mehr als fünfmal so viele Menschen aus allen möglichen Nationen beschäftigt.

Der warme Wind strich durch Sergejs prächtigen Schnauzbart und wirbelte den Rauch davon. Der Professor mochte es, durch die geschwungenen Straßen und entlang des großen Kanals zu flanieren, immer wieder abzubiegen und dabei über alles Mögliche nachzudenken. Hier hatte er seine Ruhe. Die Häuser mit den hellbraunen, sandfarbenen Wänden und den rosarotbraunen Ziegeln, wie sie für Südfrankreich üblich waren, besah er sich gerne, weil sie nichts Technisches, nichts Stählernes und nichts Reaktorhaftes an sich hatten. Eine andere Welt, in der er immer darauf achtete, nicht in Jogginghosen unterwegs zu sein. Es gab schon genug Russen, die das Klischee erfüllten.

Meistens entfernten sich seine Gedanken bei seinen Streifzügen schnell von den Ergebnissen des Tages, raus aus Tabellen, Zahlen und Kurvenverläufen, weg von Berechnungen, Gleichungen und Zerfallswerten.

Tief atmete Sergej die gute Luft ein, spazierte mit hinter dem Rücken verschränkten Händen umher. Er dachte über die letzten Jahre nach, die ihm Ruhm und Anerkennung als Kernphysiker gebracht hatten. Neuerdings gab es jedoch Ärger, hinter den Fassaden des Forschungszentrums, oben in den Vorstandsetagen, wohin seine Blicke nicht reichten.

Und *das* beunruhigte Sergej. Enorm.

Sein Smartphone klingelte, die eingespeicherte Melodie verriet die Anruferin. Sergej ließ die Zigarette aus dem Mund fallen und trat sie aus, dann zog er das Handy aus seiner Hosentasche und nahm den Anruf entgegen. »*Privjet,* Mila.«

»*Privjet,* Batjuschka!«, grüßte ihn Milana, seine Tochter, Managerin einer Eventagentur in Moskau und Sankt Petersburg, die ihr steigendes Vermögen damit verdiente, reichen Menschen snobistische Veranstaltungen zu ermöglichen. »Der Wind rauscht übers Mikro. Schleichst du wieder durch den Ort?«

»Genau. Heute ist das Pétanque-Turnier. Das lasse ich mir nicht entgehen.« Er hob das Filterstück auf, das aus geknicktem Karton bestand. Umweltverschmutzung lag ihm nicht.

»Die Leute halten dich bestimmt für einen Spanner.« Milana lachte neckend. »Keiner aus dem Forschungszentrum geht ins Dorf, oder?«

»Doch«, log Sergej. »Viele.«

Er bog in das Sträßchen ab, das ihn auf den Platz vor dem Bürgermeisteramt führte, dem gegenüber eine kleine Bar samt Café lag, die sich passenderweise, wenn auch wenig einfallsreich *Bar de la Mairie* nannte. »Was gibt's Neues in Sankt Petersburg?« Von Weitem erkannte er die Einheimischen, die sich auf Wein, Zigaretten und einen Happen im Schatten der Bäume versammelt hatten. Französische Musik drang aus den Boxen, Jean Gabin sang ein Lied über einen Spaziergang am Wasser. Gelegentlich erklang das metallische Klacken, wenn die geworfenen Pétanque-Kugeln gegeneinanderschlugen. »Ich vermisse die Stadt.«

»Ich bin in Moskau, Batjuschka. Deinen Enkel besuchen.«

»*Deinen Sohn,* meinst du.« Sergej konnte die Verärgerung kaum aus der Stimme nehmen und rieb sich über den

Schnauzer, weil er den Eindruck hatte, die Haare sträubten sich vor Aufregung.

»Damit kriege ich dich immer. Verzeih«, erwiderte sie und lachte. »Ja, meinen wundervollen Sohn. Ilja geht es gut. Groß ist er geworden, und er fragt immer nach dir.«

»Kam mein Geschenk an?«

»Kam es. Er ruft dich noch an, um sich zu bedanken.« Milana klang nicht bedrückt, obgleich sie seit der Trennung von ihrem Lebensgefährten vor drei Jahren ihren Sohn nur ein-, zweimal im Monat sah. Ihre Arbeit für ihre Agentur ließ ihr kaum Zeit für ihre Familie, was auch der Grund für die Trennung gewesen war.

Sergej hatte das Ende der Beziehung zwischen ihr und Aleksander schwer zugesetzt. Er mochte den unkomplizierten Kerl, aber letztlich war er zu schlicht für seine schlaue, anspruchsvolle Milana. So sah es zumindest Sergej. Seine Tochter hingegen meinte, man habe sich auseinandergelebt.

»Alles gut bei dir, da unten in Südfrankreich?«

Milana mied das Thema Kind und Familie, und weil Sergej nicht streiten wollte, sparte er es aus. »Habe ich mich jemals über das Wetter beschwert?«

Er nickte in die Runde der Einheimischen und hob die Hand, als er den Außenbereich der Bar erreichte, und sein Gruß wurde freundlich erwidert. Man kannte sich. Sergej setzte sich an den Rand, solange er telefonierte. Der rote Plastikstuhl war noch warm von der Tageshitze. »Ihr könnt mich ja mal besuchen. Du und Ilja.«

»Gibt es da unten reiche Russen, denen ich meine Agenturleistungen anbieten kann?«

»In Saint-Tropez bestimmt. Das ist nicht so weit entfernt.«

Sergej bekam von Denise, der freundlichen Bedienung, wie immer einen Rotwein gebracht, in einem dickwandigen Wasserglas, und der vergorene Rebensaft schmeckte großartig. Mit Gesten bestellte er einen Croque Monsieur, und Denise zog nach einem Zwinkern und einem tonlosen *Bien sûr* lächelnd davon.

»Und in deinem Zentrum?«, fragte Milana.

»Nein. Wie auch? Wir sind arme Forscher.« Ein leises *Ping* sagte ihm, dass er eine E-Mail erhalten hatte. Auf seine Privatadresse.

»Dann überleg ich mir das noch mal. Du bist aber jederzeit in Sankt Petersburg willkommen. Oder in Moskau. Was dir lieber ist.«

»*Da*. An Weihnachten. Vorher komme ich nicht weg.« Sergej zögerte. »Sag mal ...«

»Ja?«

»Ach, nichts.«

Milana lachte auf. »Oh, das bedeutet, dass etwas *nicht* stimmt. Als *hätte* ich es gespürt.«

»Nein, mit mir ist alles in Ordnung, aber ...« Wieder stockte er und langte nach dem Wein, trank einen Schluck. Es war nicht rechtens, sie damit zu belasten. Hineinzuziehen.

Dabei fiel sein Blick auf zwei Männer in leichten weißen Polohemden und grauen Bermudas, Sonnenbrillen vor den Augen und Basecaps darüber. Wie ausgebrochene Amerikaner, die nicht in diese Region passen wollten. Sie telefonierten beide, die Gesichter waren ihm zugewandt. Wohin genau sie blickten, blieb hinter den verspiegelten Gläsern verborgen.

»Aber?«, hakte seine Tochter leicht besorgt ein. »Was ist, Batjuschka?«

Sergej musste sie ablenken. »Ist ... bei dir alles klar? Und mit Ilja? Ich meine, so ein Junge in dem Alter, der hat schon Flausen im Kopf, oder? Erzähl mir doch, was er anstellt, wenn er bei dir ist.«

Milana schwieg für wenige Sekunden, in denen sich ein Arbeitskollege vom Nachbartisch löste und mit einem Bier auf Sergej zusteuerte; in der anderen Hand hielt er einen

Rucksack, prall gefüllt wie für eine Tagestour. Er war um die vierzig, trug eine beigefarbene Jogginghose und ein schwarzes Shirt. Sergej kannte ihn vom Sport und aus der Kantine, doch ihm fiel der Name nicht ein.

»Hallo, Professor, ich –«

Sergej hob abwehrend die freie Hand. »Moment.«

»Bist du in Schwierigkeiten? Du weißt, ich habe Kontakte. Bis hoch in die russische Regierung«, begann Milana.

»Es ist dringend«, sagte der namenlose jüngere Kollege und setzte sich ungeachtet des privaten Telefongesprächs, nahm einen großen Schluck vom Bier. Er schwitzte mehr, als es bei der Hitze angemessen war. Aufregung? Angst? Ungeduld? Der Rucksack landete zwischen seinen Füßen. »Es geht um Lithos, Professor.«

Sergej erstarrte. »Mila, ich rufe dich wieder an. Sei nicht böse, es ist was Berufliches dazwischengekommen. *Poka!*« Er legte auf und bekam in der gleichen Sekunde die eingegangene Mail auf dem Display angezeigt.

Als Absender stand ein üblicher Spamname: STAVROS WACHTEL.

Der Betreff der Nachricht lautete: ES GEHT UM IHR LEBEN, PROFESSOR.

Grummelnd steckte Sergej das Gerät ein. Penisverlängerungen waren nicht lebensentscheidend. Ärgerlich, dass es die Mail durch seine eigentlich recht gewieften Servereinstellungen gegen unerwünschte Werbung geschafft hatte.

»Was soll das sein? Lithos?«, fragte er den Mann vor sich. »Verzeihung, mir ist Ihr Name entfallen.«

Der Mann nickte langsam. »Doktor André Petit, wissenschaftlicher Assistent von Professorin White-Spelling.«

Sergej sah Petit eindringlich an. »White-Spelling forscht in der Phébus-Anlage, richtig?«

»Ja, aber das tut nichts zur Sache. Wichtiger ist, was sie nach Dienstschluss macht.« Petit zog sein Smartphone aus der Jogginghose und wischte darauf herum. »Im Jules-Horowitz-Reaktor.«

Endlich fand er, was er suchte, und hielt Sergej den kleinen Bildschirm hin. Ein verwischtes Foto von einem Ausdruck voller Zeichen und Zahlen wurde sichtbar, auf dem unter anderem *Lithos* geschrieben stand. Und *geheim*.

»Kann nicht sein. Der ist noch nicht einsatzbereit«, sagte Sergej kühl. Er durfte sich nichts anmerken lassen.

»Doch, ist er. Jemand tut Dinge darin. Und es geht um Lithos.« Petit versuchte, das Foto zu vergrößern, aber die Schrift wurde dadurch unleserlich. »*Merde!* Das sind die Beweise für meine Geschichte.«

Sergej ahnte eine Falle: Man hatte den jüngeren Kollegen losgeschickt, damit er sich verriet. Offenlegte, wie viel er in Erfahrung gebracht hatte, obwohl es ihn nichts anging. Vermutlich war Petit sogar verwanzt.

Er umfasste das Glas Rotwein und machte Anstalten, sich zu erheben. »Ich werde beim Pétanque –«

Petit griff seinen Arm. »Professor! Die wollen Sie umbringen«, zischte er. »Und mich auch.«

»Gewiss nicht.« Sergej hatte Mühe, seine Reaktion unter Kontrolle zu halten.

»Ich habe es gehört. White-Spelling telefonierte, während ich unbemerkt in der Nähe stand«, haspelte Petit. »Sie sprach mit jemandem, zu dem sie sagte, dass ich und Sie wegmüssten. Weil wir etwas über Lithos herausgefunden hätten.« Er hob das leere Bierglas hoch, um Denise zu zeigen, dass er noch eins wollte. Brauchte.

Sergej behielt seine Taktik bei. »Aha. Und was soll Lithos sein?«

Petit fuhr sich mit einer Hand über das verschwitzte, glatt rasierte Gesicht. »Ich habe keine Ahnung.«

»Aber Sie haben –«

»Es sind nur rudimentäre Sachen. Es geht um irgendwas,

was sie zusammenbauen. Und dass es Strahlung gibt. Und dass die Strahlung alles übertrifft, was sie kennen«, ratterte Petit. »Die Experimente dazu finden im Jules-Horowitz-Reaktor statt.«

»Der noch nicht fertig ist.«

»Verdammt, Professor! Er *ist* fertig. Sie *behaupten* nur, dass er nicht fertig ist.« Petit bekam das Bier und trank es in einem Zug weg, um bei Denise sofort Nachschub zu ordern. Erneut nahm er sein Smartphone. »Etwas geht in der Anlage vor. Ich sah zwei Lastwagen ohne Aufschrift, die ins Reaktorgebäude fuhren. Was haben die reingebracht?«

Sergej blickte zu den beiden auffälligen Männern in Polohemd und Bermudashorts, deren Sonnenbrillen ihm zugewandt waren. »Da wissen Sie mehr als ich, Monsieur.«

»Und *was* wissen Sie? Womit haben Sie sich den Tod eingefangen? Wie umfangreich ist Ihr Wissen über Lithos?« Petits Augen wurden groß. »Haben … Haben Sie da etwa mitgearbeitet?«

Das Gerede über sein Ableben machte Sergej nervös. Er hätte sich weniger gewundert, wenn sich das Ganze in Russland zugetragen hätte, wo durchaus Menschen verschwanden, entweder im Gefängnis oder für immer. Aber in Westeuropa? In einem offiziellen Forschungszentrum? Der Jules-Horowitz-Reaktor war für Materialtests vorgesehen. Jemand testete eine neue Komponentenverbindung. Inoffiziell. Verbotenerweise, sofern es stimmte, was Petit von sich gab.

»Scheiß drauf«, murmelte Petit und nahm das dritte Bier. Nach einem langen Zug fummelte er sich eine Zigarette in den rechten Mundwinkel und inhalierte tief. »Dann sagen Sie mir eben nichts.« Er deutete mit dem glimmenden Ende in Richtung der Forschungseinheit, der Rauch verwischte in der Luft. »Viel Spaß in Cadarache. Ich geh bestimmt nicht mehr hin.« Er pochte gegen den Rucksack.

Nun war Sergej verwundert. »Sie kündigen?«

»Nie mehr setze ich einen Fuß hinter den Zaun dort. Ich haue ab, Professor. Das sind meine Biere auf die Freiheit.«

»Und wie ...?«

Petit paffte schnell. »Erst mal nach Belgien, und dort, wenn ich in Sicherheit bin, gehe ich zur Polizei und zur Regierung. Das muss offiziell gemacht werden. Jemand muss nachschauen, was die im Jules-Horowitz-Reaktor treiben. Sind Sie dabei, Professor?«

Sergej war komplett verunsichert. Was, wenn Petit keine Falle war? Wenn er ihn wirklich warnen wollte? Plötzlich erinnerte er sich an die Mail, die er bekommen hatte, in der ihn jemand vor dem Tod warnte. *Zu viele Zufälle.* »Ich –«

»*Monsieur le professeur*«, hallte eine Frauenstimme über den winzigen Platz. »*Vas-y!* Das Turnier beginnt. Wir brauchen Ihre ruhige Hand beim Pétanque.«

Aufmunternder Beifall erklang von den übrigen Teilnehmern, und die heitere Musik wurde lauter gedreht.

»Gehen Sie nur. Und denken Sie an mich, wenn Sie später nach Cadarache zurückkehren.« Petit warf einen Zehner auf den Tisch und erhob sich; sein Schweiß hinterließ feuchte Spuren auf dem Plastikstuhl. »Wir sehen uns bestimmt wieder. Spätestens, wenn die Behörden einrücken, um Untersuchungen anzustellen.« Er paffte nochmals, als wollte er sich einnebeln und unsichtbar werden. »Spielen Sie Ihr einfältiges Spielchen weiter, Professor. Ich weiß, dass Sie etwas über Lithos rausgefunden haben. Und andere wissen es auch. *Das* ist Ihr Problem.« Dann warf er sich den Rucksack an einem Träger über den Rücken und stürzte davon, fiel fast über den roten Plastikstuhl und verschwand in einer Seitenstraße.

Kaum bewegte sich Petit weg vom Bürgermeisteramt und der Öffentlichkeit, standen die zwei Bermudaträger auf und folgten ihm.

»*Monsieur le professeur!*«, rief man erneut nach ihm.

»*Un moment, s'il vous plaît.*« Sergej stemmte sich aus dem

Stuhl und hastete den Männern nach. »Ich bin gleich wieder da.« Sollte Petit in Schwierigkeiten kommen, wollte er ihm beistehen und danach mit ihm sprechen. Über Lithos. Vermutlich wäre es wirklich besser, wenn eine Regierung davon erfuhr sowie Milana, die Beziehungen zur besten Regierung von allen unterhielt.

Sergej bog ab und sah, wie die beiden Polohemdenträger fast zu Petit aufgeschlossen hatten, der gerade über einen Zebrastreifen ging; einer telefonierte, der andere setzte die Sonnenbrille ab und hob die Hand, um auf sich aufmerksam zu machen.

»Vorsicht!«, rief Sergej. »Monsieur Petit!«

Der Mann drehte sich überrascht zu ihm um. Die zwei Verfolger direkt hinter ihm ebenfalls.

In diesem Moment schoss ein weißer Lastwagen die Straße entlang. Er erfasste Petit und einen der Bermudahosenmänner, der andere machte gerade rechtzeitig einen Hüpfer zurück und entging so dem Tod aus Blech und Plastik.

Die Körper flogen meterweit durch die Luft.

Petit prallte in zwei Meter Höhe an eine Wand, sein Kopf zersprang an den Steinen. Der Verfolger knallte gegen einen Laternenmast und kippte in verbogener Haltung zurück auf die Fahrbahn.

Der Lastwagen hielt nicht an.

»Scheiße!«, schrie der andere Polohemdträger und rannte los, um nach Petit zu sehen.

Dabei übersah er den zweiten Transporter, der um die Kurve donnerte und aufs Trottoir steuerte.

Der Mann wurde von der Front erwischt und aufschreiend zu Boden gedrückt. Die Reifen überrollten ihn, bis sich ein Arm in einer Achse verfing und er mehrere Meter mitgeschleift wurde, bevor er als blutiges Bündel auf dem Asphalt liegen blieb; eine breite rote Bahn führte zur Leiche. Auch dieser Wagen brauste davon.

Sergej starrte auf die drei Toten, alle grausamst zugerichtet, mit offenen Wunden und verbogenen Gliedmaßen, herausspritzendem Blut. Der unglückselige Petit hatte ein Gesicht, dessen einstige Form man nur erahnen konnte.

Niemand schien die Morde bemerkt zu haben. Vom kleinen Platz erklang die Musik von Jean Gabin, das Lachen der Spielerinnen und Spieler sowie das Klacken der Pétanque-Kugeln.

»Lithos«, murmelte Sergej fassungslos und fühlte Übelkeit in sich aufsteigen.

Natürlich hing es mit Lithos zusammen. Die weißen Transporter, die Petit erwähnt hatte. Die beiden toten Männer in den Poloshirts hatten den Doktor zu beschützen versucht.

Sergej wurde schlagartig schlecht, er musste sich an der Wand abstützen. Die Welt drehte sich um ihn, er atmete tief durch und rang gegen die kommende Ohnmacht.

Er suchte das Smartphone heraus, um den Rettungsdienst anzurufen.

Dabei sah er wieder die E-Mail, die ihn vor seinem Tod warnte.

Mit dem nächsten Ausatmen wurden seine Knie weich, und Sergej rutschte auf den Boden.

* * *

RUSSLAND. MOSKAU. SPÄTSOMMER

Milana Nikitin hielt ihr Computerpad in der Hand und hakte auf ihrer digitalen Liste ab, was bereits erledigt war. Die Blicke ihrer blauen Augen schweiften aufmerksam über die Kleinigkeiten im größten Saal des Hotel Metropol, in dem bald zweihundert reiche Russinnen und Russen einen exquisiten Abend verbringen würden.

Kristalllüster, Champagnerflaschen in silbernen Eisbottichen, verschiedene Kaviardosen, Weißbrot und Brioche, zwei Dutzend unterschiedliche Wodkasorten, eine exklusiver als die andere, Blumensträuße und Gestecke, deren Geruch betörte – alles prüfte die blonde Endzwanzigerin mit strengem Blick.

Ihre Mitarbeiterinnen und Mitarbeiter wuselten in einheitlicher Kleidung umher, richteten und deckten ein, legten letzte Hand an die Deko, die Tontechnik machte einen Soundcheck. Nichts durfte schiefgehen, weil – so hatte ihr ein Kremlspatz gezwitschert – es sein könnte, dass sich eine hochrangige Persönlichkeit aus dem Zentrum der Macht einfand. Ein Boost für ihre Karriere oder ein rascher Absturz und ausbleibende Aufträge. Dieser Abend entschied über die kommenden Jahre.

»Vladi«, rief Milana ihren Chefconcierge über ihr Bluetooth-Headset.

»Ja, Stalina?«

Sie musste grinsen. Ihr autoritärer Ruf war legendär, und ihr Auftreten in einem anthrazitfarbenen Kostüm mit Krawatte und sportlicher Undercut-Frisur unterstützte die Strenge. »Die Falten der Tischdecken gefallen mir nicht. Lass sie nachziehen und nimm Sprühstärke oder Haarspray, damit sie glatt werden.«

»Sehr wohl.«

»Sind die Akrobaten da?«

»Schon in der Garderobe.« Pjotr, der knapp zwanzig Meter weiter stand und sich mit den Technikern wegen der Pyroelemente unterhielt, wandte sich zu ihr um. »Entspann dich. Alles ist *charascho*.«

»Ich entscheide, ob alles *charascho* ist. Noch sieht es zu fünfzig Prozent danach aus.« Milana schenkte ihm ein halbherziges Lächeln. Lob kam immer erst am Schluss. »Du weißt, wie entscheidend das für meine Agentur ist. Geht es mir gut, geht es euch gut.«

»Sehr wohl, Stalina.« Pjotr salutierte über die Distanz und wandte sich den Tontechnikern zu.

Milana zögerte, den Punkt Tischtuch abzuhaken. *Nach der Abnahme,* entschied sie und markierte den Posten mit Rot auf dem Display. Vieles war nicht mehr im kritischen Bereich, und sie hatte noch zwei Stunden. Sollte kein Meteorit vom Himmel fallen und in den Saal rauschen oder das Hotel Metropol plötzlich abbrennen, stand die Veranstaltung.

Lass es den Präsidenten heute Abend sein. Milana prüfte den Raum erneut mit Blicken, ohne sich zu rühren, während die Angestellten um sie herum eilten, trugen, wischten, polierten und arrangierten.

Ein Telefonanruf, die Nummer war ihr bekannt. *Das Zollamt?*

Da sie gelegentlich für ihre Kunden und Veranstaltungen Waren aus dem Ausland bestellte, musste sie öfter vorstellig werden, um die Papiere und Nachweise zu erbringen und die Zusatzkosten zu bezahlen. Sie erwartete allerdings keine Lieferung.

»Neveroyatno No Pravda Events, was kann ich für Sie tun?«

»Guten Tag. Mein Name ist Leutnant Frolow. Spreche ich mit Milana Sergejewna Nikitin?« Der Mann sprach wesentlich weicher und freundlicher, als es bei den Behörden üblich war. Das machte sie neugierig.

»Das tun Sie, Leutnant.«

Der Zöllner räusperte sich. »Es tut mir leid, Ihnen sagen zu müssen, dass es ein Problem mit der Einfuhr der sterblichen Überreste Ihres Vaters gibt, Frau Nikitin.«

Milana legte die Stirn in Falten, was sich wegen des frisch gespritzten Botox seltsam anfühlte. »Das muss ein Missverständnis sein, Leutnant Frolow.«

»Nein, ich fürchte nicht.«

»Aber mein Vater ist nicht tot.«

»Einen Augenblick.« Im Hintergrund raschelte Papier, elektronisches Piepsen und Klackern einer Tastatur erklang. »Professor Sergej Alexandrowitsch Nikitin, geboren am 29. Januar 1961 in Sankt Petersburg? Verheiratet mit Ekaterina Sergejrowna Nikitin?«

In Milanas Eingeweiden wurde es kühl. »Eine Verwechslung, offensichtlich.«

»Aber es ist Ihre Telefonnummer angegeben, um Kontakt bei Problemen aufzunehmen«, erwiderte Frolow freundlich. »Nochmals, es tut mir sehr leid, Frau Nikitin. Noch mehr, dass ich es wohl bin, der Sie vom Ableben Ihres Vaters in Kenntnis setzt. Mein Beileid.«

Milana musste sich setzen. »Das verstehe ich nicht. Wir haben doch noch telefoniert. Und ...« Sie langte mit einer Hand an die rechte Schläfe. *Tot?* Sie weigerte sich, dem Mann zu glauben. Unentwegt hämmerte es in ihrem Verstand: *Irrtum, Irrtum, Irrtum.*

»So leid mir das Ganze tut, Frau Nikitin«, begann Frolow. »Es bleibt das Problem mit der Einfuhr.«

Milana begriff nicht, was soeben geschah. Mitten in den Vorbereitungen für das wichtigste Event in der Karriere ihres Unternehmens krachte dieser Anruf wie ein T-34 durch ein Puppenhaus. »Sagen Sie bitte, dass es ein makabrer Telefonstreich ist, Leutnant.«

»Nein, wirklich nicht! Gott soll mich strafen, täte ich Ihnen so etwas an!« Erneut raschelte Papier. »Bei Ihrer Mutter nahm keiner ab. Ich fürchte, sie weiß auch nichts.«

»Meine Mutter ist dement. Und in einem Heim. Sie wäre Ihnen keine Hilfe.« Es gab niemanden, auf den Milana diese Aufgabe übertragen konnte. Ein Ruck ging durch ihren Körper, ihre Haltung straffte sich. Sie war Stalina. Sie war Problemlöserin. »Gut, es ist, wie es ist.« Wenn sie eines draufhatte, dann Schwierigkeiten ausmerzen. Seien sie noch so schmerzhaft. Sie konnte nicht weg, die Vorbereitungen im

Hotel Metropol mussten überwacht werden. »Wo liegt das Problem?«

Erneut hüstelte Frolow, den sie sich als einen Jungspund vorstellte. Es war ihm hörbar unangenehm, eine schlechte Nachricht nach der anderen überbringen zu müssen. »Ihr Vater wurde von einem Privatjet aus Frankreich eingeflogen. Beim regulären Prüfen der Überreste und des Sargs gaben die Strahlungsdetektoren Alarm.«

»Unmöglich. Er arbeitete nicht direkt in einem Reaktor.«

»Frau Nikitin, der Scanner gab Alarm, und das kontaminierte Material, also, ich meine, der Sarg und der Inhalt ... wir mussten ihn in eine Sonderzone bringen, bis ihn die Spezialisten untersucht haben«, sagte Frolow, als wolle er es rasch hinter sich bringen.

Milana hatte keine Erklärung dafür. Ihr Vater war theoretischer Physiker. »Wie hoch weicht denn der Wert vom Normalen ab, dass der Detektor auslöste?«

»Er ist vergleichbar mit den Werten jener Menschen, die damals nach Tschernobyl zum Aufräumen geschickt wurden. Oder von Freiwilligen in Fukushima. Wenn nicht höher.«

Weder wusste Milana, wie ihr Vater ums Leben gekommen war, noch was die Radioaktivität bedeutete. »Steht auf dem Totenschein etwas?«

»Nur, dass es ein Unfall nach Eigenverschulden war. Dass es ein Strahlenunfall sein musste, bemerkten wir erst beim Scan, Frau Nikitin«, sagte Frolow entschuldigend. »Sie haben keine Vorstellung, wie peinlich mir das ist. Aber wir vom Zollamt hatten keine Ahnung, dass Sie nicht informiert –«

»Danke. Danke, das weiß ich zu schätzen.« Milana spürte das Brennen in den Augen, Tränen kündigten sich an. Und Wut. Heiße Wut auf die Verantwortlichen im Kernforschungszentrum. »Geben Sie den untersuchenden Experten meine Nummer, Leutnant Frolow. Sie sollen mich anrufen, sobald sie wissen, was zu tun ist.«

»Das mache ich, Frau Nikitin.« Er legte auf.

Kaum war die Verbindung unterbrochen, rief Milana das Büro ihres Vaters in Cadarache an. Es dauerte, bis seine Sekretärin abhob. »Guten Tag, mein Name ist Chantale Malisse, Sie sind verbunden mit –«

»Hier ist Milana Nikitin«, unterbrach sie mit mühsam beherrschtem Zorn. »Ich will den Verantwortlichen der Einrichtung sprechen.«

»Oh, Madame Nikitin, mein –«

»Bitte, es ist wichtig.«

»Um was geht es?«

»Darum, dass mir niemand sagte, dass mein Vater bei einem Strahlungsunfall ums Leben kam«, schrie sie beinahe und hielt das Tablet vor den Mund, damit ihre Stimme nicht zu weit durch den festlich geschmückten Saal des Hotels trug. Sie hasste es, die Beherrschung zu verlieren.

»Oh, mon dieu. Catastrophe! Un moment!« Malisse drückte sie in eine Warteschleife, meldete sich aber nach wenigen Sekunden zurück. »Madame Nikitin, ich verbinde Sie mit *Monsieur le directeur,* Charles Montagne.«

Gleich darauf sprach ein Mann mit tiefer Stimme. »Madame Nikitin, ich weiß nicht, was ich sagen soll. Es muss alles schiefgegangen sein. Meine aufrichtige Anteilnahme.« Milana hörte Zerknirschung und Bestürzung. »Mir wurde –«

»Monsieur Montagne, wie kann es sein, dass die Leiche meines Vaters als dreckige Bombe eingestuft wird und mich niemand über seinen Tod in Kenntnis setzte?«, rief sie erneut.

»Es wurde alles in die Wege geleitet, hat man mir von den untergeordneten Stellen gesagt. Das kann Sie natürlich nicht trösten, Madame.«

»Hätten Sie die Güte, mir zu sagen, *wie* mein Vater durch einen Strahlungsunfall ums Leben kam?«

»Das ist leider geheim, Madame.«

»Wollen Sie mich verarschen?« Milanas Stimme wurde eiskalt. »Mein Vater war theoretischer Physiker.«

»Nochmals meine Entschuldigung, aber er hat eine Stillschweigensklausel unterschrieben, die über seinen Tod hinausgeht und sämtliche Vorgänge rund um seine Tätigkeit in Cadarache einschließt.«

»Sie haben ihn verstrahlt, und keiner soll es wissen. Den Unfall und die Selbstverschuldung glaube ich keine Sekunde«, fauchte Milana. *Dafür lasse ich diese Arschlöcher bezahlen, Batjuschka.* »Was ist geschehen? Wer trägt die Verantwortung?«

»Dazu kann ich nichts sagen«, beteuerte Montagne. »Ich forsche gerne nach, was bei Ihrer Benachrichtigung schiefgelaufen ist. Und –«

»Damit kommen Sie nicht durch«, versprach Milana. »Und wenn ich selbst nach Cadarache komme, *Monsieur le directeur.*« Sie unterbrach wütend das Gespräch und öffnete sofort den Browser ihres Tabletcomputers, um nach Meldungen rund um das Kernforschungszentrum zu suchen.

»Milana, ich bräuchte kurz deine Meinung«, meldete sich Pjotr über das Headset. »Die blauen Rosen oder die getigerten Lilien?«

»Später, Poj.«

Milana fand zwei Einträge in Verschwörungsforen, die von einem heftigen Blitz über Cadarache sprachen, den die Verfassenden vor wenigen Tagen gesehen haben wollten – einen Blitz, der von unten nach oben verlief. Das Foto dazu wurde in der Gruppe eifrig diskutiert. Die Entladung kam aus dem Horowitz-Reaktor, der – so wurde eingewandt – noch gar nicht in Betrieb war.

Außerdem stieß Milana auf eine Unfallmeldung aus dem angrenzenden Dörfchen. Ein Mitarbeiter des Zentrums sowie zwei Touristen waren bei einem Autounfall gestorben. *An dem Tag, an dem Batjuschka auch da war.*

Hatte er nicht mehr oder weniger mitten im Gespräch aufgelegt?

War der Unfall der Grund gewesen?

Milana war keine Freundin von vorschnellen Verdächtigungen und Konspirationen. Dennoch mochte hinter den Ereignissen ein Zusammenhang stecken.

Sie wischte sich die Tränen aus den Augen. »In was bist du hineingeraten, Batjuschka?«

Das würde sie herausfinden. Wer ihr die verstrahlte Leiche ihres Vaters ohne ein Wort der Erklärung zusandte, musste mit Hartnäckigkeit rechnen. Mit Nachforschungen, Anwälten und Privatermittlern.

Milana erinnerte sich an den privaten Server von Sergej Nikitin. Sie kannte die Zugangsdaten, weil sie sich darüber größere Datenpakete schickten, die sie keinem Onlinedienst oder Cloudspeicher anvertrauen wollten. *Vielleicht gibt es darauf Hinweise?*

Mit wenigen Klicks war sie drin.

Auf den ersten Blick entdeckte sie nichts. Doch es gab in den Datenbanken einen neuen Ordner namens *Lithos*, der vor zwei Tagen aktualisiert worden war.

Kurz vor Batjuschkas Aufbruch ins Dorf. Nachdem Milana den Ordner geöffnet und die recht einfache Passwortabfrage gelöst hatte, starrte sie auf gescannte Unterlagen, Vermerke, Fotografien von Bildschirmen, die dem Logo nach aus Cadarache stammten.

Für Milana ergab das nur eine logische Erklärung. *Er spionierte! Für Russland!*

Die Chancen, dass es sich bei dem Tod um einen Unfall mit Selbstverschuldung handelte, schwanden gravierend.

Sie verstand wenig von den Inhalten, doch offenbar ging es bei dem Projekt um den Versuch, aus einer Vielzahl von verschiedenen Stückchen und Fragmenten einen massiven, soliden Block zu formen: Lithos.

Was hat das alles zu bedeuten?

Dann entdeckte Milana eine unangetastete Mail, abgeschickt von einem gewissen Stavros Wachtel. *Ein Spamname?* Der Betreff lautete: ES GEHT UM IHR LEBEN, PROFESSOR. *Jemand wollte ihn warnen!* Sie öffnete die Nachricht.

LITHOS IN GEFAHR.
LIQUIDIERUNG VON NIKITIN NÖTIG.
UNFALLVERSCHLEIERUNG EINLEITEN. HEUTE NOCH.
BEI NACHFRAGEN: LIQUIDIERUNG JEDER BETREFFENDEN PERSON.
CODE: NACHTSCHWARZ.
AUTORISIERUNG: FOR THE UNIFORM

»Stalina, ich brauche deine Entscheidung«, sagte Pjotr in ihrem Ohr über Bluetooth.

»Welche Entscheidung?«

»Blumen. Lilien oder Rosen?«

»Warte.«

Milana hatte die wenigen, frappierenden Zeilen zwar gelesen, aber noch nicht erfasst. Jemand meinte es gut mit ihm, doch die Warnung hatte ihren Vater niemals erreicht. Und: Ihr Vater nutzte einen spamsicheren Server, auf den herkömmliche Werbung nicht gelangte. *Nicht ohne einen Firewall-Brecher.* Stavros Wachtel war eine Täuschung. Wer hatte ihren Batjuschka retten wollen? Jemand aus dem Forschungszentrum?

»Lilien oder –«

»Rosen. Nimm die scheißblauen Rosen«, zischte sie und durchforschte den Ordner, den sie nebenbei auf ihr Tablet runterlud.

»Hoppla, was ist denn?«, fragte Pjotr verwundert.

»Nichts. *Charascho,* Poj. Alles *charascho*.«

»Du klingst nicht so.«

»Wenn ich *charascho* sage, ist es so.«

Milana rieb sich Tränen aus den Augen. Es war weder die Zeit noch der Ort, um Wut und Trauer freien Lauf zu lassen. Das Event war wichtiger denn je, weil sie die Kontakte brauchte. Die besten Kontakte bis hoch in die Regierung. Falls ihr Vater für Russland spioniert hatte und deswegen gestorben war, wollte sie die Schuldigen zur Rechenschaft ziehen. In Cadarache. Man brachte Spione nicht einfach um, wenn es brillante Wissenschaftler waren. Dafür benötigte sie Rückendeckung. Speznas OMON, Leute mit Feuerkraft und Skrupellosigkeit.

Milana sah auf den Ordner, der sich im Downloadmodus befand – und bei siebenundsiebzig Prozent einfach verschwand. Gleich darauf erschien der Hinweis: *Server nicht erreichbar.*

Das bedeutete, dass die Mörder von Batjuschka Beweise vernichteten. Aber siebenundsiebzig Prozent davon gehörten ihr.

»Lithos«, raunte Milana und trennte das Pad vom WLAN.

Sie war entschlossen, ihre Kontakte zu aktivieren und nach Cadarache zu reisen. Sie sah auf und begann ihre nächste Runde durch den Saal. Die Falten der Tischdecken fielen nun einwandfrei und so scharf, dass man sich daran schneiden konnte. Sie stieß einen lauten Pfiff aus, sodass Pjotr sich umwandte, und hob den Daumen als Zeichen, dass sie damit zufrieden war.

»Der Abend wird ein Erfolg«, sagte sie zu ihm. »Ein riesiger Erfolg.«

»Wird er, Stalina.«

* * *

*»Der Satz vom Bestehen der Energie
fordert die ewige Wiederkehr.«*

Friedrich Wilhelm Nietzsche:
Der Wille zur Macht II (1922)

KAPITEL 11

DEUTSCHLAND. FRANKFURT AM MAIN. SPÄTSOMMER

Suna wollte eine zweite Warnung absenden, nachdem sie die Mail an Nikitin abgeschickt hatte, doch da warf sich ein hünenhafter Schatten von der Seite auf sie und schleuderte sie rücklings zu Boden.

Gleichzeitig schoss die Killerin.

Das Projektil verfehlte Suna und durchschlug das Display. Flackernd erlosch das Gerät und wurde zu einem perforierten schwarzen Spiegel, aus dessen Loch schwacher Rauch kräuselte.

»Was sollte das?«, rief die Frau. »Ich hätte *dich* beinahe abgeknallt statt der Hackerin!«

Suna wurde am Nacken gepackt und auf die Beine gerissen, was bei einem Leichtgewicht wie ihr keiner großen Anstrengung bedurfte. Sie sah das Blut, das aus der Armwunde der Killerin tropfte, wo ihr geworfenes Messer eine Wunde hinterlassen hatte.

»Neue Direktive: Wir sollen sie lebend mitbringen.« Der dunkelhaarige Mann vor Suna war ein Schrank, ein Wikinger wie aus der Werbung, mit Shirt, Jeans und Turnschuhen. »Du hattest deinen Funk nicht an.«

»Hatte ich!«

»Dann hast du es nicht gehört.« Er wich dem Tritt aus, den Suna in sein Skrotum versuchte, und verpasste ihr einen leichten Faustschlag in den Magen, der sie keuchend nach Luft ringen ließ. »Ich schlage Menschen, die mich schlagen wollen«, erklärte er ihr. »So einfach ist das, kleine Lady.«

Suna hob abwehrend eine Hand und versuchte, zu Atem zu kommen. Fast hätte sie gekotzt.

Die Killerin rappelte sich auf. »Du hast doch auch geschossen!«

»War ein Warnschuss für unsere Messerwerferin«, knurrte der Hüne.

»Und warum will man sie jetzt lebend? Wir beseitigen sie, lassen es nach Beziehungstat aussehen, und es schöpft keiner Verdacht.«

»Wegen der Daten.«

»An die Cloudserver kommen wir über ihren Kumpel Egon.«

Suna konnte wieder normal atmen. Die Fremden verhandelten über ihr Leben, als stünde sie gar nicht daneben. Sie sah auf ihren toten Ex-Freund hinab, der ausgestreckt und mit leerem Blick auf dem Boden lag, das Blut rann unter seinem Rücken hervor und floss über den rissigen Asphalt.

Von Weitem erklang eine Polizeisirene, die sich rasch näherte. Die Schüsse waren gehört worden.

»Verschwinden wir von hier.« Der Mann hielt Suna mit einer Hand im Genick; den kräftigen Händen nach konnte er die Wirbel mit einer einfachen Drehung brechen. »Ich empfehle dir, mit uns zusammenzuarbeiten. Dann wirst du vielleicht Antworten auf deine Fragen bekommen.«

»Sie ... haben meinen Ex erschossen.« Suna sah zur Killerin, die das blutige Messer aufhob und einsteckte.

»Soweit ich weiß, war er kurz davor, dich umzubringen«, gab sie zurück. »Für den Schnitt im Arm wirst du bezahlen.«

»In Bitcoins?«, erwiderte Suna frech und wurde sogleich vom Hünen durchgeschüttelt. Leise, aber hörbar riss eine Naht am Jackett, das wie ihre Stoffhose ramponiert aussah. »Ja, gut, gut. Ich bin schon still.«

Die Killerin mit dem halblangen blonden Pferdeschwanz zog den Mantel aus und verdeckte damit ihre Wunde. »Wir bringen dich zu unserem Wagen, und du wirst artig sein. Ich soll dich zwar lebend abliefern, aber von blauen Flecken oder Stichwunden haben sie nichts gesagt, richtig?«

Der Hüne verneinte.

»Gut.« Sie hob die Tasche mit dem vernichteten Laptop und den Tablets auf und durchsuchte Stefans Leiche, damit es nach Raubmord aussah. Geld und Smartphone steckte sie ein, den Rest warf sie zurück auf den Toten. »Dann los.«

»Artig sein.« Der Koloss legte einen Arm um Suna und machte aus ihnen beiden ein sehr ungleiches Liebespaar, während die Killerin an ihrer anderen Seite ging, damit die Hackerin sich nicht losriss und wegrannte. »Nicht vergessen.«

Sie verließen ohne Hast das Sträßchen und bogen auf die Freßgass ein, hielten auf einen schwarzen Mercedes-Transporter zu, der am Fahrbahnrand mit laufendem Motor wartete.

Zwei Polizisten kamen die Straße entlang und an ihnen vorbei, in Schutzweste, die Hände griffbereit an den Holsterlaschen. Sie näherten sich rasch der Passage.

»Kein Wort, nicht mal eine Geste«, raunte die Killerin zu Suna.

»Bin nicht lebensmüde«, erwiderte sie. Ihre Stimme klang zu hoch, die Angst war deutlich zu hören. Sich virtuell mit Firewalls, Sicherheitsabfragen und gegnerischen Hackern herumzuschlagen fiel ihr als Nótt leicht. Die Bedrohung war abstrakt und bedeutete keine Gefahr für ihr Leben. Aber nun, eingekeilt zwischen zwei Menschen, die sie jederzeit ausknipsen konnten wie eine Antivirussoftware ein Schadprogramm, fühlte sie sich nackt, ausgeliefert.

»Hey, Sie. Stehen bleiben«, erklang unvermittelt die Stimme eines Mannes hinter ihnen, keine zehn Meter vom Mercedes entfernt. »Bitte drehen Sie sich langsam zu uns um.«

Suna wandte den Kopf und sah die Polizisten mit gezogenen Pistolen näher kommen. Einer schaute auf die Spur aus roten Tröpfchen, die zur Killerin führte.

»Ich lenke sie ab, du bringst die Kleine zum Wagen«, raunte die Frau und zog ihre Waffe unter dem Mantel hervor. »Du weißt, was zu tun ist.«

Sunas Angst verstärkte sich. »Bitte, ich will nicht in –«

»Aber sicher, Herr Polizist.« Die Killerin täuschte beim Umdrehen vor, das Gleichgewicht zu verlieren, und stürzte absichtlich. Fluchend hielt sie sich das Fußgelenk, den Mantel über der Hand mit der Pistole.

Oh, Scheiße. Suna wollte die beiden Männer warnen, doch der eiserne Griff des Hünen in ihrem Genick war Warnung genug. So musste sie mit ansehen, wie die Frau auf die Ordnungshüter schoss, heimtückisch unter dem Stoff heraus; die Schüsse klangen gedämpfter als in der Gasse.

Die Polizisten wurden in die Oberschenkel getroffen und stürzten aufschreiend und blutend zu Boden.

Passanten glotzten herüber und gingen rufend in Deckung, nachdem sie verstanden hatten, was geschah. Manche filmten blindlings mit dem Smartphone.

»Los!« Der Riese rannte auf den Mercedes zu und zerrte Suna mit sich, öffnete die hintere Schiebetür. »Rein!«

»Unten bleiben«, schrie die blonde Killerin die Beamten an und sprang auf die Beine. »Wer sich …« Einer der Polizisten hob die Waffe und bekam von ihr sogleich eine Kugel durch den Hals. Röchelnd sackte er zusammen und lag still. Rote Sprenkel zeichneten sich auf dem Boden und der Uniform seines Kollegen ab. »Ich sagte: Unten bleiben!« Langsam ging sie rückwärts. »Ich schwöre, dass ich dich erledige, solltest du Held spielen wollen!«

Der zweite Polizist hob mit schmerzverzerrtem Gesicht die Arme und warf seine Pistole weg.

»Mach schon, mach schon, mach schon!«, rief die Fahrerin

ungeduldig und ließ den Mercedes langsam anrollen. »Es kommen noch zwei Wagen, haben sie im Funk gesagt.«

Suna wurde mehr in die Tür geworfen denn geschoben. Sie landete auf dem Leder, der Hüne schwang sich zu ihr und schubste sie weiter, dann war auch die Killerin im Auto. Der Transporter raste mit quietschenden Reifen los.

Der abgehörte Polizeifunk tönte durch den Innenraum. Die Zentrale schickte noch eine Streife, gleich danach wurde ihr Wagen zur Fahndung ausgerufen. Zeugen hatten sich das Nummernschild gemerkt.

»Gut. Fahr in die Limpurgergasse auf dem Römer«, befahl der Hüne der Fahrerin.

»Da landen wir mitten in der Fußgängerzone!«

»Ich weiß, wo das ist. Deswegen müssen wir dahin.« Der breitgebaute Mann nickte Suna zu, als gehörte sie zu ihnen. »Geht alles glatt, haben wir keine Probleme.«

Die Killerin zurrte ihren blonden Pferdeschwanz fester, wechselte das Magazin und lud das halbverschossene mit Patronen nach, die sie aus dem Handschuhfach fischte. *Klick, klick, klick,* die Metallhülsen rasteten schnell ein. »Damit du dich schon mal darauf einstellen kannst, Kleine«, erklärte sie dabei, »wir gehen durch eine besondere Tür. Team Alpha zwei wird sie hinter uns unbrauchbar machen. Dann sind wir in Sicherheit und können uns in aller Ruhe unterhalten.«

Suna wollte sich nicht mit diesen Typen unterhalten. »Wie kann man eine Tür unbrauchbar machen?«

Der Hüne lachte und machte sich an die Versorgung der Armwunde seiner Kumpanin. Der Schnitt wurde von ihm getackert, während sie keine Miene verzog. »Sie weiß nichts.«

»Oder sie stellt sich dumm. Dabei ist dieses Köpfchen so schlau.« Die Killerin zielte mit der Pistole auf Sunas Stirn. »Und du willst nicht einmal nachgeforscht haben, was es mit den Particulae auf sich hat?«

Der Mann ergriff das Wort. »Sonst wüsstest du: Es sind

Steinsplitter extraterrestrischen Ursprungs. Erhalten sie einen starken Impuls, bauen sie ein Kraftfeld auf, durch das man gehen kann und an einem anderen Ort landet.« Der Hüne betrachtete Suna genau. »Dazu müssen die Splitter in einem Rahmen verbaut sein, damit sich das Kraftfeld in etwas strukturieren kann. Wie in einer Tür.«

Suna lachte. Sie konnte nicht anders, es war zu lächerlich. Eine Sekunde darauf fielen ihr die ganzen Suchbegriffe ein, die sie für die Stiftung im Auge behalten hatte, sowie die abgefangenen Nachrichten. *Scheiße. Was, wenn es stimmt?* Ihre Heiterkeit erstarb. »Okay, angenommen, das ist wahr: Wo kommen wir raus, sobald wir durch sind?«

Die Killerin senkte die Waffe. Der kastenförmige Mercedes schlitterte in die Kurve und driftete gekonnt durch die Innenstadt. »Siehst du dann.«

Die Fahrerin hupte mehrmals und schoss von einer Lücke in die nächste, als wäre das Fahren durch den dichten Verkehr ein brachiales Stockcar-Rennen. Außenspiegel wurden abgerissen, prallten mit einem dumpfen Geräusch an die Karosserie oder gegen die Scheiben. »Gleich sind wir in der Limpurgergasse.« Sie zwängte den PS-starken Transporter durch eine zu schmale Lücke und rammte zwei Kleinwagen zur Seite. Das Kreischen von Metall, splitterndem Plastik, weiteres Hupen und Krachen fielen hinter ihnen zurück.

Suna schrie erschrocken auf, als eine plötzlich auftauchende Fußgängerin vom Kühler erfasst wurde. Sie knallte mit dem Kopf auf die Motorhaube, Blut spritzte hinauf bis zur Scheibe. Der Regensensor registrierte die Feuchtigkeit und schaltete die Wischblätter ein, die das flüssige Rot vom Glas schabten. Der Mercedes hüpfte spürbar, als er über die Passantin rollte.

»Nach rechts«, befahl die Killerin.

Der schwarze Transporter pflügte durch die Außenbestuhlung eines Restaurants. Die Stühle und Tische flogen umher und trafen in Deckung springende Menschen oder durchbrachen die Scheiben der Gaststätte.

»Zwei Bullen. Hinter uns«, kommentierte die Fahrerin und lenkte den Mercedes hart nach rechts, das driftende Heck touchierte eine Mauer, die Insassen wurden durchgeschüttelt. Schon drückte sie das Gaspedal durch.

»Nein! Halt an.« Die Killerin griff nach dem Türöffner. »Es sind nur noch einige Meter.«

Der Wagen kam abrupt zum Stehen. Der Hüne zog einen Rucksack neben dem Sitz heraus und zerrte Suna mit sich, die vor Schock nicht mehr wusste, wo oben und unten war. Alles drehte und wankte um sie herum, sie hatte sich auf die Zunge gebissen und schmeckte ihr eigenes Blut, sah Hautfetzen und Haare am eingedrückten Kühler.

Die Umgebung verschwamm, während Suna lief und rannte und stolperte, stets die Hand des Mannes im Nacken, der sie vorwärtsriss.

Es ging durch mehrere Türen und wurde dunkler. Suna hastete notgedrungen neben ihrem Entführer her, fiel halb die Stufen in einen düsteren Kellergang hinab. Erst nach einer Weile sah sie am Ende Licht, während es mehrmals hinter ihr knallte. Die Killerin schoss eiskalt auf Verfolger.

»Da hinein.« Der Hüne schob Suna durch eine spaltbreit geöffnete Eisentür in einen hellen Raum. Die Lampen blendeten sie, ihre Augen mussten sich erst daran gewöhnen.

»Suna!« Die vertraute Stimme gehörte Egon. Als sich ihre Pupillen eingestellt hatten, sah sie ihren etwas fülligeren Hacker-Kumpel mit den Händen auf den Rücken gefesselt, in weißem Bademantel und karierter Unterhose neben zwei maskierten Bewaffneten. Die Brille sowie goldene Ketten um den Hals hatte man dem Neunzehnjährigen gelassen, die Anhänger waren in Form von IT-Symbolen. »Das sind die Typen mit dem Kopfgeld!«

»Nein, sind sie nicht«, erwiderte sie und freute sich, ihren

Kumpel wohlbehalten, wenn auch erniedrigt zu sehen. *Es könnte schlimmer sein.* Egon hatte noch einen zweiten Bademantel, rosafarben mit Kapuze, an der zwei Hasenohren baumelten. Schon alleine deshalb hätte sie niemals etwas mit ihm anfangen können.

Sunas Blick fiel auf die antike Tür in der rechten Seitenwand des feucht riechenden Kellers, dessen Bauart auf ein hohes Alter hindeutete. Die schwarzgrauen Steine im Türrahmen waren von der dicken Lackfarbschicht des Holzrahmens befreit worden und sprangen ihr durch das silberne Schimmern ins Auge. *Die Particulae!* Es gab sie wirklich.

»Team Alpha zwei, die Bullen sind im Gang. Räumt sie ab«, befahl die Killerin ohne Hast über ihr Headset. Sie war am Eingang stehen geblieben und schoss in den Korridor. Der Beschuss wurde aus der Entfernung erwidert, die Projektile sirrten klirrend gegen das Eisenblatt und klimperten auf dem Boden. »Danach bergt ihr die Particulae.«

Der Hüne schob Suna auf die alte Tür zu. »Wir gehen durch.« Er langte nach dem korrodierten Türklopfer in Form einer Faust. »Titia, kommst du?«

»Ja, ich –« Die Killerin stieß unvermittelt einen Fluch aus und hielt sich die Schulter, zwischen ihren Fingern sickerte Blut heraus. »Scheiße. Die kommen näher und schießen besser als die Streifenbullen.« Sie drückte die Tür zu und winkte einen der maskierten Aufpasser zu sich. »Die Stellung halten. Verstanden?«

Der Mann nickte und hob seine kleine Maschinenpistole, ging neben dem Eingang in Lauerposition.

»Was sind das für Leute?« Egons Bademantel klaffte auseinander und gab den Blick auf seinen untrainierten Körper sowie das aufgebügelte Avengers-Zeichen der Unterhose frei. »Wenn sie dich nicht umlegen wollen, was ist dann?«

»Ich weiß es nicht.«

Suna beobachtete gespannt, wie der Hüne den Türklopfer betätigte und im nächsten Moment ein gleißendes Flirren entstand; es ging mit einem ohrenpeinigenden Knistern wie von Metallfolie einher, das laut von der Gewölbedecke hallte. Die Particulae schimmerten nun beständig. Der Rahmen erhitzte sich spürbar, die Wärme rollte als Woge gegen die Hackerin, und das alte Holz knackte unter der entstehenden Spannung.

Als das betagte, rissige Türblatt vom Hünen aufgezogen wurde, erschien dahinter ein klares, bläuliches Blitzen, das chaotische Verästelungen bildete, einem misslungenen Spinnennetz nicht unähnlich, ohne dass man hindurchschauen konnte.

»Ach du Scheiße«, entfuhr es Suna. *Es stimmt wirklich.* Ein leises Vibrieren ging von der Energie aus. *Infraschall?*

Der erste Aufpasser eilte durch das Kraftfeld und war im nächsten Moment verschwunden.

»Holy Guacamoly«, rief Egon und blies eine dunkelbraune Strähne aus dem Gesicht. »Was bei allen …? Sind wir doch in der Matrix?« Er schaute ängstlich an sich herab. »Wird da was passieren? Wegen des Golds in den Ketten? Ich meine, gibt es dann …«

»Du zuerst«, sagte der Hüne zur verletzten Killerin, die mehr hindurchtaumelte als zu gehen. Der Blutverlust und der Wundschock machten ihr zu schaffen.

Von draußen erklang ein dumpfer, lauter Schuss, und das Schloss der Eisentür flog aus der Halterung, der Eingang sprang auf.

Der lauernde Aufpasser wurde zurückgeschleudert und feuerte dabei mit der Maschinenpistole in den Korridor, in dem eine behelmte Polizistin mit Kevlarweste und Schrotgewehr stand.

Das Geschoss wurde von der Weste der Beamtin aufgehalten. Schuss um Schuss gab sie ihrerseits in rascher Folge auf den am Boden liegenden Gegner ab, der von den Kügelchen zerspant wurde.

»Polizei! Hinlegen!«, rief sie und richtete den großen rauchenden Lauf der Pumpgun auf Egon, Suna und den Hünen. Dabei bemerkte sie das Schimmern im Rahmen. »Was ist das? Schalten Sie das ab! Sofort!«

»Nicht! Wir sind von den Typen entführt worden!« Der Riese fuchtelte mit den Händen. »Nicht schießen, bitte! Wir sind Geiseln.« Noch bevor Suna die Polizistin warnen konnte, hatte der riesige Mann nach seiner versteckten Pistole gegriffen – und drückte ab.

Doch die Beamtin feuerte ebenso.

Fuck! Suna sah die schwarze Wolke aus kleinsten Kügelchen wie in Zeitlupe auf sich zufliegen, die sich unterwegs auffächerte, um möglichst viele Ziele zu treffen. »Runter!« Rechtzeitig ließ sie sich fallen, um dem Schwarm Blei zu entgehen.

Auch der Hüne sank herab und schoss dabei weiter auf die Gegnerin.

Egons rechte Bademantelseite wehte unvermittelt wie im Sturm, dann schrie der junge Hacker auf und fiel rücklings gegen den Rahmen, rote Tropfen und Flecken zeigten sich im weißen Stoff. Seine gefesselten Hände verhinderten, dass er sich abstützte.

Schlagartig veränderte sich das flirrende Energienetz. Zwei der Particulae hatten unter dem Beschuss gelitten. Eines war zu großen Teilen abgeplatzt, ein anderes in der Mitte gespalten.

»Scheiße. Das ist nicht gut«, redete Suna vor sich hin, die Angst griff nach ihrem Herzen und drückte fest zu. Trotz der hohen Dosierung spürte sie keine Wirkung ihrer Medikamente. Zu viel Adrenalin, zu viel Furcht.

Die Polizistin ließ mit einem Stöhnen die Schrotflinte fallen und sank auf die Knie. Ein Schuss durch Helm und Kopf der Frau beendete ihr Leben, stumm fiel sie nach hinten um. Aus seinem Funksprechgerät knarzten Rufzeichen und Anweisungsfetzen.

»Durch!«, befahl der Hüne und riss den verletzten Egon herum, an dessen rechter Seite Blut hinabrann. Kleine Löchlein prangten im weichen, weißen Fleisch. »Los, los, los!«

»Halt! Da!« Panisch machte ihn Suna auf die beschädigten Particulae aufmerksam. »Ist das schlimm?«

»Sehen wir gleich.« Der Entführer stieß den schreienden Egon durch das netzartige Kraftfeld, packte die Hackerin am Kragen und schleuderte sie hinterdrein.

Für Suna verschwand die Welt in bläulich grünem Licht, und die Schwerkraft endete.

Das Körperliche kam ihr abhanden, sie existierte alleine im Denken, das so schnell lief, als hätte ihr Gehirn ein Superboost erhalten und könnte alle Überlegungen parallel verarbeiten. Es fühlte sich großartig an. *Ich bin ein Superrechner!*

Dann verlor sich das Licht, es wurde dunkler – und Suna stürzte der Länge nach auf Steinboden. Schmerzen in den Ellbogen und Knien waren die Folge, die Desorientierung fachte ihre Angst erneut an.

Zwei Notleuchten über einem Schild mit der Aufschrift *Emergency* spendeten trübe Helligkeit, die gerade ausreichte, um Wände aus grauem Naturstein sowie einer weiteren Gewölbedecke über ihr zu erkennen. Weder war es kalt noch roch es feucht.

»Hoch, Nótt«, vernahm sie den Befehl der Killerin. »Lieg nicht im Weg rum. Und dann rühr dich nicht. Verstanden?«

Suna zog sich mit pochendem Herzen an der Wand empor und sah sich um, während sich ihre Augen ein weiteres Mal an ein Halbdunkel gewöhnten. »Scheiße. Das ... das ist doch alles ...« Sie biss die Zähne zusammen, um nicht unentwegt zu plappern. *Wer weiß, was uns auflauert?*

Egon lehnte an der Wand, die Hände immer noch gefesselt.

Der maskierte Aufpasser sicherte den einsamen Gang hinab, während die Killerin mit dem Messer Fetzen aus dem Innenfutter ihres Mantels schnitt und sich die Wunde an der Schulter notdürftig verband, um die Blutung zu stoppen.

Das ist so abgefahren. Und Furcht einflößend. Suna wollte am liebsten in das Stadium des Superrechners zurückkehren. Dort hatte sie sich sicher gefühlt. Die Panik war ausgeschaltet gewesen, während sie jetzt immer schlimmer wurde. »Wo sind wir?«

»Im Tower.« Die Killerin zog sich den Druckverband mit einer geschickt gelegten Schlinge enger.

»Welcher Tower?«

Suna sah den Hünen mit dem Rucksack auf dem Rücken durch das Kraftfeld kommen und wich ihm aus. Winzige blassblaue Blitze, haardünn und millimeterlang, umwaberten den Mann, bis er gänzlich aus der Energie getreten war. Der Infraschall brachte ihre Innereien zum Tanzen, es war unangenehm und verhinderte, dass sie sich beruhigte. Sie tastete nach dem Blister mit den Tabletten. *Ich dreh gleich durch!*

Die Killerin wischte sich den kalten Schweiß von der Stirn. »Fuck, ich muss zu einem Arzt.«

»Kriegen wir hin.« Der Hüne schloss die Tür, und das Leuchten verging ebenso wie das andauernde Vibrieren. Das Kraftfeld war zusammengebrochen. Sofort machte er sich mit einem Messer daran, die Particulae rücksichtslos aus dem Holz zu hebeln und sie in die Seitentasche seines Rucksacks zu stecken. »Ein halbes Dutzend«, meldete er erfreut. »Wieder ein paar Bausteine mehr für den Arkus.«

»Hoffen wir, dass Alpha zwei die Steine in Frankfurt sichern konnte.« Die blonde Killerin zog Egons Bademantel leicht auseinander, um seine Wunde zu prüfen. »Nichts Schlimmes. Deine Gedärme sind noch drin. Verschwinden wir und lassen uns flicken.«

Doch der junge Computernerd blieb mit den Armen auf

dem Rücken wie angewurzelt stehen. Seine Augen waren glasig, er atmete schnell, und die Nasenflügel blähten sich unter dem Druck wie Blasebalge. »Hört ihr sie nicht?«, raunte er verängstigt. Das Zittern seines Körpers übertrug sich auf die Ketten, die leise klirrend aneinanderrieben.

Er hat Panik. Suna machte ein paar Schritte auf ihren Kumpel zu. Dass sie ihn mal beruhigte, hätte sie nie für möglich gehalten. In ungezählten Fällen war es andersherum gewesen. Dabei hatte sie genug damit zu tun, ihre eigene Panikattacke nicht siegen zu lassen. »Ruhig. Wir gehen –«

»Hört ihr sie nicht?«, raunte Egon abwesend, die braunen Strähnen hingen ihm vor den Augen. »Sie ... sind im Gemäuer. Um uns herum.«

»Wer?« Suna nahm seine eiskalte Hand, an der sein Blut haftete, und drückte sie behutsam. Ein Schauder rann über ihren Rücken. »Wer ist da?«

»Lass den Scheiß, Hackerboy, und setz dich in Bewegung«, raunzte der Hüne.

»Die Geister. Die Seelen der Toten.« Egon hatte nicht einmal geblinzelt, seit er in seine rätselhafte Starre verfallen war. »Sie reden zu mir. Und warnen mich. Vor ...« Er schüttelte den Kopf. »Nein, sie wollen etwas.«

»Gute Show.« Der Riese stieß ihn an der linken Schulter an. »Mach da draußen weiter. Wir –«

Egons Kopf zuckte herum, und er schnappte nach dem Mann. Die Zähne schlugen sich tief in den Unterarm und rissen einen Brocken Fleisch samt Stoff heraus, den er lachend auf den Boden spuckte. Mit einem Ruck sprengte er den Kabelbinder und hatte die Hände frei; dass er sich dabei die Haut aufschnitt, spürte er offenbar nicht.

»Hört ihr sie nicht?«, schrie er irre. »Sie wollen uns! Unsere Energie! Unser Blut!«

Er ist ... verrückt geworden! Durch die Passage? Suna wich vor ihrem Freund zurück, ihre Panik schnellte in den dunkelroten Bereich. Der Raum bot ansatzlos nicht genug Luft zum Atmen, das Blut rauschte und klopfte in ihren Ohren. »Langsam, Egon!«

Der Hüne starrte auf die enorme Wunde in seinem Arm, aus der Blut sprudelte und zu Boden plätscherte. »Fuck.«

»Erledige das Arschloch«, befahl die Killerin.

Der maskierte Aufpasser wandte sich um und schoss dem jungen Hacker zweimal in die Brust.

»Fuck, ihr …!« Suna schrie bei dem dröhnenden Doppelknall auf und legte die Hände über die Ohren.

Aber Egon fiel nicht, obwohl die Treffer durch Lunge und Herz gegangen sein mussten. »Die Geister haben mich ausgewählt«, jaulte er und ergriff blitzschnell den Kehlkopf des Hünen, der vor ihm zurückweichen wollte. Egons Finger zuckten, es knackte laut und vernehmlich, und der Hals verkleinerte sich unter dem Druck um die Hälfte.

Röchelnd, fiepend und erstickend brach der kräftige Mann zusammen, die Hände um die zerquetschte Kehle geschlungen, als könnte er die Verletzung heilen.

»Scheiße, Egon!« Suna wusste nicht, was sie tun sollte, und hielt sich erneut die Ohren zu, als der Maskierte sein gesamtes Magazin in ihren Kumpel setzte.

Die Maschinenpistole röhrte, langes Mündungsfeuer tanzte vor dem Lauf. Einschusslöcher taten sich im untrainierten Leib auf, Blut floss, und das rechte Auge ging bei einem Kopftreffer verloren – aber Egon fiel nicht.

Mit einem wahnhaften Schrei griff er seine Peiniger an. Der erste Hieb durchbrach die zur Deckung gehobenen Arme der Killerin und zerschmetterte ihren Unterkiefer, riss ihn aus den Gelenken. Sie wurde von der immensen Wucht gegen die Mauer geschleudert, prallte davon ab und blieb mit zerbrochenem Gesicht liegen.

Suna konnte sich nicht rühren. *Ich stecke in einem Horrorfilm!*

Schon sprang Egon über die blonde Frau hinweg und griff den Maskierten an, der ein Messer zog und in rascher Folge auf ihn einstach. Wohin die Klinge auch traf, fügte sie ihm tiefe Wunden zu. Doch selbst als seine Halsader geöffnet wurde, setzte der Hacker seine Attacken fort, als wäre nichts geschehen.

Suna hatte bei zwei Dutzend Stichen aufgehört zu zählen. *Er ist nicht zu bezwingen.*

»Sie verlangen euer Blut«, schrie Egon, dessen Bademantel sich komplett rot färbte. Er bekam den Gegner zu greifen und hielt ihn mit der Rechten am Kragen, während er mit der Linken zuschlug, die Faust in gerader Linie auf Nase, Mund und Augen prasseln ließ. Wieder, wieder und wieder. »Hört ihr sie nicht?«

Was mache ich, wenn er mich attackiert? Suna ging mit weichen Knien zu dem zusammengebrochenen Hünen und tastete ihn nach einer Waffe ab, um sich verteidigen zu können. Sie nahm den Rucksack an sich, danach die Pistole. Sie hatte noch nie in ihrem Leben geschossen, aber viele Filme gesehen. Ob es reichte, würde sich zeigen. *Ich will nicht auf ihn schießen.* »Egon! Egon, hör auf!«

Die Schlagbewegungen ihres Kumpels verlangsamten sich und verloren an Kraft. Der Gegner hing regungslos in Egons Griff, auf die Zehenspitzen gestellt und das Gesicht unter der Sturmhaube deformiert.

»Die Geister«, ächzte Egon. »Die Geister, Suna. Hörst du sie nicht?« Er ließ den Maskierten fallen und lehnte sich mit dem Rücken gegen die Wand, rutschte abwärts und atmete flach, schnell. »Sie rufen nach mir. Nach meiner Seele. Das Blut reicht ihnen nicht.« Er lächelte sie friedlich an, rote Schlieren und Spritzer auf dem Antlitz. Es gab keine Stelle mehr an ihm, die ohne Blut war. Eigenes und fremdes. »Aber ich habe dich gerettet. Ohne Computer. Das ist irre!«

Der Geruch nach Metall, Süße und Tod setzte Suna zu.

Sie würgte das aufsteigende Essen in ihrem Hals hinab. Am liebsten wäre sie aufgesprungen und gerannt, weit, weit weg und so schnell sie vermochte.

»Hast du.« Sie verfolgte, wie seine Pupillen langsam das Lebendige verloren. Egon starb im Tower von London, umringt von den Leichen der Entführer und Mörder.

»Das ist alles so verrückt«, rief Suna leicht hysterisch. »Weg hier, bloß weg hier.«

Sie warf die Pistole in den Rucksack zu den Particulae, sah zum Abschied zu Egon – und erstarrte: Das Blut auf seinem nackten Körper war verschwunden. Geblieben waren die eindrucksvollen Messerwunden, die seltsam leer wirkten.

»Wie ausgesogen und abgeleckt.« Suna schauderte. »Das muss Einbildung sein. Das Licht oder sonst was.«

Sie wich in den Gang zurück.

»Nein, keine Einbildung«, sagte eine sanfte Stimme in ihrem Kopf.

»Sondern genau, wie du denkst«, sprach eine zweite freundlich.

»Wir helfen dir. Dafür fütterst du uns gelegentlich«, fügte eine dritte hinzu.

»Nein, nein, nein!« Suna hielt sich mit einer Hand die Stirn. Noch mehr Seltsames ertrug sie nicht. Nebenwirkungen der Medikamente? Überlastetes Gehirn? Stand sie kurz vor einem Nervenzusammenbruch? »Es ist nur Einbildung. Nur Einbildung, Suna«, redete sie vor sich hin.

»Ist es nicht. Ihr habt uns aufgesammelt. Unterwegs. Als ihr durch unser Reich gegangen seid«, sprach die erste Stimme.

»Dabei wollten wir gar nicht mit.«

»Aber wir waren neugierig«, sagte die dritte. »Wären wir nicht so nahe herangegangen, als diese Wesen durch unser Territorium traten, hätte uns ihr Sog nicht erfasst.«

Suna rannte. *Ein Nebeneffekt des Kraftfeldes. Ganz sicher.* Es hatte etwas mit ihrem Verstand gemacht, wie auch mit dem von Egon. Man wurde manisch, verrückt, schizophren und vollgeladen mit Adrenalin. *Der Infraschall. Der wird es gewesen sein.*

Leise klirrten die Particulae im Rucksack, als wollten sie sich in Erinnerung bringen. Im gleichen Moment kam ihr in den Sinn, dass zwei Steine beschädigt worden waren, bevor sie hindurchgegangen waren. Konnte das der Grund für den aufkommenden Wahnsinn sein?

»Ich will nicht verrückt werden.« Suna erreichte eine weitere Tür und öffnete sie nach knappem Zögern.

Gleich darauf stand sie in einem mittelalterlich anmutenden Gebäudetrakt, durch den sich just eine Touristengruppe bewegte. Niemand achtete sonderlich auf sie, nur manche warfen der jungen Frau in der schmutzigen, ramponierten Kleidung fragende Blicke zu.

Unauffällig gesellte sich Suna zu ihnen und verließ nach wenigen Minuten mit den Besuchern zusammen das historische Gebäude. Staunend stand sie im strahlenden Sonnenschein vor dem berühmten Tower, über den Rabenschwärme krächzend zogen.

Mitten in London.

Die letzten Zweifel starben. Sie waren durch die Tür mit dem Klopfer und dem Kraftfeld von einer Sekunde auf die nächste Hunderte Kilometer gereist. Von Frankfurt in die britische Hauptstadt. Sunas Panik verflog an der frischen Luft und in der Wärme des Taggestirns. Sie drückte eine Pille aus dem Blister in ihrer Jackentasche und korrigierte den Sitz des Rucksacks.

»Jetzt will ich wissen, was da abging«, sagte sie zu sich und schluckte das Medikament. Sie musste duschen. Schlafen. Hoffen, dass sie nicht vom sterbenden Egon träumte. »Was hat es mit den Türen auf sich?« Die Frage war essenziell. Nicht zuletzt, weil sie sich von der Antwort Hilfe im Kampf gegen den bevorstehenden Wahnsinn erhoffte.

Dabei gab es mehrere Spuren.
Erstens, Sergej Nikitin.
Zweitens, der Inhalt des Rucksacks ihrer Entführer.
Drittens, die Stiftung.
Und nicht zu vergessen, viertens, der Schreinermeister.

Langsam ging Suna los. »Es wird Zeit, wieder zu Nótt zu werden«, brabbelte sie und hielt Ausschau nach einem Internetcafé. Für den Anfang musste es das tun. Hauptsache, ein Computer und eine schnelle Leitung.

* * *

FRANKREICH, NAHE DEM KERN-
FORSCHUNGSZENTRUM CADARACHE,
SPÄTSOMMER

Die Limousine, die Milana in Marseille am Flughafen abgeholt hatte, fuhr durch die herrliche südfranzösische Gegend, ohne dass die Passagierin etwas vom Licht, der Landschaft und den wechselnden Ausblicken mitbekam. Sie saß im Fond des Mercedes-CLA und studierte die letzten Textfragmente und Bilder des unvollständig heruntergeladenen Ordners, den sie auf dem Server ihres Vaters gefunden hatte.

Je mehr Milana darin las, desto unnormaler erschien ihr, was in Cadarache vor sich ging. Was ihr Sergej hinterlassen hatte, kam ihr wie ein Skript für einen Science-Fiction-Thriller vor. Es klang wenig nach trockener Kernphysik, sondern unglaublich, fantastisch und sehr abgefahren.

Die zwei Dutzend Bilder, die er zur Untermauerung der Niederschriften hinzugefügt hatte, schienen fremde Welten zu zeigen oder waren mittels eines gigantischen CGI-Programms erschaffen worden.

»Wenn Sie etwas zu trinken möchten, Madame, in der Armlehne ist eine kleine Auswahl«, sagte der Chauffeur und sah über den Rückspiegel zu ihr.

»Danke, ich brauche nichts.« Milana blickte kurz auf und nickte freundlich-abweisend. Sie hatte das strenge schwarze Businesskostüm ausgesucht, nur um ihren Hals lag lose ein weißer Seidenschal. Modische Trauer und eine perfekte Frisur, um die Leute in Cadarache zu beeindrucken. »Wie lange noch?«

»Mehr als eine Viertelstunde wird es nicht sein, Madame.«

»*Spassiba*. Ich meine: *Merci*.« Milana sprach fließend Französisch, aber ihre Gedanken hingen gerade in den faszinierenden russischen Texten ihres Vaters.

Sie rief die nächste Beschreibung auf.

HABE DIE VIERTE TÜR GEÖFFNET.
WIEDER EINE UNBEKANNTE WELT. ERDÄHNLICH. ABER MIR ZU GEWAGT. NACHDEM ICH VORHER IN EINER ASIATISCHEN GROSSSTADT HÄTTE SPAZIEREN GEHEN KÖNNEN. MIT EINEM SCHRITT DURCH DAS KRAFTFELD VON CADARACHE NACH TOKIO. GLAUBE ICH. ICH WÜRDE AN MEINEM VERSTAND ZWEIFELN. HÄTTE ICH KEINE BEWEISE. DOCH DIE GESCHOSSENEN BILDER BELEGEN ES. ALLES!
SIE HABEN DIE TÜREN IMMER NOCH IN DER LAGERHALLE UNTERGESTELLT. NEBEN DEM HOROWITZ. NIEMALS WÄRE ICH DARAUF GEKOMMEN. WELCHEN SCHATZ SIE DA HORTEN. STRÄFLICH. ES NICHT DER MENSCHHEIT ZUGÄNGLICH ZU MACHEN. STRÄFLICH UND VERWERFLICH!

Milana las das vorläufige Fazit ihres Vaters.

ES IST SICHER: DIESE TÜREN SIND PORTALE, DIE MAL IN UNSERE WELT FÜHREN, MAL IN FREMDWELTEN.
PRIMECON VERHEIMLICHT ES. DIESE SCHURKEN! SIE VERHEIMLICHEN DIESE SENSATIONELLEN NEUIGKEITEN UND HEMMEN DEN FORTSCHRITT.
NOCH VIEL SCHLIMMER IST ES, DASS SIE DIE WUNDERWERKE ZERSTÖREN, UM AN DIESE STEINCHEN ZU KOMMEN, DIE SIE PARTICULAE NENNEN.
DAS KANN ICH IHNEN NICHT DURCHGEHEN LASSEN. DIE WELT MUSS ES ERFAHREN, UND MIT RUSSLAND BEGINNE ICH.

Milana klickte und öffnete das nächste Memo.

LITHOS. JETZT VERSTEHE ICH ES!
DIE KLEINEN PARTICULAE ERSCHAFFEN DAS KRAFTFELD. ABER PRIMECON WILL MEHR. MEHR ALS EIN KRAFTFELD.
MEINE MESSUNGEN DAZU SIND MINDESTENS IRRITIEREND. DAS IST MIT IRDISCHEN METHODEN KAUM ZU ERMITTELN. LITHOS KANN DIE ERDE ZERSTÖREN!

Der letzte Eintrag ihres Batjuschkas lautete:

VERFLUCHT! ICH HABE MEINE WICHTIGSTEN UNTERLAGEN VERLOREN, UND ICH AHNE, HINTER WELCHER TÜR SIE LIEGEN. ES MUSS DIE WEISSE BAUHAUS-TÜR MIT DEM GLASEINSATZ UND DEM SILBERNEN TÜRKLOPFER GEWESEN SEIN.
MORGEN KEHRE ICH DAHIN ZURÜCK UND SUCHE. ZUMINDEST SIND SIE DA SICHER VOR DEN KONZERNKNECHTEN. MAN SCHÖPFT ALLMÄHLICH VERDACHT.
NICHT AUSZUDENKEN, WENN SIE GESTOHLEN WÜR-

DEN! DANN STÜNDE ICH OHNE BEWEISE GEGEN EINEN MULTIKONZERN MIT VERBINDUNGEN ZU HÖCHSTEN REGIERUNGSKREISEN.
NUN ABER ZUM PÉTANQUE-TURNIER. DIESES MAL SCHLAGEN WIR DIE ANDEREN!

Milana spürte Tränen in sich aufsteigen, die sie sich jedoch verbat. Am Tag seines Todes hatte er seine letzte Eintragung verfasst. *Am Tag, als wir telefonierten.* Er hatte seltsam geklungen, und sie hatte sich nichts dabei gedacht. Die Nachfragen, das Gehetzte. *Und wie schnell er auflegte.*

Die Limousine wurde langsamer und hielt an.

»Wir sind da, Madame Nikitin«, sprach der Fahrer und machte keine Anstalten, auszusteigen, um ihr die Tür zu öffnen. Er beobachtete sie über den Innenspiegel. »Sie werden erwartet.«

»Mein Gepäck?«

»Bleibt im Wagen, Madame.«

»Weil Sie mich danach ins Hotel bringen?«

Der Fahrer unterbrach den Blickkontakt. »Alles Weitere sagt man Ihnen noch, Madame.«

Offenbar war ein längerer Aufenthalt von ihr nicht vorgesehen. *Das werde ich ändern.*

»Danke.« Sie nahm ihre Handtasche, stieg aus und ging auf den Eingang zu.

Das schwarze Kostüm saß wie angegossen, der weiße Seidenschal wehte leicht im warmen Wind. Sie machte Eindruck, trotz ihres jugendlichen Erscheinungsbildes. Es roch nach Wald und Erde, was sie wunderte. Sie hatte mit weniger Natur hier gerechnet.

Eine Angestellte trat aus der großen Glastür.

»*Bonjour, Madame.* Ich bin Chantale Malisse. Wir telefonierten«, stellte sich die dunkelhaarige Sekretärin in dem farbenfrohen Kleid vor. Das blumige Parfum glich einem Anschlag auf Milanas Nase. »Ich bin die Assistentin von Charles Montagne.« Sie reichten sich die Hand. »*Monsieur le directeur* erwartet Sie bereits.«

»Sehr erfreut.« Milana begleitete Malisse zum Fahrstuhl; auf dem Weg dorthin absolvierten sie mehrere Sicherheitskontrollen, vom einfachen Metall- bis zum Ganzkörper- und Strahlungsscanner. »Ist Professorin White-Spelling auch da?«

Die Assistentin verzögerte einen Schritt als Ausdruck ihrer Verwunderung. »Nein, Madame.«

»Aber ich hatte Monsieur Montagne darum gebeten.« Es wurde Zeit, die Freundlichkeit zu reduzieren und die Chefin herauszukehren. Dieser Dame konnte sie vorab Infos entlocken oder durch ihre Reaktionen Schlüsse ziehen, bevor sie sich in die Schlangengrube begab, die ihren Vater verschlungen hatte. »Das ist mir wichtig.«

»Das wurde mir nicht gesagt. *Je suis désolé.*«

Malisse fuhr mit ihr nach oben und verzichtete auf SmallTalk. Die Frau fühlte sich sichtlich unwohl. Sogar das Blumenduftwasser verlor seine Wirkung, als wollte die Assistentin nicht auffallen. *Was weiß sie?*

»Schlimme Sache. Das mit Doktor André Petit«, sagte Milana leichthin und beobachtete die Frau.

»Ja. Unfallflucht. Kann man nichts machen.« Malisse lächelte flüchtig, bis sie erkannte, dass Lächeln die falsche Reaktion war. Ihr Gesicht wurde zu einer Grimasse.

»Aber komisch ist es schon.«

»Das kommt öfter vor, als man denkt.« Malisse versuchte es mit einem »*oh, là, là*« in ihrer Stimme, um Tragik auszudrücken. Auch das misslang.

»Nein, ich meinte, dass er am gleichen Tag starb wie mein Vater.« Milana lächelte die Assistentin kalt an. Ihre Angestellten fürchteten sich vor diesem Ausdruck, weil es nichts Gutes bedeutete. »Zwei *Unfälle* noch dazu.«

»Bedauerlich, Madame.« Der Fahrstuhl stoppte, und Malisse flüchtete förmlich hinaus, hielt leichten Abstand wie ein aufgescheuchtes Huhn, bis sie die Besucherin nach kurzem Klopfen ins Büro des Direktors führen konnte und sie abgab. »*Voilà*, Monsieur Montagne. Kaffee, Wasser, Tee?«, fragte sie im Hinausgehen.

»Tee, danke.« Milana setzte sich in den von Montagne mit einer Geste angebotenen Lehnstuhl. »*Bonjour, Monsieur le directeur.* Danke für Ihre Zeit.«

»*Bonjour,* Madame Nikitin.« Der ergraute Kopf des Mannes wirkte durch den zu engen Kragen übergroß, der Anzug schien in schlankeren Jahren gekauft worden zu sein. Der Ring an seinem Finger, die Kleidungsmarke, die Stifte in der Halterung und die Einrichtung des Büros sagten, dass Montagne Wert auf teure Dinge legte. Die Bilder von ihm an den Wänden sowie die Diplome und Urkunden machten deutlich, dass er sich selbst extrem gut fand. »Die Anreise war angenehm?«

»Das war sie. Vielen Dank für die Abholung.« Milana lächelte unverbindlich. »Sagen Sie, kommt Professorin White-Spelling noch?«

Montagne machte ein bedauerndes Gesicht, was sein Alter von über sechzig Jahren unvorteilhaft betonte. »Die Arbeiten in der Phébus-Anlage erfordern leider ihre Anwesenheit. Aber Sie können mich alles fragen.« Er lehnte sich zurück und stützte sich mit dem rechten Ellbogen auf die Lehne; die Krawatte fiel über die gespannte Knopfleiste. »Sie wissen, dass ich bei bestimmten Dingen zur Verschwiegenheit verpflichtet bin. Die Forschung ist geheim.«

»Wir werden sehen.« Milana nahm einige Ausdrucke aus ihrer Handtasche, die sie von der russischen Zollbehörde bekommen hatte. Es waren die Becquerel-Messwerte des Sargs und der Leiche. »Mein Vater wurde verstrahlt, als hätte er in den Ruinen von Tschernobyl gearbeitet. Das widerspricht dem, woran er eigentlich forschte.«

»Ich weiß, Madame.«

»Aus diesem Grund liegt keine Freigabe für seine Leiche vor.« Milana wandte die Blätter der Reihe nach um. Noch mehr Beweise. »Das habe ich gefunden, es war öffentlich zugänglich. Der Horowitz-Reaktor ist anscheinend in Betrieb. Und nun der Unfall von Doktor Petit, der Unfall von meinem Vater, die seltsamen Vorgänge im –«

Montagne gab ein Brummen von sich. »*Alors*, nur Verschwörungsleute und Paranoiker erdichten hier Zusammenhänge, Madame Nikitin.« Er mühte sich, mitfühlend zu klingen. »Es gibt aber keinen Zusammenhang.«

»Ist das so?« Milana schob einen der Artikel nach vorne. »Wie aus dem Nichts haben sich mehrere Geldgeber aus dem Horowitz-Reaktor zurückgezogen, der für Materialtests gebaut wurde. Stattdessen hält plötzlich ein Unternehmen namens PrimeCon einundfünfzig Prozent.«

»Woher haben Sie das?« Montagnes anfängliche Überlegenheit bröckelte, er verlor für einige Herzschläge seine Souveränität.

Milana lächelte kalt. Der Beschuss mit Beweisen zeigte erfreulicherweise Wirkung. »Ich stehe in Kontakt mit der russischen Regierung, *Monsieur le directeur*. Und ich glaube, dass mein Vater bei einem illegalen Materialtest in dem Horowitz-Reaktor zu Schaden kam.« Ihr rechter Zeigefinger wanderte auf einen Zeitungsartikel über den Verkehrsunfall im Dorf. »Monsieur Petit musste sterben, weil er davon wusste. Von diesen verbotenen Tests. Die vermutlich schon längere Zeit laufen.« Sie legte die Finger zusammen. »Was sagen Sie dazu? Und denken Sie nicht, ich wäre ohne Rückendeckung nach Cadarache gekommen.« Sie bluffte, aber ihr selbstsicheres Auftreten ließ sie glaubwürdig wirken.

Montagne erbleichte und raffte die Papiere an sich, überflog sie in Windeseile. »Madame, Sie sehen mich schockiert.« Mit einer Hand lockerte er den Schlips und öffnete den obersten Knopfkragen.

Hab ich dich. »Mir ist egal, was Sie da testen. Ob Sie das sind, die EU, PrimeCon oder welches Unternehmen auch immer«, begann Milana. »Doch was mir nicht egal ist, ist der Tod meines Vaters.«

»Oh, là, là, ich –«

»Sie werden mir sagen, was wirklich geschehen ist. Oder ich gehe an die Öffentlichkeit. Ins EU-Parlament und zu jedem Nachrichtenmedium«, sprach Milana mit fester Stimme und setzte sich kerzengerade auf den Stuhl, um größer zu wirken. »Und ich will eine Entschädigungssumme.« Sie langte nach einem der Luxusstifte und spielte damit. »Das macht meinen Vater nicht lebendig, aber es soll *denen* wehtun, die seinen Tod zu verantworten haben.«

Montagne schwitzte. »Ich kann Ihnen leider nichts Neues sagen, Madame.«

»Das sollen Sie auch nicht. Es sei denn, Sie haben etwas mit dem Tod zu tun, *Monsieur le directeur.*«

Malisse betrat den Raum, ging an ihr vorbei und stellte das Tablett mit Tee und Kaffee ab.

Die Zeit war reif, die nächste Stufe zu zünden. »Ich hatte ein sehr erfolgreiches Event, bei dem der russische Präsident anwesend war. Er sprach mir sein Beileid zum Tod meines Vaters aus. Mein Vater, Monsieur Montagne, ist in Russland sehr bekannt und geschätzt. Und er arbeitete für die russische Regierung. Was denken Sie, wie die Reaktion des Präsidenten ausfallen wird, sobald ich von meiner erfolglosen Reise berichte?«

Montagne tastete den Kaffee nicht an, sondern nahm vom Wasser, leerte das Glas in einem Zug. Er sah zum Eingang, der sich hinter seiner Assistentin schloss. Erst nachdem die Tür klackend zugefallen war, sagte er: »Unter uns, Madame Nikitin: Fahren Sie nach Hause.«

»Das werde ich, sobald –«

»Und dann beweinen Sie Ihren Verlust. Ich versuche, etwas für Sie zu erreichen, was die Entschädigung angeht.« Montagne goss sich nach, Schweißperlen rollten aus dem grauen Haar in die Stirn wie aus einem ausgewrungenen Lappen. »Aber ich muss Ihnen empfehlen, keinen Staub aufzuwirbeln.«

»Ist er atomar, der Staub?«, erwiderte Milana süffisant.

»Madame, ich –«

Sie warf den Stift auf den Tisch, das Utensil prallte gegen Tasse und Glas. »Ich will mit Professorin White-Spelling sprechen!«

Der sichtlich in die Bredouille gebrachte Montagne lehnte mit einer Geste sowie einem schiefen Lächeln ab. »Sie ist beschäftigt.«

»Schön. Sie muss irgendwann aus der Anlage herauskommen. Und bis dahin« – Milana pochte gleichzeitig auf die beiden Armlehnen – »warte ich. Auch in Ihrem Büro, *Monsieur le directeur*. Denn anscheinend haben Sie mir kein Hotel gebucht. Sonst wäre mein Gepäck dorthin verbracht worden.«

Über Montagnes hohe Stirn kullerte der Schweiß, den er hastig wegwischte. »Ich bin in einer unschönen Situation«, gestand er mit gesenkter Stimme.

Milana zeigte ihm mit einem Blick, dass er kein Mitleid von ihr zu erwarten hatte. »Mein Vater ist tot und seine Leiche über sämtliche Grenzwerte hinaus derart verstrahlt, dass ich ihn nicht mal beerdigen kann. Ich denke, ich habe gewonnen, was *unschöne Situationen* angeht.«

»Nein, *mon dieu!* So meinte ich es nicht.« Montagne atmete tief ein und suchte nach Worten.

Milana setzte nach. »Wissen Sie, was merkwürdig ist?«

»Nein, Madame.«

»Dass Sie nicht wissen möchten, warum ich mit der Professorin sprechen will.« Sie nahm die Tasse Tee und trank einen kleinen Schluck. Er schmeckte in Ordnung, war aber keine Wucht. »Ich weiß, warum Sie das nicht fragen: Weil Sie darüber informiert sind, dass White-Spelling früher in Einrichtungen arbeitete, die später zu PrimeCon gehörten.« Milana sah über den Rand der Tasse hinweg. »Daher gehe ich davon aus, dass sie Zugang zu den höheren Ebenen hat. Ebenen, vor denen Sie gerade zittern, *Monsieur le directeur*. Ich wette, dass die Professorin in Cadarache als Sprachrohr des Konzerns fungiert.«

Montagne seufzte. »Madame Nikitin, ich bin untröstlich. Ich darf Ihnen nichts sagen.«

»Wir machen jetzt Folgendes: Sie organisieren mir einen Rundgang über die Anlage und vertreiben mir dir Zeit, bis ich mit White-Spelling sprechen kann. Sollte das heute nicht geschehen, setze ich etwas in Bewegung, was ich Ihnen vorhin andeutete.« Milana nahm einen weiteren Schluck Tee. Noch eine Stufe im Druckfeuerwerk. »Übrigens, Freunde von mir warten am Flughafen. Freunde, die mir der Präsident mitgab. Nur für den Fall, dass ich nicht von Cadarache zurückkehre. Dann werden Sie und die Anlage ein paar Überraschungen erleben.«

»Das machen wir so, Madame.« Montagne nahm den Telefonhörer ab und wählte eine Nummer. »Sie werden nicht eher gehen, bis Sie mit der Professorin gesprochen haben.«

»Genau das, *Monsieur le directeur*.« Milana gewährte ihm ein freundliches Lächeln. Weder warteten Killer oder Geheimdienstleute am Flughafen noch war der Präsident bei ihrem Event gewesen. Aber sie verkaufte Dinge einfach gut. Das war ihr Job. »Ich warte draußen auf meinen Rundgang.« Montagne hatte Angst und war nicht weisungsberechtigt, daher suchte er Beistand beim Rang über ihm: bei der Stimme von PrimeCon. »Die Ausdrucke können Sie behalten, falls Sie jemanden umstimmen oder überzeugen müssen. Meine Telefonnummer haben Sie, um mich zu erreichen.« Sie nickte ihm zu und ließ ihn sein Gespräch führen. In ihrer Anwesenheit sprach er sowieso nichts Geheimes an.

Milana ging hinaus und fuhr mit dem Fahrstuhl nach unten.

Ihre Gedanken kreisten. Zu gerne hätte sie tatsächlich ihre Kontakte genutzt, doch beim letzten Event war der Präsident zu ihrer Enttäuschung nicht erschienen. Und die sonstigen einflussreichen Damen und Herren zeigten sich bei Cadarache hilflos.

Milana wusste inzwischen, dass sie in der Anlage nicht weit kommen würde. Aber in ihrem ersten Schmerz und Trotz hatte sie einfach losfliegen müssen. Sie konnte unmöglich in Moskau sitzen und nichts tun und den Tod ihres Batjuschkas hinnehmen. Schon gar nicht, nachdem sie seine Aufzeichnungen gelesen hatte.

Es war dennoch dumm. Nach ihrem Aufenthalt in Frankreich würde sie dem russischen Geheimdienst einen Besuch abstatten und die Sachen offenlegen, die ihr Vater entdeckt hatte. Lithos, Türen, Formeln und Berechnungen, Todesfälle und PrimeCons Finger im Spiel. *Das hätte ich gleich machen sollen.*

Während sie vor dem Ausgang im Sonnenschein stand, nachdachte und die Wärme genoss, meldete sich ihr Smartphone. Die Nummer auf dem Display war eine unbekannte, der Vorwahl nach aus Rumänien. Die Arbeit rief nach ihr. Erfolgreiche Kunden betrieben die beste Mundpropaganda, auch außerhalb von Mütterchen Russland.

»Neveroyatno No Pravda Events. Sie sprechen mit Milana Nikitin.«

»Mein Name ist Nótt.« Die englische Stimme leierte elektronisch verfremdet, irgendwo zwischen Darth Vader und Jigsaw. »Ich weiß, dass du die Nachricht gelesen hast. Die Warnung an deinen Vater.«

Milana versteifte sich. »Wer sind Sie?«

»Jemand, der in eine Scheiße geraten ist, in die er nie wollte«, lautete die Antwort, die trotz Verzerrer Frust verriet. »Du bist in Cadarache.«

»Ja. Woher ...?«

»Du willst herausfinden, was deinem Vater zugestoßen ist.«

Milana sah sich um, ob jemand in der Nähe stand oder sie beobachtete. *Kameras. Jede Menge Kameras.* »Sind Sie von PrimeCon, um herauszufinden, was ich beabsichtige?«

»Die Typen, von denen ich annehme, dass sie mit drinhängen, haben mich beinahe umgebracht. Sie haben mich durch eine Tür mit einem Kraftfeld gestoßen und meinen Kumpel auf dem Gewissen. Glaub mir, ich –«

Milana glaubte, sich verhört zu haben. »Eine Tür mit einem Kraftfeld?«

»Ja.« Nótt lachte. »Ich weiß: irre. Eben in Deutschland, jetzt sitze ich in ... einem anderen Land.«

»Rumänien.«

»Nicht wirklich. Computertricks. Das muss dich aber nicht weiter interessieren.« Nótt hustete leicht. »Es geht um Lithos und die ganze Scheiße, die damit zusammenhängt. Das ist eine Schweinerei mit globalem Ausmaß. Der Unfall im schweizerischen CERN gehört auch dazu.«

Milana überlegte fieberhaft, wie sie mit der Person am anderen Ende der Leitung umgehen sollte. *Kraftfeld. Tür.* Davon hatte Batjuschka geschrieben. Von fremden Welten und Durchgängen auf der Erde. Doch einem Unbekannten trauen, nur weil er passende Andeutungen machte? Es konnte durchaus eine Falle von PrimeCon sein. Eine leise Stimme in ihrem Hinterkopf schimpfte mit ihr, weil sie den Geheimdienst nicht eingeschaltet hatte.

»Ich kenne mich mit Hacking aus«, sprach Nótt. »Wenn du mir Zugang zu Servern in der Anlage verschaffst, kann ich herausfinden, wie das Ganze mit dem Tod deines Vaters zusammenhängt. Ich komme in jedes kleine Verzeichnis, ich brauch nur ein Hintertürchen. Also, einen Internetzugang. Mit deinem Smartphone kann das klappen.« Nótt schlürfte an einem Strohhalm, was ebenfalls verzerrt klang. »Tut mir leid, dass er gestorben ist. Ich hab versucht, ihn zu warnen.«

Prompt sah Milana ihren Batjuschka vor sich und erinnerte sich schmerzlich an die vielen schönen Stunden als Familie. In ihrer Kindheit. In der Kindheit ihres Sohnes. Ihre Augen brannten. Schnell rieb sie über die Lider. »Wie können Sie mir beweisen, dass Sie mich nicht aufs Kreuz legen wollen?«

»Gute Frage. Ich weiß es nicht.«

»Dann wird es schwer mit unserer Allianz, oder?« Milana sah einen elektrobetriebenen Wagen, eine Mischung aus Golfgefährt und Kleinstauto, auf das Gebäude zusteuern. Ihr Fremdenführer näherte sich für die versprochene Runde über das Gelände, bevor die Sprechstunde bei White-Spelling anstand. »Ich denke drüber nach.«

»Denk nicht zu lange nach.«

»Rufen Sie mich wieder an?«

»Ja.« Nótt legte auf.

Der putzige Elektrowagen hielt vor Milana. Darin saß ein junger Mann in einem weißen Overall, der einen orangefarbenen Bauhelm trug und einen zweiten neben sich auf dem Sitz liegen hatte.

»*Bonjour*, Madame Nikitin. Mein Name ist Claude, und ich zeige Ihnen unser schönes Cadarache«, sagte er gut gelaunt durch das offene Fenster, als wäre es ein idyllisches Bergdorf oder eine Siedlung am Meer und keine Ansammlung von wissenschaftlichen Gebäuden, wo fünftausend Menschen arbeiteten. »Sie werden es mögen.«

Immerhin hat er ein schönes Lachen. Milana öffnete die Tür und stieg ein, legte den Helm auf ihren Schoß. Auf dem schwarzen Stoff wirkte er noch bunter. *Helfen wird das Prime-Con nicht.*

»Danke, Claude.« Sie sah ihn an. »Wohin fahren wir zuerst?«

»Zuerst einmal ins Besucherzentrum.«

»Nein.«

»Nein, Madame?«

Ich brauche aktuelle Bilder von dem, was Batjuschka beschrieben hat. »Wie sieht es mit dem Horowitz-Reaktor aus?« Milana konterte sein Lächeln mit ihrem eigenen, das sie immer dann einsetzte, sobald sie etwas dringend, schneller als gedacht und unbedingt benötigte.

Claude wackelte mit der ausgestreckten flachen Hand, ohne seinen Charme zu verlieren. »Nicht so gut.«

»Aber zumindest in die Nähe.« Sie deutete die Straße entlang. »Ich möchte das kommende Prachtstück der Anlage wenigstens gesehen haben.«

»*Alors, ça marche.*« Claude drückte das Pedal herab, und der Wagen surrte lautlos voran. Nur das Abrollgeräusch der Reifen erklang. »Das zeige ich Ihnen gerne.«

Milana vermied es, ihre gute Laune zu sehr zu präsentieren. In den Reaktor kam sie vielleicht noch, um sich mit White-Spelling zu treffen.

Aber viel wichtiger war die Lagerhalle daneben, in der die Türen lagerten.

* * *

*»Meiner Idee nach ist Energie die erste
und einzige Tugend des Menschen.«*

Wilhelm von Humboldt: Ideen zu einem Versuch, die
Grenzen der Wirksamkeit des Staats zu bestimmen (1792)

KAPITEL III

*FRANKREICH, KERNFORSCHUNGS-
ZENTRUM CADARACHE,
SPÄTSOMMER*

»So langsam nähern wir uns dem Ende der Tour, Madame.« Dem übermotivierten Claude machte es sichtlichen Spaß, das Wägelchen mit viel Elan zu steuern. »Darf ich Sie auf einen Kaffee und einen Kuchen in unsere Kantine einladen? *Monsieur le directeur* ist heute spendabel.«

»Gerne.« Milana hatte recht schnell begriffen, dass Claude ein einfacher Fremdenführer war, der keinen Schimmer von dem hatte, was hinter den Kulissen vorging oder was Montagne und White-Spelling auf Anweisung von PrimeCon trieben. Er kurvte sie über die weitläufige Anlage und spulte sein übliches Besuchsgruppenprogramm ab. Der Direktor war nicht das Risiko eingegangen, ihr jemanden zu schicken, der etwas verraten konnte. Wer nichts wusste, verplapperte sich nicht.

»Sie werden schmecken: Unser Kaffee ist besser als sein Ruf. Wir brühen ihn mit radioaktivem Kühlwasser.« Claude zwinkerte, wie man einer lustigen Oma zuzwinkert, aber nicht unbedingt einer Trauernden. Er schien in seinem üblichen charmanten Modus zu verharren, ungeachtet des schwarzen Kostüms oder dem Zustand der Besucherin.

Milana lächelte oberflächlich. »Jeder hat seine Geheimrezeptur.«

Auch am Horowitz-Reaktor waren sie vorbeigefahren, um den sich noch Baukräne erhoben, um die Außenverschalung anzubringen. Milana hatte genau darauf geachtet, was sich rings um das Gebäude tat, und mehrere weiße Lastwagen entdeckt, unbeschriftet und mit großen Metallboxen beladen, die ins Innere der angrenzenden Lagerhalle gebracht wurden.

Da hinein muss ich. Doch überall hingen Kameras und filmten. Nicht ein Meter von Cadarache war unbeobachtet. Das erschwerte ihr Vorhaben massiv. *Ohne die Lahmlegung des Sicherheitssystems komme ich keinen Schritt weit.*

Das brachte sie zu der Erkenntnis, dass sie auf die Hilfe von Nótt angewiesen war, um in die schmutzigen Geheimnisse vorzudringen. Die Gelegenheit ergäbe sich so rasch nicht wieder, nicht mal für den russischen Geheimdienst.

Claude redete wie ein Wasserfall über die Ausdehnung der Anlage, die Anfänge, die stillgelegten Reaktoren, die Experimente, die Bewohner in Cadarache und, und, und.

Milana hörte nicht mehr zu. Eine Nachricht war eingegangen: NA? INTERESSIERT?

Sie tippte: SIE MÜSSEN DAS SICHERHEITSSYSTEM LAHMLEGEN. WENN SIE DAS SCHAFFEN, HABEN SIE MICH ÜBERZEUGT.

OH, DAS NENNE ICH EINE HERAUSFORDERUNG.

WAS BRAUCHEN SIE DAFÜR?

ZUGANG ZUM INTRANETZ. DU MUSST DEIN SMARTPHONE EINLOGGEN.

DAS WIRD MAN MIR WOHL NICHT GESTATTEN. **Milana sah zu Claude.** DAS DIENSTHANDY MEINES FREMDENFÜHRERS KÖNNTE ES. ICH SENDE IHNEN GLEICH EINE NACHRICHT. ES WIRD DER ZUGANG SEIN.

VERSUCHEN WIR ES. ICH HABE DIR ANWEISUNGEN GESENDET, WAS DU MACHEN SOLLST.

»Claude«, unterbrach sie den Redefluss des Mannes.

»Ja, Madame?«

»Mein Smartphone spinnt. Aber ich muss dringend jemanden zurückrufen. Geschäftlich. Kann ich bitte Ihres bekommen? Ich zahle auch für die Kosten.«

Claude zückte sein Mobiltelefon und entsperrte es. »Bitte sehr, Madame.«

Unauffällig tat Milana, was ihr Nótt vorgab, und täuschte einen Anruf bei einem Geschäftspartner vor. In Wahrheit verband sich das Gerät mit dem unbekannten Hacker. Dabei hielt sie den Blick auf ihr eigenes Smartphone gerichtet.

OKAY, ICH HABE ES EINGELOGGT. DU KANNST AUFLEGEN. MELDE MICH, SOBALD ICH WAS ERREICHT HABE. SCHÖN ACHTGEBEN. WAS IMMER DU VORHAST: BLEIB IN DER NÄHE. WENN ES LOSGEHT, MUSST DU GLEICH ZUSCHLAGEN.

»Danke, Claude.« Sie löschte die Nummer aus dem Speicher und reichte das Smartphone zurück. »Ach du liebes bisschen«, setzte sie erschrocken hinterher. »Ich glaube, ich habe meinen Geldbeutel mit den Papieren aus meiner Handtasche verloren.« Sie suchte pro forma im Wagen danach.

»*C'est dommage!*« Claude hielt an und beteiligte sich an der Fahndung im Inneren des winzigen Gefährts. »Nichts. Wie es aussieht, muss er während der Fahrt rausgefallen sein.« Er schob den Helm nach vorne und kratzte sich am Hinterkopf. »Na, wie gut, dass ich meine Route kenne.«

»Das wäre sehr lieb, Claude. Ich glaube, es ist vor dem Horowitz-Reaktor passiert. Ich erinnere mich, dass ich was hörte. Tut mir leid. Ich dachte nicht daran, dass das meine Sachen sein könnten.«

Gehorsam fuhr Claude mit ihr los, schnurstracks zum Gebäude und bis fast vor die Lagerhalle, weil Milana so tat, als hätte sie den verlorenen Geldbeutel entdeckt. Das führte sie näher an den verschlossenen Eingang; die Kontrolldioden am Schloss glommen rot.

Auf dem Display ihres Smartphones stand unvermittelt: ICH BIN DRIN. AUF DEIN KOMMANDO LEGE ICH LOS.

Milana tippte hastig: DIE KAMERAS RUND UM DEN HOROWITZ-REAKTOR AUSSCHALTEN.

DAS IST ALLES?

DIE SCHLÖSSER ENTSPERREN, SOBALD ICH DAVORSTEHE. KANN KLAPPEN. DIE SIND DURCHNUMMERIERT. AUßERDEM SEHE ICH DEINEN STANDORT ÜBER DAS HANDY. **Nótt sendete Totenkopfsmileys.** DAFÜR BESORGST DU MIR ALLE DATENTRÄGER, DIE DU DORT FINDEST. FESTPLATTEN, USB, FLASHKARTEN. ICH RUF DICH GLEICH AN, WEIL ICH MEINE FINGER ZUM TIPPEN BRAUCHE.

»Da drüben, Claude. Da ist sie.« Bevor der Mann etwas erwidern konnte, sprang Milana aus dem langsam rollenden Wägelchen und eilte die wenigen Meter bis zum Eingang der Lagerhalle. Ihr Puls lag deutlich über dem normalen, und sie war sich bewusst, mit dem schwarzen Kostüm nicht die geeignetste Kleidung für ihr Unterfangen zu tragen. Immerhin trug sie flache Schuhe.

Noch konnte sie ihr Vorhaben abbrechen und sich rausreden.

Die roten Lichtchen am Türschloss sprangen auf Grün um, der Eingang öffnete sich mit einem Summen. *Jetzt oder nie.* Milanas Herz schlug rascher. *Ich brauche Beweise. Sonst wird mich keiner beim Geheimdienst ernst nehmen.*

Sie trat in die Lagerhalle und schloss die Tür hinter sich, aktivierte ihren Bluetooth-Stecker im Ohr, und schon rief Nótt an.

»Ich bin drin«, sagte Milana und blickte sich um.

»Sehe ich«, erwiderte die verzerrte Stimme. »Noch ist kein Alarm ausgelöst. Claude ist ein bisschen erstaunt, dass du einfach so durchkonntest. Ich seh ihn in der Kamera.«

»Die sind noch an?« Milana sprach leise und bewegte sich durch die Halle, in der sich große Transportboxen nebeneinander und aufeinanderreihten. Die Form verriet nicht, was sich darin befand, und außer kryptischen Zahlenkombinationen darauf gab es keine Hinweise.

»Für die Zentrale liefern sie harmlose Standbilder, aber ich habe das Live-Bild.« Nótt hörte man den Spaß an. »Los, suchen, bevor Claude seine Eier findet und dir folgt!«

Keine Türen. Milana ging voran und hängte sich die Handtasche quer um. Sie spähte und lauschte, ob sich ihr jemand näherte.

Gelegentlich waberten Stimmen zu ihr, selbstfahrende Gabelstapler schnurrten vorüber und beförderten Lasten umher, verstauten sie über Rampen und kleine Aufzüge in Hochregalen.

Scheiße. Nicht der geringste Anhaltspunkt. »Haben Sie so etwas wie ein Frachtverzeichnis oder einen Lagerhallenplan?«

Milanas Herzfrequenz blieb hoch, sie rechnete ständig mit dem Wachschutz oder Claude, der ihr nacheilte. Ausreden gäbe es dann nicht mehr. Sobald man sie schnappte, würde sie in einem der Reaktoren verschwinden und zu Asche verglühen. *Ich brauche Beweise.* Anschließend musste sie auf dem kürzesten Weg zum Flughafen.

»Klar. Was suchst du?«

»Türen.«

»Ausgänge?«

»Nein, eingelagerte Türen. Die Sie auch suchen. Mit Particulae.« Milana kam ihr Treiben unwirklich vor. Sie verließ sich auf Sergejs Eintragungen und den Beistand einer unbekannten Person namens Nótt, und das bei einer Angelegenheit, die reichlich fantastisch anmutete – und doch der Grund für den Tod ihres Vaters war. *Das ist verrückt. Und lebensgefährlich.* Sie schwitzte in dem Kostüm und riss sich den Rock seitlich etwas auf, um mehr Beinfreiheit beim Klettern oder Rennen zu haben.

»Verstehe«, erwiderte Nótt.

Milana ging weiter und wich den Schritten aus, die ihr aus einem Seitengang entgegeneilten. Sie drückte sich hastig in den Schatten einer Transportbox und hielt die Luft an, um sich nicht mit Atmen zu verraten.

»Bis zum Ende, dann rechts«, sagte die verzerrte Stimme in ihrem Ohr. »Da ist etwas eingezeichnet, was es sein könnte.«

»Woran erkenne ich es?«, wisperte sie.

»Eingetragen ist ein Schiffscontainer. Vermerkt ist dazu *Zerlegmaterial P.*«

In den väterlichen Notizen hieß es, dass PrimeCon die mysteriösen Türen zerstörte, um die darin eingesetzten Particulae zu sammeln. »Ich schaue nach.«

Leise huschte sie durch die Halle und gelangte schließlich an den Stahlquader, der offen stand und in dem kaltweißes Licht brannte. Vier Türen hingen im Inneren, jeweils eingespannt in eine spezielle Halterung. Männer und Frauen in weißer Schutzbekleidung wuselten davor und scannten mit diversen Geräten die Rahmen, die Blätter, die Türklopfer und jedes einzelne Detail.

Da sind sie! Batjuschka hatte recht! Auf die Entfernung vermochte Milana die Verzierungen und Intarsien nur zu erahnen, aber es waren keine einfachen Türen, die PrimeCon erbeutet hatte. Auf einem Beistelltisch befand sich ein reagenzglasgroßes Röhrchen, in dem drei Steinchen schimmerten. *Particulae!*

»Ich habe sie gefunden«, gab sie durch und schoss einige Fotos mit dem Smartphone. Die Aufnahmen wirkten nicht überzeugend. *Ich bin zu weit weg.* »Es sind Leute da. Ich komme nicht ran.«

»Kein Problem«, sprach Nótt. Eine Sekunde darauf ertönte der Feueralarm, und rote Warnleuchten flammten an den Hallenwänden und der Decke auf. »Du bleibst. Das war ich. Es brennt nicht und es tritt auch keine Strahlung aus.«

Angespannt verfolgte Milana, wie die Leute in den Schutzanzügen alles stehen und liegen ließen und sich entfernten.

Sofort rannte sie in den Container und nahm die Speicherchips aus den Messgeräten sowie die USB-Sticks aus den Computern, um sie in die umgehängte Handtasche zu stecken. Sie unterdrückte die Angst, so gut sie konnte, und stellte sich vor, mitten in den letzten Vorbereitungen für ein wichtiges Event zu sein. *Und die Steinchen.* Das Röhrchen wanderte ebenso in die Tasche.

Milana blickte sich um und fand sich nach wie vor alleine. Die Sirenen heulten, die roten Warnlampen erfüllten ihren Zweck. *Noch ist Zeit, um den größten Beweis zu sichern.*

Sie ging die Türreihe ab. Zwei Durchgänge waren intakt, die beiden anderen hatten einen Großteil ihrer Particulae eingebüßt. An den Stellen klafften Löcher, darunter lagen Sägespänchen am Boden. Die Wissenschaftler hatten bei der Entnahme mehr Vorsicht walten lassen als der Hüne.

Das ist sie: weiß, schlichter Bauhausstil, Milchglaseinsatz, silberner Türklopfer. Die Tür, hinter der ihr Vater seine wichtigen Unterlagen verloren haben wollte.

Unvermittelt endete der Alarm, das normale Licht sprang in der Lagerhalle an.

»Beeile dich lieber«, erklang es über das Headset. »Sie haben gemerkt, dass was nicht stimmt. Claude hat die Zentrale angefunkt und gesagt, dass du abgehauen bist.«

Milana starrte die weiße Tür an, die schlicht und elegant zugleich war. Womöglich lagen die besten Beweise unmittelbar vor ihr. »Hätten Sie das nicht unterbinden können?«

»Einfachen Funk kann ich nicht abfangen. Klingt doof, ist aber so.«

Milanas Blicke richteten sich auf die Pochvorrichtung. *Damit lässt sich das Feld aufbauen,* dachte sie. *Und danach?*

»Zack, zack, jetzt«, sagte Nótt angespannt. »Werkschutzteam im Anmarsch. Ich habe die Zugänge verriegelt, aber das wird die nicht lange aufhalten.«

»Warum?«

»Na, warum wohl? Weil sie nicht zimperlich sein werden. Du bist in ihr kleines Heiligtum eingedrungen, du russische Spionin.« Im Hintergrund klackerte es hektisch auf einer Computertastatur, was verzerrt nach dem Nagen einer mutierten Monsterratte klang. »Sie haben angefangen, immer mehr

Bereiche vom Intranetz zu nehmen. Aber ein bisschen habe ich schon aus den Datenbanken gezogen. Das wird spannend.«

Wie funktioniert das? Milana reckte die Hand und betätigte den Klopfer dreimal.

Außer hellem, metallischem Klacken geschah nichts.

»Was machst du?«

»Ich nutze einen Türklopfer, um das Kraftfeld auszulösen«, sagte sie und öffnete die Tür. Dahinter wurde lediglich die Containerwand sichtbar. »Da ist keins.«

»Das waren doch drei Schläge.«

»Ja.«

»Moment.« Nótt tippte und scrollte hörbar, klickte und fluchte. »Nach dem, was ich hier so einsehen kann, musst du *einmal* fest zuschlagen. Mit dem Klopfer. Danach sollte eine Reaktion erfolgen.«

»Und was für eine?« Milana betrachtete die anderen drei Türen und sah hinaus in die Halle. Noch zeigten sich keine Widersacher.

»Lass dich überraschen. Und mach schneller!«

Milana sog die Luft tief ein und betätigte die Pochvorrichtung mit ganzer Kraft. *Für Batjuschka!*

Laut knallte die flache Seite am Aufschlagplättchen.

Es folgte ein metallisches Klirren, mit dem ein gleißendes Licht einherging. Die eingelassenen Particulae leuchteten unter der Lackierung auf, und Milana schloss geblendet die Lider. Sie fühlte die Spannung, die unvermittelt entstand und ihre feinen Härchen auf den Armen aufstellte. Es roch nach aufgeladener Luft und schmeckte nach Kupfer.

»Es funktioniert!« Milana riss die Augen auf und packte die Klinke, um sie hinabzudrücken.

Als der Eingang vor ihr aufschwang, waberte und pulsierte dahinter ein wabenförmiges, bläuliches Energiegeflecht, aus dem Ausläufer herauszuckten und die junge Frau berührten wie ein sanfter Versuch, sie in die Maschen zu ziehen.

»*Bozhe moy*«, entfuhr es Milana, und sie konnte nichts weiter tun, als auf das energetische Feld zu starren. »Batjuschka hatte recht. Diese Türen … sind Durchgänge!«

»Alles filmen«, erinnerte Nótt. »Du bist die Einzige, die das außerhalb von Cadarache zu sehen bekommt. Beweise!«

»Danke für die Erinnerung!« Hektisch fummelte Milana ihr Smartphone aus der Innentasche des Jacketts.

»Hey, Sie!«, ertönte eine laute Stimme hinter ihr. »Schließen Sie langsam die Tür, legen Sie das Handy weg, und drehen Sie sich um.«

»Ah, die bösen Jungs sind da«, kommentierte Nótt.

»Sie haben mich nicht gewarnt!«

»Doch, hab ich. Werkschutz.«

»Aber nicht, dass die schon in der Halle sind.« Milana drehte leicht den Kopf und blickte über die Schulter.

Vor dem offenen Container reihten sich sechs Leute in dunkelblauen Sicherheitsuniformen. Zwei knieten, zwei andere standen schräg daneben und hatten Pistolen und Gewehre im Anschlag, die Mündungen auf sie gerichtet. Von Betäubung hielt man offenbar nicht viel in Cadarache.

»Sie haben mich verstanden, Madame«, sagte der Anführer, neben dem eine unscheinbare Frau gehobenen Alters in einem weißen Kittel stand. Professorin White-Spelling war endlich erschienen. Milana erkannte sie, da sie sich Bilder von ihr im Netz angesehen hatte. »Sonst tragen Sie die Konsequenzen.«

»Meine Freunde warten am Flughafen auf mich«, bluffte sie. »Sollte ich nicht –«

»Das haben wir geprüft. Ebenso Ihre angeblich guten Kontakte zum russischen Präsidenten. Es ist nichts dran.« White-Spelling steckte die Hände in die Taschen. Mit der übergroßen Brille wirkte sie großmütterlich, der graue Dutt unterstrich den Eindruck. »Es tut mir leid, was Ihrem Vater geschehen ist. Das gibt Ihnen aber kein Recht, sich hier derart aufzuführen und das Eigentum von PrimeCon zu beschädigen. Ihr aggressives Verhalten lässt mich eher glauben, dass Sie der russische Geheimdienst rekrutierte.«

Milana fühlte das Kribbeln des Wabenfeldes wie eine Einladung zur Flucht. Ein Sprung, ein kleiner Satz, und sie war verschwunden. *Aber wo lande ich?*

»Weg von der Tür!«, rief der Sicherheitsmann erneut.

White-Spelling legte den Kopf leicht schief. »Was ist mit der Tür? Warum haben Sie sich die Mühe gemacht, in die Lagerhalle einzubrechen und *diese* Passage zu öffnen? Ein Zufall ist das nicht, Madame Nikitin. Hat Ihr Vater Sie vor seinem Tod mit Informationen versorgt?«

Milana presste die Lippen zusammen. *Was tue ich?*

»Durchhalten«, erklang es von Nótt. »Ich arbeite an einem Plan.«

»Ein Vorschlag: Sie übergeben mir sämtliche Aufzeichnungen, die Sie und Ihr Vater illegalerweise in ihren Besitz gebracht haben, und schweigen über diese ganze Angelegenheit. Dafür erhalten Sie eine monatliche Apanage von zehntausend Euro. Bis ans Lebensende. Das ist selbst für eine erfolgreiche Jungunternehmerin wie Sie viel Geld.« Die Professorin nickte langsam, ohne die Hände aus den Taschen zu nehmen, und zwei der Bewaffneten rückten in den Container vor. »Die Alternative wird sein, dass man Ihre Leiche einige Kilometer von hier in einer Schlucht findet. Ein schrecklicher Wanderunfall.« Sie sah zum Securityboss. »Oder, Monsieur Gorge?«

»Es wird uns was einfallen, *Madame la professeur*.«

White-Spelling blickte wieder zu Milana. »Denken Sie an Ihren Sohn Ilja. An Ihre demente Mutter. Ihr Unternehmen. Was wäre das alles ohne Sie? Dieser Schmerz, den Sie beim Tod Ihres Vaters fühlten, können Sie anderen ersparen.«

Milana hasste die Wissenschaftlerin aus tiefstem Herzen. Sie hatten sich über ihr Leben erkundigt und die Schwachstellen aufgespürt. *Ich bin erpressbar. Ilja. Ihm darf nichts geschehen.*

»Mein Vater lehnte das gleiche Angebot ab, nehme ich an? Nachdem er die Sache mit Lithos herausfand.« Sie versuchte, Zeit zu schinden, wo sie nur konnte. Eine Apanage klang gut, aber es würde ihren frühen Tod nicht verhindern. White-Spelling log. Die grünen Augen hinter den dicken Gläsern liefen über vor Wut.

»Bereithalten«, warnte Nótt. »Geht gleich los.«

»Dazu kann ich nichts sagen, Madame. Wie in den Papieren steht: Er starb bei einem Unfall, wie er in der Anlage vorkommen kann. Bedauerlich.« White-Spelling deutete auf die offene weiße Tür, in der das bläuliche Wabenfeld summte und lockte. »Würden Sie die bitte schließen? Wir haben bereits zwei Particulae entfernt, und es kann zu Reaktionen kommen, die wir alle nicht wollen.«

Milana erkannte die nächste Lüge. Weder hatte es Spuren im Rahmen noch Spänchen auf dem Boden gegeben. *Sie will verhindern, dass ich fliehe.*

Das ganze Gerede über ein Angebot war nichts weiter als eine Hinhaltetaktik, damit der Werkschutz sie ergreifen und danach in eine Schlucht werfen konnte. Unfall, Tod, Problem gelöst. Und Nótts Plan ließ auf sich warten.

Doch wusste Milana nicht, was sie erwartete, sollte sie durch das Kraftfeld treten. Ihr Vater hatte dazu nichts vermerkt. Zudem war es möglich, dass der Werkschutz ihr folgte. *Es wäre nichts gerettet.*

»Madame Nikitin. Bitte«, sprach White-Spelling mit geheuchelter Freundlichkeit. »Schließen Sie –«

Da versuchte der erste Sicherheitsmann, Milana mit einem beherzten Sprung zu greifen.

Sie wich der Attacke aus, und der Mann hechtete an ihr vorbei in die Tiefe des Containers, warf Sessel um und verschwand rumpelnd unter einem Tisch. Zugleich schossen zwei andere nach ihr.

Milana ließ sich hinter einen metallenen Beistelltisch fallen und riss ihn um. Die hastig abgefeuerten Kugeln sirrten über sie hinweg durch die Energiewand im Türrahmen.

»Vorrücken«, befahl der Boss der Sicherheitsleute und stellte sich schützend vor die Professorin. »Erledigt sie, sobald ihr könnt.«

Schüsse krachten, die Projektile gelangten jedoch nicht durch den Metalltisch.

Milana behielt den Kopf unten und sah aus der Deckung zu den aufgehängten Türen. Ihr blieb keine andere Wahl, als durch das Kraftfeld zu springen. Ganz gleich, wo sie landete, es war besser, als in diesem Container zu enden.

»Und ab dafür«, rief Nótts verzerrte Computerstimme.

Zischend und fauchend fluteten die Düsen der Löschanlage die Halle mit Kältegas, das die Sicht binnen Sekunden auf eine halbe Armlänge reduzierte. Auch im Container.

»Lauf!«

Milana unterdrückte ein Husten und erkannte das blaue Schimmern des Kraftfeldes kaum mehr. Sie erhob sich, als Schüsse von der anderen Seite erklangen. Der Wachmann, der sie mit seinem Hechtsprung verfehlt hatte, war unter dem Tisch hervorgekrochen und schoss.

Erneut duckte sich Milana, die Kugeln schwirrten an ihr vorbei in den künstlichen Nebel. Ein Mann schrie auf, die Projektile trafen den eigenen Kollegen.

»Nicht«, rief White-Spelling durch das dumpfe Peitschen der Schüsse. »Die Particulae!«

Milana wagte sich nicht hinter dem Tisch hervor, ihr Puls raste, und das Atmen fiel ihr beständig schwerer. Der Nebel wurde dichter.

»Bist du raus?« Nótt fluchte. »Nein, das Signal ist noch –«

»Die schießen«, flüsterte Milana aufgeregt. »Wenn ich mich …«

Ansatzlos begann weiteres Leuchten von dort, wo die übrigen Türen hingen, und steigerte sich zu einem grellen Schein, der den Nebel mühelos durchdrang – und den Feinden zeigte, wo sie steckte.

»*Chuynya!*« Milana sprang auf und drückte sich ab, um durch das blaue Leuchten zu gelangen.

»Halt!« Ein Sicherheitsmann warf sich auf sie, gemeinsam stolperten sie rückwärts. »Sie bleiben hier!«

White-Spelling schrie unaufhörlich Unverständliches, das urplötzlich von einem Brummen überlagert wurde. Der Container geriet in Schwingung und vibrierte wie bei einem Erdbeben. Das grelle Licht erlosch, die Gespinste gewannen die Oberhand.

»Ich muss das Gas wieder abstellen, sonst gehst du drauf«, verkündete Nótt. »Deine Nebelwand hält nicht mehr lange.«

Milana verlor das Gleichgewicht und schüttelte dabei den Securitytypen mit einer gekonnten Drehung ab, die sie aus dem Selbstverteidigungskursus beherrschte. Er verschwand in dem alles verschlingenden Grau.

Wo ist die Tür? Sie benötigte ein, zwei Lidschläge, um sich in den dichten weißen Gespinsten zu orientieren. Schon tauchte vor ihr das rettende Leuchten auf, das seine Farbe durch den Nebel von Dunkelblau zu Türkis verändert hatte.

»Ich gehe durch«, ließ sie Nótt wissen und sprang.

Noch in der Luft erkannte Milana ihren fatalen Irrtum. *Es ist die falsche Tür!*

Das letzte intakte Modell war ebenfalls aufgegangen, das Gleißen hatte sie in ihrer Hast und Erleichterung getäuscht.

Nein! Nein, ich darf nicht durch! Zwar versuchte Milana noch, sich mit den Fingern am oberen Rahmen festzuklammern und die Beine zu spreizen, doch es war zu spät.

Trudelnd sank Milana in das türkisfarbene Leuchten, ins Ungewisse.

* * *

GROSSBRITANNIEN. LONDON. SPÄTSOMMER

Suna saß nach der Dusche auf dem unordentlichen Bett, im faserigen Frotteebademantel des Hotels, der ihr viel zu groß war. Sie suchte sich mit ihrem Smartphone durch die Verzeichnisse und Informationen, die sie sich bei ihrem Raid in Cadarache aus deren Speichern gesogen hatte. Jedem anderen hätte das angestrengte Schauen auf dem handgroßen Display Kopfschmerzen und Augenbrennen verursacht, aber die Hackerin war es gewohnt.

Dank der eroberten Passwörter knackten die Suchprogramme von ihrem eigenen Server aus, was es an externen Clouds zu knacken gab, um auch die weniger sensiblen Daten zu sichern. Was sie später nicht an die Kadoguchi-Stiftung übergeben konnte, ließe sich gewiss woanders zu Geld machen. Aufstrebende Atommächte interessierten sich immer für derlei.

Doch ihre Erkenntnisse rund um die Türen und die Particulae faszinierten sie am meisten.

»Schau dir diese Scheiße an«, sagte Suna laut zu sich, wie sie es gelegentlich tat. In ihrem schlichten Hotelzimmer störte es keinen; im Internetcafé hatte man sie nach einer Stunde rausgeworfen.

Mit gut versteckten Prepaidhandys hatte Suna sich eine kleine Sendestrecke von ihrem Zimmer hinaus zu einem offenen WLAN vier Querstraßen weiter errichtet. Die Übertragungsrate war beachtlich. Somit konnte sie in ihrem Hotelzimmer bleiben und musste nicht dauernd umziehen. Unterwegs hatte sie sich neue Klamotten und was zu essen gekauft. Ihre zerfetzten, schmutzigen Sachen hatten Aufsehen erregt, selbst zwischen den spleenigen Briten. Und sie hatte bemerkt, dass es hier schwieriger war, an türkische

Nahrungsmittel zu kommen. Engländer liebten eindeutig mehr Indien und Asien.

»Fuck, Mann.« Suna vergrößerte die Bildausschnitte der ausgewählten Fotos. White-Spelling und ihre Bande von Grenzwissenschaftlern machten in dem Horowitz-Reaktor das, was sie allerhöchstens aus den *Avengers*-Filmen kannte: Sie bestrahlten extraterrestrisches Gesteinsmaterial, lösten auf diese Weise verschiedenste Reaktionen aus und filmten diese. »Das ist kein beschissenes CGI.«

Sie blickte auf das zweite billige Smartphone, auf dessen Display bis vor einer Stunde Milana Nikitins GPS-Standortsignal geleuchtet hatte. »Immer noch weg«, murmelte sie. Sie hatte keinerlei Informationen über den Verbleib der Russin. *Monsieur le directeur* war in den letzten abgefangenen Nachrichten in Kenntnis gesetzt worden, dass die vier Türen und der Container unversehrt geblieben seien. »Sie ist einfach verschwunden.«

Suna klickte die Bilder weg, die vom Inneren des Horowitz-Reaktors stammten, und schob sich einen Löffel Cornflakes in den Mund. Zucker war wichtig. Er half ihr beim Denken. Die Beruhigungspillen hatte sie darunter gemischt. »Und ich muss viel denken.«

Durch das Krachen in ihren Ohren horchte sie, ob sich diese rätselhaften drei Stimmen erneut meldeten, die sie sich angeblich bei ihrer Reise durch das Kraftfeld eingefangen hatte. *Wesenheiten*. »Gedankenschmarotzer. Brainaliens«, schimpfte sie. Ganz leise, um sie nicht zu wecken.

Suna zweifelte nicht mehr. Sie lebte schon viel zu lange in einer verharmlosten Realität, in der sich Dinge hinter den Rücken gewöhnlicher Menschen taten, die unfassbar waren.

Die ihr Angst machten.
Die sie in ihren Bann schlugen.
Die sie erforschen wollte.

Ein Opfer hatte es bereits gegeben: Egon. Ihr Kumpel war gestorben, um sie zu retten. *Das vergesse ich dir niemals.*

Nun wollte sie an die Daten aus den Smartphones der Killerin und ihrer Leute. Die Verschlüsselung war nicht ohne. Nebenbei checkte sie noch einmal Nikitins Verbleib. »Die hat sich verpisst«, redete sie und tippte. »Durch eine Tür. Lässt mich sitzen, echt.«

Auf ihrem Display zeigte sich das Zeichen für einen eingehenden Internetanruf, auf den sie gewartet hatte.

»*Konnichiwa*, Takahashi-san«, grüßte sie, ließ ihre Kamera jedoch aus.

Hinter ihm wurde ein Büro sichtbar. Jenseits der Fenster breitete sich Tokio aus, hell, modern, mit Hochhäusern und Leuchtreklamen in den Straßen, die den hohen Strombedarf und die Anzahl der Kernkraftwerke von Nippon erklärte.

»*Konnichiwa*, Miss Levent.« Der Endvierziger trug ein weißes Hemd und Krawatte, die schwarzen Haare kurz und in einer Businessfrisur, perfekt mit Gel und Wachs in Form gelegt. Takahashi konnte jederzeit als einer der Verrückten des Yakuza-Clans von O-Ren Ishii aus *Kill Bill* durchgehen. »Sie wollten mich sprechen?«

»Oh, Sie kommen direkt zur Sache, Takahashi-san.«

»Ich habe noch einen weiteren Termin. Tut mir leid.«

Offensichtlich war er wegen ihrer letzten Unterhaltung angepisst, in der sie deutlich gemacht hatte, was sie alles wusste über die Kadoguchi-Stiftung, die über ein verwobenes und ganz sicher rechtlich fragwürdiges Konstrukt zur stinkreichen Familie van Dam führte.

»Aber klar, Takahashi-san.« Sie drückte die Senden-Taste und feuerte die vorgefertigten Mails ab, die im Sekundentakt bei ihm ins Postfach schießen würden. An seinem Stirnrunzeln erkannte sie, dass die ersten Nachrichten aufliefen. »Was Sie da sehen, habe ich aus einer Forschungseinheit.«

»Das sieht interessant aus.« Takahashis Augen vergrößerten sich, als er die Mails öffnete und überflog. »Was ist das?«

Sie wusste ganz genau, was sein Interesse weckte. »Projekt Lithos.«

»Was macht es?«

Suna grinste. Das Englisch entglitt Takahashi gelegentlich. Sie war versucht zu sagen *Es leuchtet blau*, unterließ es jedoch. Sie fuhr sich mit den Fingern durch die halblangen schwarzen Haare und kämmte die feuchten Strähnen grob nach hinten. Wasser tropfte aufs Display. »Das weiß ich noch nicht. Aber ein Konzern ist darin verwickelt, der illegale Studien zu den Particulae betreibt.«

»Woher wissen Sie, dass sie illegal sind?«

»Na ja. Es ist der Reaktor, der offiziell noch nicht läuft.« Suna weidete sich an der Überraschung ihres virtuellen Gegenübers. »Ich hatte die Gelegenheit, mich in deren Intranetz zu hacken, und dabei kam ein bisschen was rum. Sollte für ein paar Gratifikationen auf mein Konto reichen.«

»Wird es.« Takahashi scrollte durch die reichlich eingegangenen Mails. »Ich wusste, dass Sie genau die Waffe sind, die wir benötigen, Miss Levent.«

»Waffe?« Das klang ungewohnt martialisch.

»Cyberwaffe. Was haben Sie noch alles?«

Ich bin eine Cyberwaffe! Uh! Suna fühlte sich ein wenig geschmeichelt. »Ich vermute weitere Standorte von Türen, in denen Particulae zu finden sind. Der Konzern sammelt die Türen ein, um sie auszuschlachten.« Sie sendete ihm die rudimentäre Verzeichniskarte, die sie von London gefunden hatte. »Leider ist sie unvollständig. Das war der Moment, in dem sie mich aus dem System warfen. Aber es gibt mindestens noch eine. Außer der im Tower, aus der ich jüngst stolperte.«

»In London! Sie sind unfassbar gut, Miss Levent!«

»Danke. Drücken Sie Ihre Dankbarkeit gerne in Geld aus. Jeder Euro ist willkommen.«

»Ich schicke Ihnen sofort ein Team nach London.«

Suna überlief es kalt, und gleich klopfte die Panik an. »Wie bitte? Nein, Euro sollen Sie mir senden. Keine Leute. Scheiße, was soll ich mit denen?«

»Ein Team. Sie werden unseren Leuten helfen, diese Tür zu sichern.«

»Nein, nein, Takahashi-san. Ich bin die Schnüfflerin im Netz. Die Cyberwaffe. Das haben Sie gesagt!« Sie dachte mit Grauen an die Ereignisse im Tower, das Gemetzel und Egons Ende. Panik. Noch mehr Panik. Ihr Herz schaltete einige Stufen hoch, das Zimmer drehte sich leicht und schien kleiner zu werden. Suna nestelte in der Bademanteltasche nach der Tablettenverpackung, drückte zwei heraus und zerkaute sie gleich. »Keinen Fuß setze ich vor die Schwelle! Fuck! Vergessen Sie's!«

»Miss Levent. Sie haben alle Informationen, die wir brauchen, und können zudem sämtliche Sicherheitssysteme knacken. Die Stiftung braucht Sie.« Der Japaner nahm ein Pad zur Hand und schrieb bereits. »Das bringt Ihnen auch mehr Geld. Ich verspreche es Ihnen.«

Scheiße. Echt. Suna entdeckte etwas in den eingehenden Daten vom PrimeCon-Server. »Aha. Lithos wird ein … zusammengesetzter Stein. Aus Particulae. Deswegen bestrahlen sie die Fragmente. Sie verkleben sie«, sagte sie wie gewohnt vor sich hin, ohne daran zu denken, dass Takahashi mithörte.

»Was?«

»Scheißdreck. Ich meine, scheinbar wissen wir nun, was Lithos werden soll.«

»Aber wozu braucht …?«

»PrimeCon.«

»Wozu braucht PrimeCon einen solchen Monolith?«

Suna zuckte mit den Achseln. »Das erfahren wir in spätestens fünfzig.«

»Wochen? Jahren?«

»Particulae. So viele benötigen sie noch für einen ersten

Erfolg. Steht in dem Bericht.« Suna öffnete die Dokumente mit den angehängten Bildern, Tabellen und Messverläufen, die auf sie Hundertstelsekunde genau dokumentiert waren. »Ich habe was gefunden.«

Schweigend sahen Takahashi in Tokio und sie in London auf die computergezeichnete Sprengzeichnung des soliden Monoliths, der vollständig aus einzelnen Particulae zusammengesetzt werden sollte, ohne dass es zu Materialverlust bei dem extraterrestrischen Gestein kam.

»Das hat jemand sehr viel Arbeit gekostet, diese Puzzlehilfe zu programmieren.« Suna drehte und wendete die Simulation mit Fingertippen um die Horizontal- und Vertikalachse. »Vor allem muss es interaktiv sein.«

»Weil man bei jedem neuen Fund eines Steinchens neu berechnen muss«, ergänzte Takahashi verblüfft.

Suna sah unter der Simulation die geschätzte Zahl der noch benötigten Particulae, basierend auf den bisherigen Funden. *Fünfzig.* »Ich habe keine Ahnung, wie lange sie dafür brauchen werden.« Sie dachte an die Steine, die sie im Tower eingesammelt und an sich genommen hatte. »Oder was geschieht, wenn sie ihr Ziel erreicht haben.«

Takahashi machte ein nachdenkliches Gesicht. »Es wird nichts Gutes sein, wenn ein Konzern in einem Reaktor für Materialtests, der offiziell noch gar nicht funktionstüchtig ist, heimlich solche Versuche betreibt.«

»Das sehe ich auch so.« Suna wünsche sich einen Schaumkuss. Besser eine Box voller Schaumküsse, die sie alle in sich hineinstopfen konnte. Und Baklava. Zucker war gut fürs Denken. Inzwischen bedauerte sie beinahe, sämtliche Infos an die Kadoguchi-Stiftung geschickt zu haben. *Womöglich hab ich schlafende Pandas geweckt oder wie sagt man bei denen? Schlafende Drachen?*

»Gut.« Takahashi sah erfreut auf sein Pad. »Eben kam das Go. Das Team wird innerhalb eines Tages in London sein.«

Suna gab den Widerstand auf. Sie würde sich etwas einfallen lassen, um bei dem Einsatz nicht persönlich dabei zu sein, aber das klärte sie mit den Leuten vor Ort. Die Panik klang langsam ab, die Medikamente wirkten »Wo kommen sie an?«

»Sie landen in Heathrow. Treffen Sie sich am besten gleich –«

»Ich melde mich bei denen via Smartphone. Einem abhörsicheren. Mehr Infos bekommen sie bald. *Sayonara*, Takahashi-san.« Suna legte auf.

Auch wenn sie die Angst medikamentös unterdrückte, war Paranoia in ihr aufgestiegen.

Sie und ein Team.

In einer unbekannten Stadt mit unbekannten Leuten.

Auf der Jagd nach einer Tür, in der Kraftfeld erschien, durch das man an verschiedene Orte gelangte.

Alles daran war gefährlich.

»Nein, nein, nein. Das will ich nicht.« Je mehr Suna versuchte, sich die Sache harmlos zu reden, desto stärker kehrte die Furcht zurück. Hastig aß sie die durchweichten Cornflakes, das Malmen beruhigte sie. »Ich will in meine Bude und meine Ruhe. Und ein bisschen Computer hacken. Leben. Meine Schaumküsse.«

»Das kriegen wir hin«, sagte eine Stimme unvermittelt.

»Das ist doch machbar«, sprach die zweite freundlich.

»Das wird ein Kinderspiel«, meinte die dritte, überzeugt wie ein General mit einem unfehlbaren Schlachtplan.

»Fuck.« Suna hielt im Kauen inne. »Nicht gut«, raunte sie, und die Hand mit dem Löffel begann zu zittern. Sie dachte an Egon und die Stimmen, die er gehört hatte. *Ich werde enden wie er!*

»Doch gut«, widersprach die erste Stimme. »Und wir helfen dir.«

»Ihr seid nur Einbildung!«, erwiderte Suna.

»Wir schnappen uns die Steine«, beharrte die zweite.

»Natürlich mit dir«, fügt die dritte an. »Keine Angst.«

Suna stellte die Schüssel mit dem Löffel darin ab und schlang die Arme um die angezogenen Knie, legte den Kopf darauf und freute sich über die Dunkelheit, die Wärme in der Kapuze. »Ich will nicht!«

»Du willst«, sprachen alle drei Stimmen gleichzeitig, und sie duldeten keinen Widerspruch.

Da begriff Suna, dass die ungebetenen Bewohner ihrer Gedanken eigene Pläne mit den Steinen hatten. *Um sich von mir zu lösen? Um in ihre Sphäre zurückzukehren?* Handelte es sich um die gleichen Stimmen, wie sie Egon gehört hatte? »Einverstanden. Ich helfe euch, die Dinger zu besorgen, was immer ihr damit vorhabt. Danach verpisst ihr euch.«

»Aber klar«, versprachen sie unisono.

»Okay.« Suna erhob sich und schlüpfte in ihre Sachen. »Dann machen wir das sofort.«

Sie warf die neue Jacke über, stopfte alles Nötige in die Umhängetasche und verließ die billige Unterkunft. Solange das angekündigte Team nicht da war, würde sie in einem verzweifelten Alleingang versuchen, den Deal mit den Unsichtbaren durchzuziehen. Sie hielt die Stimmen im Kopf nicht länger aus. Den Leuten der Stiftung konnte sie danach vorlügen, dass die Karte nicht mehr stimmt.

»Ich werde euch los. Verlasst euch drauf.«

Suna machte sich auf den Weg dorthin, wo eine weitere Tür in London eingezeichnet war: zum Buckingham Palace.

* * *

»Wovon sonst geht überhaupt alles aus, was ächtes Leben hat, als von der moralischen Energie, die, ihrer selbst gewiß, entweder die Welt in freier Tätigkeit zu durchdringen trachtet, oder den feindseligen Kräften wenigstens einen unüberwindlichen Widerstand entgegenstellt?«

Leopold von Ranke: Deutsche Geschichte
im Zeitalter der Reformation, 3. Band (1925)

KAPITEL IV

IRGENDWO

Milana stolperte vorwärts in eine beängstigende Halbdunkelheit, taumelte über losen Sand, bis sie an einer rauen Mauer Halt fand. *Wo bin ich?* Schnell blickte sie sich um. Hinter ihr schimmerte das türkisfarbene Kraftfeld – bereit, jederzeit Häscher auszuspucken, die ihr von PrimeCon nachgesendet wurden.

Es war warm, trockener als in Cadarache. Der Geruch von Gewürzen, Urin, von offenem Feuer und der vergehenden Hitze eines Sommertages schwängerte die Luft.

Gedämpfte Geräusche drangen durch die Mauer. Musik ertönte aus größerer Entfernung, Rinder brüllten, und Hunde bellten. Menschen sprachen und lachten miteinander.

Das ist Arabisch. Licht und Laute schwappten von außen durch eine löchrige, teils zerschlagene Brettertür. Langsam ging sie darauf zu und blickte durch die Lücken in eine Gasse.

Menschen in beigefarbenen und weißen Kaftanen eilten vorbei, manche mit altertümlichen Fackeln oder antik wirkenden Lampen. Straßenlaternen fehlten, hinter den meisten Fenstern der grob verputzten, hellen Gebäude herrschte Dunkelheit. Frauen trugen Schmuck über ihren Gesichtsschleiern, die weiten, mitunter bunten Gewänder verhüllten Haut und Figur. Der Ruf eines Muezzins setzte ein, sein Singsang hallte in den engen Sträßchen wider.

Was ist das für eine Gegend?

Als das Leuchten des Kraftfeldes hinter ihr sich abrupt veränderte, verließ sie die halb vom Sand verschüttete Ruine und begab sich in die düstere Gasse, um möglichen Häschern nicht in die Finger zu fallen. *Ein Hotel wäre gut. Oder der Weg zum nächsten Flughafen.*

Der Gestank nach Exkrementen wurde stärker. Sie wich einigen Flecken am Boden aus, wo sich Menschen erleichtert hatten. Im Vorbeigehen nahm Milana ein tiefhängendes schlichtes weißes Laken von einer Leine, warf es sich um und verdeckte so ihre unpassende Kleidung. Damit wäre sie von ihren Verfolgern nicht mehr so leicht zu finden.

Einige Passanten eilten mit Fackeln vorüber. Ihr Teint war braun bis dunkelbraun, die Bekleidung im klassischen Stil von Beduinen oder einfacher arabischer Art, wie es Milana auf ihren Reisen in den Orient gesehen hatte.

Erneut pflückte Milana länglichen Stoff von einer Leine und bastelte damit eine turbanähnliche Kopfbedeckung, mit dessen Ende sie ihr Gesicht bis auf die Augenpartie verdeckte. *Besser. Viel besser.*

Sie hob den Blick. Der Nachthimmel war deutlich zu sehen. Lediglich zum Trocknen aufgehängte Wäsche störte die Sicht auf das Firmament.

Weder Strom- noch andere Leitungen, keine SAT-Anlagen oder Funkantennen. Also, wo bin ich? Milana vermutete sich in einem Dorf in einer abgehängten arabischen Region, aus der es sich schwer flüchten ließe. Damit wäre es nicht leicht, ein Hotel oder einen Flughafen zu finden.

Ich brauche Übersicht. Sie nutzte die nächste Außentreppe und erklomm das viereckige, schlichte Haus, kletterte von der ersten Etage auf einer wackligen Leiter aufwärts, bis sie auf einem flachen Dach landete. Früchte lagen zum Trocknen auf Rosten ausgebreitet, gefärbte Wäsche flatterte und wogte auf den gespannten Schnüren. Es roch frischer und reiner als in den Gassen.

Milana blickte sich um, drehte sich dabei um die eigene Achse.

Vor ihr breitete sich im Mondschein ein Meer aus gedrungenen Häusern aus. Gelegentlich ragten Türmchen und höhere Bauwerke empor, die nach Festungen aussahen. Riesige Flaggen bewegten sich majestätisch rollend im lauen Wind, und am Ende des nächtlichen Horizonts erhoben sich drei Pyramiden.

Das sind britische Fahnen. Aber ...

Milana war verwirrt. Die Pyramiden gehörten zweifelsfrei zu Gizeh, das wiederum in der Nähe von Kairo lag. Sie hatte die Stätte bereits besucht. Doch wohin sie auch blickte, wehten die Farben des Vereinigten Königreichs an den offiziellen Gebäuden. Nirgendwo gab es Kabel oder Satellitenschüsseln oder sonstige Hinweise auf Fortschritt. Die Schiffe auf dem schwarz glänzenden Nil fuhren mit Segeln und hatten nichts Modernes, ein vertäutes Dampfschiff schien das innovativste Gefährt zu sein.

Ich bin in der Zeit gereist, folgerte Milana verblüfft.

Ägypten hatte in seiner Geschichte viele fremde Herrscher und Einflüsse erdulden müssen. Die Franzosen und Osmanen gehörten ebenso dazu wie die Briten.

Hier konnte Milana nicht bleiben. Nicht in diesem Jahrhundert.

Ihr einziger Weg zurück in ihre Zeit, zurück zum Kampf gegen PrimeCon und zum russischen Geheimdienst, führte durch exakt jene Tür, die sie hierhergebracht hatte. *Wie stelle ich das an, ohne gleich geschnappt zu werden, sobald ich in der Lagerhalle ankomme?*

In den Gassen erklang plötzlich Aufruhr. Stimmen riefen durcheinander, ein Funkgerät piepte. Die Geräusche waren eindeutig. *Die Leute von PrimeCon sind da.*

Milana trat an den Rand des Daches und sah in die Tiefe.

Drei Männer in schwarzer Kleidung, lange Gewehre mit großen Zielfernrohren schräg vor sich haltend, marschierten durch die Gasse. Die Mündungen und die darunter angebrachten Lampen schwenkten in dunkle Ecken und rissen

Verborgenes aus den Schatten. Das Suchkommando hatte sich an ihre Fersen geheftet. Im Gegensatz zu Milana verstand das Team entweder nicht, dass sie sich nicht im einundzwanzigsten Jahrhundert befanden, oder es war ihnen gleich.

Es wird nicht lange dauern, und die Bewohner schlagen Alarm. Die britischen Truppen würden anrücken und nach den ungebetenen Gästen schauen, was bei dem Waffenungleichgewicht auf ein Massaker hinausliefe.

Milana sah von ihrem erhöhten Punkt aus auf den Wust enger Sträßchen. *Scheiße.* Sie hatte den Überblick verloren, aus welcher der vielen gewundenen Gassen sie gekommen war. Nur die grobe Richtung war ihr in Erinnerung geblieben.

Also gut. Sie zog die wacklige Leiter zu sich hinauf und legte sie über den Abgrund zum angrenzenden Dach, um auf die andere Seite zu balancieren. So vermied sie, mit den schwerbewaffneten Gegnern zusammenzutreffen. Milana traute ihrer einfachen Verkleidung nicht, zumal sie größer war als die einheimischen Frauen und moderne Schuhe trug, die unter dem gewickelten Laken hervorlugten.

Dach um Dach arbeitete sich Milana mit ihrer knarzenden, biegsamen Leiter zurück.

Ein Kairo aus einem vergangenen Jahrhundert. Das ist so verrückt. Ihr Vater hatte recht gehabt, was die Fähigkeiten der Portale anging. *Was man damit alles erleben kann.*

Als Milana ein letztes Mal die improvisierte Brücke anlegte und über die Sprossen tänzelte, brach auf der anderen Seite ein Stück der Mauerkante ab.

Die Enden der Leiter verrutschten abrupt.

Sie verlor die Balance und versuchte noch, mit den Armen rudernd über die abstürzende Leiter zu spurten und das gegenüberliegende Dach zu erreichen, aber ihr Kostüm und das Laken behinderten sie bei der akrobatischen Einlage, und der waghalsige Sprung trug sie zu kurz.

Milana rauschte an der Wand abwärts und landete auf einer Markise, die unter ihrem Einschlag riss. Hart schlug sie auf dem Untergrund auf und versuchte, sich abzurollen. Dabei durchbrach sie ein Oberlicht, und das Fallen ging zusammen mit den Holztrümmern weiter. Ein weiches Lager aus Kissen und Decken fing ihren Sturz auf, die schweren Streben verfehlten sie knapp. Erneut war das Schicksal mit ihr.

Ächzend verharrte Milana im Halbdunkel und wartete, was um sie herum geschah. *Das wird jemand gehört haben.* Ihr Rücken schmerzte, die rechte Schulter pochte schmerzhaft.

Doch es blieb ruhig.

Behutsam stemmte Milana sich aus den Kissen, die durchdringend nach Gewürzen und Weihrauch rochen, und warf einen Blick aus dem holzvergitterten Fenster, das im zweiten Stockwerk lag. Sie hatte vollständig die Orientierung verloren.

Das einfallende Licht der Gestirne zeigte Milana, wo sie sich befand. Der Raum diente erkennbar als Lager und Verkaufsausstellung. Einfarbige und gemusterte Teppiche, mal mit Fransen, Schmuckborten oder Goldfäden waren übereinandergestapelt oder baumelten von der Decke. *Ein Teppichhändler.*

Dann entdeckte sie die einfachen, aufrecht stehenden Särge an den Wänden sowie die aufwendigeren, gereihten Sarkophage in der Mitte des Raumes.

»Heiliger Gott!«, entfuhr es ihr, als sie sah, dass in den schlichten Särgen Mumien lagerten. Preisschilder an den Innenseiten der Totenkisten oder an Bändchen um den Hals der Leichen verdeutlichten, dass man die in fleckige Bandagen gewickelten Überreste erstehen konnte.

Mumien und Teppiche, was für eine schräge Kombination. Ein Kalender an der Wand zeigte die westliche und die islamische Jahreszählweise und verriet Milana, in welcher Zeit sie gelandet war: *1. Oktober 1882.*

Ihr Geschäftssinn sagte ihr, dass es eine gute Idee sein könnte, für spezielle Kunden Mumienpartys anzubieten, während ihre Vernunft sie dafür schalt. Milana ging durch den Innenraum und suchte die Treppe aufwärts, die zum Dach führte. Von dort fiele ihr die neuerliche Orientierung leichter.

Aus einem Zimmer, das sie passierte, drang Lichtschein und schweres Atmen wie von einem unruhigen Träumer; begleitet wurde es vom heiseren, raschelnden Wispern, das einer Beschwörung gleichkam.

Die Laute weckten Milanas Neugier. So etwas hatte sie noch nie gehört.

Ganz vorsichtig lugte sie um die Ecke – und hielt die Luft an.

Vier junge Männer in britischen roten Uniformen standen nebeneinander, die Haut braun gebrannt vom Dienst unter der sengenden Sonne, die Haare kurz und gescheitelt; Pomade hielt die exakten Frisuren in Form. Zwei von ihnen trugen Schnauzer und Backenbärte, die anderen Koteletten. Schmutz haftete an den perfekt geschneiderten Jacken.

Die vier Augenpaare waren weit geöffnet und auf die Gestalt vor ihnen gerichtet.

Ich ... ich bin in einem Horrorfilm! Milana konnte den Blick nicht abwenden.

Eine schlanke, weibliche Mumie wisperte auf das Quartett ein. Unter den gelösten, getränkten Leinenbahnen war ein markantes Gesicht sichtbar, das kaum verwest war. Den Kopf zierte eine Krone mit einem Federpaar. Über den bräunlichen, fleckengezierten Bandagen lag ein prunkvoller Überwurf mit gewirkten Goldfäden.

»Sei verflucht, John Archibald Mandeville! Du und deine Freunde stehen unter meinem ewigen Bann.« Ihre Stimme klang reibend wie Sand auf Holz. »Meinen Willen werdet ihr erfüllen und unsterblich sein, bis ich erlaube, dass ihr diese

Welt verlasst. Ihr sollt Schmerzen leiden. Als Sühne für das, was ihr mir antatet.«

»Ja, Herrin«, erwiderte der junge gut aussehende Mann, dem ein blonder Schnauzer und dichte Koteletten im Gesicht standen, wie es im Viktorianischen Zeitalter Mode war. »Wir wussten nicht, was wir taten.«

»Weil ihr euch dem Rausch hingabt. Ihr Elenden! Trunk. Opium. Hasch«, giftete die Mumie und nahm ein winziges grau und mattschwarz schimmerndes Steinchen von Tisch. »Als *Andenken* erstandet ihr mich! Triebt Späße mit mir! Benahmt euch ungebührlich.«

Das ist ein Particula. Milana hielt die Luft an.

»Dafür dass ihr den Deckel meines Sarkophags für Trunk und Rausch verkauftet, werdet ihr büßen. Und nicht eher erlöst, bis ihr ihn mir zurückbrachtet. Vollständig. Sodass ich in Karnak meine Ruhe finden kann, im Tempel des Amun-Ra. Wohin ich gehöre.« Die Mumie nahm ein dünnes, verkrustetes Eisenstäbchen und schob damit das Particula in Mandevilles Nase, weit und weiter. Unerbittlich stieß sie es, es knackte leise. Aus dem anfänglichen Stöhnen wurde ein unterdrücktes Brummen, bis der Brite seinen Schmerz hinausschrie. »Eher wird keiner von euch Frevlern sterben!«

Milana sah schaudernd das Blut, das den anderen drei Soldaten aus der Nase lief und vom Kinn hinab auf das Rot der Jacke tropfte. Sie hatten die Prozedur bereits hinter sich.

Die Mumie ließ das Stäbchen fallen und legte ihre teils frei liegenden, schwarzen, verwesten und knochigen Fingerspitzen auf den Kopf des Mannes. »Ich, Mutemhat, Priesterin des Amun-Ra, verdamme dich zur Unsterblichkeit, bis du mir brachtest, was du verkauftest. Bevor meine letzte Bleibe nicht vollständig zusammengefügt ist, soll nichts dir den Tod bringen. Kein Element, nicht Feuer, nicht Erde, nicht Wasser, nicht Wind. Nichts Irdisches vermag dich auszulöschen.«

Um Mandeville entstand eine bläuliche Korona, changierende Helligkeit strahlte aus seinen Augen und aus dem zum Schrei aufgerissenen Mund.

Milana spürte unvermittelt Hitze an ihrer rechten Seite. Die Particulae, welche sie im Container eingesteckt hatte, reagierten auf die Beschwörungen der Mumie. *Njet!*

Die Wärme steigerte sich rasend schnell, das Leder der Handtasche roch bereits verschmort. Das dünne Glasbehältnis isolierte nicht.

Da schnellte Mutemhats Kopf herum. Die Augen glommen in düsterem Grün, das Antlitz verzerrte sich vor Wut.

»Diebin!«, zischte sie und stieß Mandeville von sich; der Soldat stürzte und hielt sich den Schädel mit beiden Händen. Blut strömte aus seinen Nasenlöchern. »Woher hast du die Steine, die aus der Sonne kamen?« Sie eilte auf Milana zu. »Gib sie mir! Sie gebühren nicht dir.«

Milana wich stolpernd zurück. Sie dachte nicht im Traum daran, die Particulae zu übergeben. *Und wenn ich das alles träume?*

Der Hass in den lebendigen und zugleich toten Augen und das nach Vernichtung trachtende grüne Feuer darin versetzten Milana in solche Panik, dass sie sich herumwarf, die letzte Treppe abwärts rannte und durch die Tür ins Freie spurtete.

Genau in die Arme einer britischen Patrouille.

»He, halt«, befahl ihr der glatt rasierte Sergeant auf Arabisch und packte sie am Oberarm. Zehn Mann standen hinter ihm, die mit kurzen Bajonetten versehenen Karabiner geschultert und mit kakifarbenen Tropenhelmen auf den Köpfen. Die Uniformen waren die gleichen wie jene von Mandeville und seinen Mitverfluchten. »Wovor läufst du davon, Wüstenblume?«

»Das sollten Sie auch tun.« Milana riss sich los, was den Sergeanten zu einem verdutzten Ausruf brachte. Ruppig-effiziente Gegenwehr waren die Besatzer von der Bevölkerung nicht gewohnt. Perfektes Englisch noch weniger.

»Sie alle. Rennen Sie!«, stieß Milana hervor.

Da trat Mutemhat aus dem Eingang, die Augen glühend wie brennende Smaragde im Zwielicht der Gasse. Die Soldaten wichen mit erschrockenen Rufen zurück, einige brachten ihr Gewehr in den Anschlag.

»Gib mir die Steine!«, verlangte die lebendige Mumie von Milana und schlug den erbleichenden Sergeanten im Vorbeigehen mit einer Rückhandohrfeige nieder, bevor er den Säbel gezogen bekam. Knackend brach sein Genick, und er stürzte mit verdrehtem Kopf in den Sand. »Ich weiß sie besser zu nutzen. Für *meine* Armee!«

Zwei der Briten eröffneten das Feuer auf die Untote.

Mutemhat blieb stehen und wandte sich den Gegnern zu. Die Kugeln gingen durch die Leinenbahnen und den Leib, ohne sie aufzuhalten. »Ihr Fremden wagt es, eine Priesterin des Amun-Ra anzugreifen?« Sie spreizte die Arme leicht ab. In einem Windhauch hob sich der Sand vom Boden, umspielte ihre Finger. Aus den Körnern formten sich in ihren Händen je eine neunschwänzige Peitsche, in deren eckig geschnittenen Lederriemchen Knoten eingeflochten waren. »Dafür züchtige ich euch, bis euch das Fleisch in Fetzen von den Knochen baumelt!«

Die restlichen Soldaten erwachten aus ihrer Schockstarre und schossen auf die Gegnerin. Zwei von ihnen warfen die Gewehre weg und rannten davon.

Milana warf sich in ie Gasse, um den Projektilen zu entgehen, die Mutemhat durchschlugen. Mit bebenden Fingern nestelte sie den Trommelrevolver aus der Tasche des erschlagenen Sergeanten, ein schweres klobiges Modell mit einer seltsam anzuschauenden Mechanik.

Mutemhat peitschte sich durch die Reihen der Gegner. Jeder Hieb sirrte ankündigend, riss klatschend die roten Jacken und die weißen Hemden auseinander, als bestünden die Peitschen aus neun feinen Klingen statt Leder. Wo die Riemchen auf ungeschützte Haut an Händen, Hals und Gesicht trafen, schnitten sie sich bis auf den Knochen.

Das ist grauenhaft! Milana kroch hinter die Mauer in Deckung.

Kreischend vor Schmerz, schwerstverwundet oder tot stürzten die Briten, das Blut verteilte sich um die Körper herum im Sand. Nach wenigen Sekunden hatte die Mumie die Soldaten zu Tode geprügelt.

»Die Steine, Weib«, sprach Mutemhat knurrend, ohne sich zu ihr umzudrehen. »Her damit!« Von den Peitschenschnüren rannen rote Tropfen und sprenkelten den Boden; auch an den Wänden hafteten überall rote Spritzer.

Niemals. Milana stieß sich ab und rannte los. Unterwegs streifte sie die störende Verkleidung ab, um schneller zu sein. Aufs Geratewohl bog sie an Kreuzungen ab, schwenkte herum und suchte nach Anhaltspunkten für die Ruine, in der sich die Tür befand. Nicht im Ansatz hatte Milana eine Vorstellung davon, wie groß Kairo im Jahr 1882 gewesen war. Sie konnte vermutlich tagelang vergeblich durch diese Gassen, Straßen und Plätze rennen.

Die Steine verloren ihre Hitze. Milana hatte sich offenbar weit genug von der Priesterin und deren Wirkung auf die Particulae entfernt. *Eine lebendige Mumie. Wie in Gruselfilmen.*

An der nächsten Abzweigung fand sie endlich die Ruine – oder zumindest ein eingestürztes Haus mit einer maroden Tür, das ihrem Ausgangspunkt sehr ähnlich sah. *Es wäre zu schön.* Milana packte den altertümlichen Revolver fester und ging auf den Eingang zu, wischte sich Schweiß von der Stirn. Das Adrenalin ließ nach. Erst jetzt spürte sie die schmerzenden Füße und ihren immensen Durst.

Solange ihre Verfolger in Kairo herumrannten, könnte sie nach Cadarache zurückkehren. Der hässliche Revolver mochte alt sein, aber eine Kugel blieb eine Kugel, und das Kaliber sah sehr groß aus. Damit würde sie sich einen Weg in die Freiheit oder bis zu White-Spelling schießen, um sie zu verhören.

Plötzlich leuchtete eine starke Lampe in Milanas Augen.

Bevor sie den Revolver hochreißen konnte, bekam sie einen Kinnhaken, der sie ausschaltete.

* * *

DEUTSCHLAND, ANNWEILER AM TRIFELS, SPÄTSOMMER

»Der Kuuuchen ist sooo leckeeer!« Annabell reckte den leer gegessenen Teller mit einem breiten Lächeln zu Wilhelm, der am nächsten an der Platte mit dem restlichen Beerenkuchen saß. Sie war acht Jahre alt und so hinreißend wie ihre vierjährige Schwester Evelin, die neben ihr hockte und sich rasch den letzten Bissen in den Mund stopfte. Mit Wimpernklimpern bat sie ebenfalls um Nachschlag. Die farbenfrohen Sommerkleidchen standen den brünetten Mädchen prächtig.

»Anton, sieh nur! Als gäbe es bei uns nichts zu essen«, sagte Kathrin lachend. Sie trug Shorts und Bluse und hatte den zweijährigen Hans auf dem Schoß, der von den roten und blauen Früchten naschte. Dass er die sauren Stachelbeeren besser mied, hatte er bereits nach dem ersten Bissen gelernt.

»Schon. Aber nicht *sooo* einen Kuchen.« Wilhelm gab den glücklichen Mädchen je ein Stück und einen Klacks frische Sahne. Sie waren die Töchter seines besten Absolventen. Einmal im Monat kam Anton mit seinen Lieben vorbei, um zu reden und sich über Aufträge, die Werkstatt und Fragen rund um das Schreinerwesen auszutauschen. »Schlagt nur zu. Ich habe noch.«

Anton, die halblangen braunen Haare im Pferdeschwanz gebändigt, grinste und schenkte seinem einstigen Meister vom tiefschwarzen Kaffee nach. »Zu Hause essen sie wie die Spatzen, aber bei dir …«

Wilhelm zwinkerte und sah in die lebendige Runde, die in seiner Küche saß. *Welch ein schöner Tag.* Ihm wurde warm ums Herz beim Lachen der drei Kinder. Sie waren der Ersatz für die Familie, die er niemals gehabt hatte.

Vor vier Jahren hatte er Anton seine Werkstatt überschrieben. Mit Ende sechzig war es Zeit geworden, auch das letzte Haar auf dem Kopf und im Bart war grau gewesen. Der tüchtige junge Meister hatte das Niveau der Schreinerei nicht nur gehalten, sondern sie international bekannt gemacht. In Annweiler, das sprach sich herum, bekam man allerbeste Qualität. Anton hatte einige Preise für innovative Designs gewonnen, was ihm Aufträge aus der ganzen Welt bescherte. Das machte Wilhelm stolz, wie es ein Vater nicht mehr hätte sein können.

»Geht doch mal raus, ihr Lieben. Im Garten wartet eine Überraschung«, sagte er zu den Mädchen, als die Teller leer und abgeleckt waren.

»Eine Überraschung!«, rief Annabell freudig und schlug die Hände vor Nase und Mund.

»Für uuuns!«, krähte Evelin, und schon sprangen sie von den Stühlen auf und flitzten lärmend durch das alte Haus, um ins Freie zu gelangen.

Kathrin erhob sich mit dem kichernden Hans. Ihre blonden Haare hingen offen bis auf den Rücken. »Ich lasse euch mal sprechen.« Sie küsste Anton und berührte Wilhelm beim Hinausgehen liebevoll an der Schulter, lächelte ihm zu. »Danke für die Überraschung. Ist es der Dinosaurier, mit dem sie mir schon die ganze Zeit in den Ohren liegen?«

Wilhelm nickte und rieb sich über den kurzen Silberbart. Ein Kuchenkrümel purzelte auf das Karohemd, sprang auf die Cordhose und fiel auf die Dielen. »Aber er ist nicht ganz so groß wie ein echter.«

»Mama!«, schrie Annabell glücklich durch die Zimmer, begleitet vom fröhlichen Quietschen ihrer kleinen Schwester. »Komm schnell! Das ist sooo toll und ... doppeltoll!«

»Dann gehe ich mal den Dino bewundern.« Kathrin verließ die Küche.

»Aussterben kann er nicht mehr«, rief ihr Wilhelm nach und wartete, bis ihre Schritte und die hohen Stimmen der Mädchen verklungen waren.

Daraufhin erhob er sich, trat zur Kommode und zog eine Schublade auf, nahm zusammengerollte Karten heraus, deren Papier vergilbt und stockfleckig war. Der Geruch von Keller und Moder stemmte sich gegen den Duft von Kuchen und Kaffee. »Ich habe neue Unterlagen.«

Anton nahm einen Schluck aus seiner Tasse. »Du lässt nicht locker.« Er wartete ab und zeigte ein verständnisvoll-nachsichtiges Lächeln, das Wilhelm kannte. Seit Jahren. Dazu passend stand auf seinem weißen Shirt: *Whatever*.

»Ich denke, dass *nur du* es zu Ende bringen kannst.« Wilhelm rollte die Aufzeichnungen auseinander und nutzte Tassen, Zuckerdosen und Besteck als Beschwerung. »Meine Hände sind zu ungenau geworden. Die Gicht, das Alter.« Er hob die Rechte, an der zwei Finger fehlten. »Das macht es auch nicht leichter.«

Auf dem ausgerollten Papier standen absonderliche Schnitzanweisungen für eine Tür, in unterschiedlichen Sprachen, mal mit Schablone aufgebracht, mal in verschiedenen Handschriften hingekritzelt, mal mit geschwungenen Lettern notiert. Es wirkte wie ein Marsch durch Jahrhunderte und Generationen von verrückt gewordenen Schreinern.

Die verwaschenen, teils ausradierten und schwer leserlichen Aufschriften verrieten, dass die anspruchsvolle Bau- und Montageanleitung in einem Sägewerk bei Frankfurt entstanden war. Es wurde alles genau beschrieben, von den Holzintarsien bis zu den Metalldrähten, von den Angaben über die Zusammensetzungen spezieller Legierungen bis zur Anzahl der Particulae und deren Anordnung. Manche Papiere waren zusammengeklebt, nachdem sie in winzige Fetzen gerissen worden waren, andere zeigten Brandflecken an den Rändern.

Anton räusperte sich und schaute einmal, erkennbar aus Höflichkeit, über die ausgebreiteten, unterschiedlich großen Blätter. »Wirkt spannend. Im Winter habe ich –«

»Ich höre, dass du mir nicht glaubst. Wie in den letzten Jahren auch. Wie beim ersten Mal, als ich dir davon berichtete«, unterbrach Wilhelm seinen ehemaligen Lehrling, der nun auch ein Meister war. Und von dem er viel verlangen musste. Er kramte tiefer in der Schublade und suchte einige fingerkuppengroße Steine heraus, deren Oberfläche aussah wie mit Mehltau überzogen. »Ich habe welche gefunden.«

»Was ist das?«

»Meteoritenstücke.« Wilhelm kreuzte die kräftigen Unterarme vor der breiten Brust. Handwerkerkörper. »Ich bin zu Aufschlagstellen gefahren und habe gebuddelt.«

»*Deswegen* warst du so viel auf Reisen!«

»Es sind genügend.« Wilhelm deutete auf die Zeichnungen. »Damit kannst du die Tür vollenden.«

Anton stand die Skepsis in den grünen Augen. »Woher willst du wissen, dass diese Steine das können, was in den Notizen deines Meisters steht? Diese ... Particulae?«

»Ich ... weiß es einfach.« Das war gelogen. Wilhelm hoffte es.

Anton lachte freundlich. »Ich bin beeindruckt, wie du dieses Märchen über die ganzen Jahre aufrechterhältst. Seit wir uns kennen. Aber ich bin nicht Annabell oder Evelin.«

»Ob es ein Märchen ist, finden wir heraus, wenn du sie fertig hast.«

»Wie gesagt, im Winter.« Unvermittelt schaute Anton ihn durchdringend an. »Sag nicht, dass du krank bist und nicht mehr bis zum Winter durchhältst!«

Wilhelm schnaubte. »Nein, das nicht. Zumindest weiß ich es nicht.« *Wie kriege ich ihn dazu, mir dabei zu helfen? Hätte ich lügen sollen?*

»Gut.« Anton war erleichtert. »Ich habe da nämlich einen Auftrag bekommen. Aus Russland, von einer Agentur, die Oligarchen mit Dingen versorgt, die sich nur Reiche leisten können. Das gibt gutes Geld.« Er legte seine Rechte auf Wilhelms Hand mit den fehlenden Fingern. »Ich verspreche es dir.«

»Das sagst du schon seit zwei Jahren.«

»*Diesen* Winter.« Anton betrachtete die etlichen Zeichnungen erneut. »Das ist alles andere als leicht.«

Wilhelm erlaubte sich ein zuversichtliches Lächeln. »Es wird dir gelingen.«

Die über hundert Jahre alten Pläne hatte er im Nachlass seines Meisters gefunden, den er gepflegt hatte, bis der Mann allein und dement verstorben war. Die Papiere hatte dieser wie einen Schatz gehütet, versteckt überall in der Wohnung, in Möbeln, in Ritzen und Zwischenböden. Der Tag, an dem Wilhelm sie entdeckt hatte, blieb ihm für immer im Gedächtnis. Und wie sehr sich sein Leben danach geändert hatte.

»Ich erinnere mich, dass ich lange auch so dachte«, sprach er und trank einen Schluck.

»Was denke ich denn?«

»*Märchen* hast du es genannt.«

Anton zwinkerte ihm zu. »Es ist doch kein Geheimnis, dass solche Fantasieanweisungen bei den Zünften gerne aufgeschrieben wurden, um die Lehrlinge und Gesellen zu foppen. Damit sie an unmöglichen Aufträgen verzweifeln.«

»Das ist es nicht.«

»So überzeugt?«

»Ja.« Wilhelm spielte mit den nussgroßen Meteoritfragmenten. Der Moment war gekommen, mehr über das Projekt zu erzählen. »Ich habe über diese Schreinerei und Sägemühle recherchiert, aus der diese Pläne stammen. Man findet so gut wie nichts darüber. Aber es gab rätselhafte Todesfälle in der benachbarten Villa, die zur Familie Van Dam gehörte.«

»Ein Spukhaus?«

Wilhelm schüttelte den Kopf. »Wo diese Pläne herkommen, entstanden weitere Türen. Mit verschiedenen Eigenschaften.«

»Konnten sie Monster ausspucken?« Anton pickte eine lose Beere von der Kuchenplatte und aß sie.

»Wer weiß?«

»Und was kann *diese* Tür?«

Wilhelm tippte mit dem Zeigefinger der vollständigen Hand auf einen Zettel, dessen Beschriftung in einem Code verfasst worden war. »Ich hab lange gebraucht, bis ich es übersetzen konnte.«

»Oh! Und?« Anton klang nicht aufrichtig neugierig.

Wilhelm bedauerte sehr, wie wenig seinen besten Schüler die ganze Sache kümmerte. Er selbst hatte große Teile seines Lebens damit zugebracht, Anweisungen zu entziffern, Hölzer und Materialien zu beschaffen, Legierungen anfertigen zu lassen, die Gießereien vor Herausforderungen stellten. All das brauchte man für den Bau dieser außergewöhnlichen Tür. *Doch die Vollendung ist seine Aufgabe. Nicht meine.* Wilhelm massierte die schmerzenden Gelenke. *Das Filigrane gelingt mir nicht mehr.* »Die Tür ist so etwas wie … eine Mastertür.« Die Worte klangen falsch, um einem skeptischen Geist wie Anton die Sache schmackhaft zu machen. »Der übersetzte Text besagt, sie sei einstellbar.«

»Einstellbar?«

»Durch veränderte Anordnung der Particulae.« Wilhelm deutete auf die Löcher im aufwendigen Türblatt und im kunstvollen Rahmen. »Man kann damit durch Jahrhunderte reisen oder zu fremden Welten gelangen, in Regionen jenseits der Vorstellungskraft vordringen und –«

Das Lachen platzte aus Anton heraus. »Entschuldige. Entschuldige, aber« – er rang japsend nach Luft – »das ist zu gut.« Er fuhr mit dem Löffelstiel über die Zeichnung. »*Das* ist das beste ausgedachte Projekt, das es auf dieser Welt geben kann. Der Schreinermeister dieser Tischlerei war echt einfallsreich.«

Wilhelm setzte zu einer harschen Erwiderung an, aber schluckte die bösen Worte hinunter. Schließlich lachte er ein bisschen mit, angesteckt durch die Heiterkeit des jüngeren Mannes. *Ich kann es ihm nicht verübeln. Ich muss klingen wie ein seniler Greis.*

»Ja, mach dich nur lustig über deinen alten Meister«, sagte er und schlug Anton auf den Rücken, während der sich die Tränen aus den Augenwinkeln wischte. »Aber sobald wir im Winter diese Tür vollendet haben, reisen wir zu diesem Moment zurück und verstecken uns dort hinter dem Küchenschrank und beobachten uns bei dem Gespräch.«

»Sollte diese Tür auch nur im Ansatz das können, was dein Märchen behauptet, überlasse ich dir die alleinige Nutzung dieses sensationellen Artefaktes«, erwiderte Anton. »Ich habe mein eigenes Unternehmen und meine Familie, die ich nicht verlassen will. Aber du, alter Mann, hast nichts mehr zu verlieren.«

Wir werden sehen. Grinsend stießen die Männer mit ihren Kaffeetassen an.

»Angenommen«, sagte Anton unvermittelt, »diese Tür kann das wirklich – steht sie dann auf der anderen Seite einfach so in der Landschaft? Oder in einem Raum?«

Wilhelm hatte sich mit dieser Frage lediglich kurz beschäftigt. Für ihn blieb die Herstellung das Wichtigste. »Ist das nicht egal?«

»Na ja. Was würde denn passieren, wenn ...« Anton deutete auf die Zeichnung der fertigen Tür, die von seinem alten Meister vervollständigt worden war. »... wenn man im Mittelalter landet, aber die Tür mitten auf dem Feld erscheint?«

Wilhelm lachte leise und zufrieden. *Endlich wirkten meine Worte.* »Interessant, dass du dir nun doch Gedanken machst.«

»Nur Spielereien.«

Wilhelm überlegte, ob er sich zur Feier des kleinen Triumphes trotz seines Altersdiabetes noch ein Stück Kuchen erlauben durfte. »Dann muss ich es darauf ankommen lassen. Gäbe es denn ein Jahrhundert, das du gerne besuchen würdest?«

»Ich würde in die Zukunft reisen. Eine Woche.« Anton musste grinsen. »Und mir die Lottozahlen für das kommende Wochenende beschaffen. Mit dem Geld könnte ich meine Werkstatt ausbauen.«

Wilhelm lachte auf. »Ein schöner Schluri bist du mir.«

»Oh, Kuchen.«

Wilhelm und Anton wandten sich überrascht um.

Auf der Küchenschwelle stand ein Mann mit Sturmhaube und weißem Overall, eine schallgedämpfte kleine Maschinenpistole locker in der Rechten; über seiner Schulter trug er eine lange schwarze Transportrolle für Zeichnungen und Pläne. Hinter ihm erhoben sich zwei weitere Maskierte mit Pumpgun und Sturmgewehr. »Da kommen wir rechtzeitig.«

Wilhelm benötigte einige Sekunden, um zu erfassen, dass die Eindringlinge kein Produkt seiner Einbildung waren. In den letzten Wochen hatte es mehrere Einbrüche in Annweiler gegeben; jetzt hatte sich die Bande offenbar das abgelegene Haus am Waldrand ausgesucht – ausgerechnet am Besuchstag der Familie Gärtner.

»Sitzen bleiben«, warnte der Anführer der Räuber. »Bitte keine Heldentaten.«

»Nehmen Sie sich, was Sie wollen«, sagte Wilhelm langsam, um die Bewaffneten nicht herauszufordern. Dabei legte er eine Hand auf Antons Unterarm, um ihn vor Dummheiten zu bewahren. Solange Kathrin und die Kinder im Garten blieben, geschah ihnen nichts. »Viel ist es nicht.«

»Da täuschen Sie sich, Herr Pastinak.« Der Anführer spazierte in die Küche, seine Leute hoben die Waffen und sicherten ihn. »Es ist mehr, als Sie ermessen können.«

Zu Wilhelms Erstaunen begann der Maskierte, die auf dem Tisch ausgebreiteten Pläne und Notizen nahezu ehrfürchtig einzusammeln.

»Das ist nichts«, widersprach Wilhelm. »Lassen Sie das liegen!«

»Sie wissen, wie wertvoll das alles ist, Herr Pastinak«, erwiderte der Mann und verstaute die Unterlagen behutsam in der Transportrolle. »Sie haben sich lange damit beschäftigt, nehme ich an.«

Anton schaute zwischen seinem Meister und dem Trio hin und her. »Das ist ein Scherz.«

»Gewiss nicht.« Der Anführer lächelte hinter seiner Sturmhaube, wie Wilhelm an den Fältchen um seine Augen sah. »Herr Pastinak stahl die Unterlagen von einem Mann, der seine Freunde und alles verriet, an das *wir* glauben.«

Wilhelm konnte sich nicht gegen seine Empörung wehren. »Ich habe nichts gestohlen! Er hinterließ sie mir.«

»Diese Pläne gehörten ihm nicht. Diebesgut kann man nicht vererben. Es hat einen rechtmäßigen Besitzer.« Der Maskierte klang feindselig. »Hätten Sie nicht so viel im Internet herumgesucht, wären wir niemals auf Sie gekommen, Herr Pastinak.« Als Letztes nahm er den Zettel mit dem Code, den Wilhelm mit viel Mühe ins Deutsche übersetzt hatte. »Gut, dass wir Sie rechtzeitig fanden. Sie wissen doch, wie gefährlich das ist.« Gespielt vorwurfsvoll wedelte er mit dem Papier. »Da stand es. All die Jahre.«

»Gefährlich?« Anton schluckte. »Die Tür, an der du arbeitest –«

»Sei still!« Wilhelm wusste sofort, dass er mit seiner harschen Anweisung einen Fehler begangen hatte.

»Doch, doch. Das trifft sich gut, Herr Pastinak. Wir hätten noch ein paar Fragen.« Der Maskierte im weißen Overall setzte sich zu ihnen an den Tisch und stellte die schwarze Hartplastikrolle neben sich. »Sie haben sogar angefangen, die Tür zu erschaffen?« Mit den behandschuhten Fingern nahm er die Meteoritenstückchen auf und hielt sie prüfend gegen das einfallende Sonnenlicht. »Mit diesen Steinen?«

»Es ist misslungen«, log Wilhelm und verstärkte den Druck auf Antons Arm. Innerlich machte er sich schwere Vorwürfe, nicht besser vorbereitet gewesen zu sein. Wobei es das nicht ganz traf. Er *war* vorbereitet – nur nicht auf dieses Zusammentreffen.

»Warum glaube ich Ihnen nicht, Herr Pastinak?« Der Mann warf die Steine auf den Tisch zurück. »Wertlos.« Danach holte er einen Beutel hervor und nahm etwas heraus. Das Fragment schimmerte schwarz und metallisch zugleich, unterschied sich deutlich von den Stückchen, die Wilhelm gesammelt hatte. »*Das* hätten Sie übrigens benötigt. So sehen echte Particulae aus.«

»Woher haben Sie die?«

»Gerettet. Aus einem verheerenden Feuer. Ihre Idee, es mit Meteoritgestein zu versuchen, ist nicht falsch. Aber das wird nicht klappen. Oder in einem Desaster enden.« Der Maskierte steckte das Steinchen zurück und betrachtete Wilhelm. »Haben Sie die Tür fertig?«

»Nein. Das geht mit heutigen Materialien nicht. An manche Hölzer kommt man gar nicht mehr, das wissen Sie«, log er erneut. »Diese Anweisungen sind außerdem zu schlecht, um sich –«

Der Anführer der Truppe lachte leise. »Sie haben sie fertig.«

»Nein.«

»Dann geben Sie mir die Reste oder die vorbereiteten Elemente.«

»Weggeworfen.«

Anton saß wie angewurzelt und lauschte der Unterhaltung mit offenem Mund. »Und ich dachte wirklich, dass es ausgedacht ist«, raunte er.

»In Ihrem Werkstattschuppen draußen fanden wir nichts. Auch keine Pläne. Die hatten Sie ja hier.« Der Mann legte die schallgedämpfte Maschinenpistole auf den Tisch. »Keine Sorge. Wir waren leise, um die Kinder und die Frau nicht zu erschrecken. Das kann sich natürlich ändern, wenn Sie uns nicht geben, was wir wollen, Herr Pastinak. Das ginge über ein Erschrecken allerdings hinaus.« Er wandte den Blick zu Anton. »Sie verstehen, Herr Gärtner?«

Eine furchtbare Stille breitete sich in der Küche aus, durch die das vergnügte Lachen der Mädchen und das Krähen des Jüngsten aus dem Garten wie aus weiter Entfernung klang.

Plötzlich rollte ein Ball hinter den beiden Bewaffneten durch das lichte Wohnzimmer und prallte gegen die Wand.

»Papa!«, rief Annabell, die Schritte des Mädchens näherten sich. »Papa, kommst du Fußball spielen? Du musst dir auch noch den Dino angucken!«

Anton versteifte sich, seine Muskeln spannten sich sichtlich. »Ja, gleich. Bleib draußen, du machst sonst alles dreckig.«

»Ich hab aber Durst«, erwiderte Annabell.

Die beiden Bewaffneten hoben die Mündungen der Pumpgun und des Sturmgewehrs.

»Ich bin kein Freund von Ultimaten, Herr Pastinak und Herr Gärtner«, setzte der maskierte Anführer generös an. »Einer von Ihnen wird mich zu –«

»Lauft!«, schrie Anton, bevor es Wilhelm unterbinden konnte, und sprang auf den Boss des Trios zu. »Lauft in den Wald und versteckt euch! Böse Menschen –«

Die MP machte ein merkwürdiges, lang gezogenes Geräusch, das Wilhelm an eine elektrische Nähmaschine erinnerte.

Auf dem Rücken seines einstigen Lehrlings entstanden ein Dutzend Löcher im Shirt, rote Spritzer verteilten sich in der Küche, trafen die Anrichte, den Tisch, den Kuchen.

Anton fiel aufkeuchend gegen den Anführer und riss ihn mit zu Boden.

»Schnappt euch die Kinder«, befahl der Maskierte und versuchte, sich vom Toten zu befreien. »Und Pastinak.«

Wilhelm überlegte blitzschnell. Er wusste, dass er keine Chance gegen die drei hatte, selbst wenn sie unbewaffnet gewesen wären. Ebenso wenig Kathrin und ihre Kinder. Sie würden im Kugelhagel sterben. *Sofern es nicht etwas zu verhandeln gibt, was ihre Leben rettet.*

Daher griff er sich die Transportrolle mit den Plänen und Anweisungen samt des Beutels mit den Particulae und rannte aus der Küche. »Falls ihr das wiederhaben wollt«, rief er, »lasst sie in Ruhe!«

Wilhelm stolperte die Kellertreppe abwärts, stürzte die restlichen zwei Stufen und fiel vor der Eisentür auf den Betonboden. Sterne und Blitze funkelten vor seinen Augen, aber er schleppte sich mit seiner Beute über die Schwelle in den Raum dahinter. Der Ellbogen tat weh, sein Knie war aufgeschürft.

»Da unten ist er!«, erklang es über ihm, mehrfach knallte es.

Wilhelm drückte die Tür zu und lehnte sich dagegen. Es schepperte, als die besser gezielten Kugeln vom Stahl abgefangen wurden.

Erst als das Schloss einrastete und er den massigen Riegel arretiert hatte, fühlte sich Wilhelm sicherer, auch wenn Dunkelheit um ihn herrschte. Er war in seinem Refugium, nichts Böses lauerte an diesem Ort. Sein Atem ging schwer, das Herz stach in seiner Brust. Es roch nach Staub und Stein und Holz, die Kühle des Kellers wirkte beruhigend. *Hier kommen sie nicht rein.*

Mehrere Schritte eilten die Stiegen hinab, dann pochte es hart gegen das Metall.

»Herr Pastinak? Wir haben die Kinder. Und die Witwe Gärtner«, sprach der Anführer wütend. »Wenn Sie nicht wollen, dass die Blagen zu Vollwaisen werden, machen Sie auf. Geben Sie uns die Pläne und die Steine.«

Wilhelm lehnte den ergrauten Hinterkopf gegen die massive Stahltür. Das Stechen in seiner Brust endete nicht. *Jetzt keinen Infarkt kriegen.* Tief atmete er ein und aus.

»Herr Pastinak?«

»Vielleicht ist er tot?«, sagte der zweite Angreifer. »Das ist Blut auf dem Boden. Frisches Blut. Hab ihn getroffen.«

Angeschossen? Nach etwas Tasten fand Wilhelm den Lichtschalter schräg über ihm an der Wand und drehte ihn.

Klack.

Das weichgoldene Licht der Glühbirne riss die beinahe fertiggestellte Tür aus der Dunkelheit, halb verdeckt mit einem gestreiften Laken gegen Schmutz, der gelegentlich von der Decke rieselte.

Wilhelm fasste sich an die stechende Brust und sah auf seine drei rotfeuchten Finger. *Kein Infarkt. Sie haben mich erwischt.*

Ein Loch gab es nicht, aber Blut verlor er trotzdem. *Ein Streifschuss oder ein Querschläger.*

»Herr Pastinak?« Wieder das drängende, zornige Klopfen. »Scheiße.«

»Und jetzt?«

»Okay, ich habe sie gefesselt«, rief der dritte Angreifer von oben. »Die entwischen nicht mehr.«

»Dann überlegen wir mal, wie wir diese Eisentür aufbekommen«, sagte der Anführer. »Schauen wir im Wagen und im Schuppen des Alten. Irgendein Werkzeug wird es geben.«

Die Schritte entfernten sich die Stufen hinauf.

Was mache ich jetzt? Wilhelms Linke umfasste die Transportrolle mit den Plänen. Auf diese Weise durfte es nicht enden.

Seine Blicke richteten sich auf die unvollendete Mastertür. Letztlich blieb ihm nur eine Wahl. Und sein Vorhaben *musste* gelingen.

* * *

»*Es lehren alte wie neue Erfahrungen,
daß man mit größerer Sicherheit sein Ziel erreicht,
wenn man die Energie mit der größeren Klugheit verbindet.*«

zugeschrieben Camillo Benso
Graf von Cavour (1810–1861)

KAPITEL V

OSMANISCHE PROVINZ ÄGYPTEN, KAIRO, SEPTEMBER 1882

Milana drückte sich vom sandigen Untergrund und blinzelte in das grelle Licht. Der Revolver war ihr abgenommen worden, der Kinnhaken hatte sie Sekunden außer Gefecht gesetzt. Ihr Unterkiefer schmerzte wie nach dem Autounfall, als ihr der Airbag mit einem Knall ins Gesicht gesprungen war.

»Halt's Maul«, lautete der unfreundliche Befehl. Eine grobstollige schwarze Stiefelsohle erschien aus der Helligkeit und presste sie auf den Boden zurück, hielt sie rücklings unten. »Ich tret dir in deine hübsche Fresse, wenn du schreist. Mit Stahlkappen. Hab ich kein Problem mit.«

»Hast du sie?«, erklang ein undeutlicher Funkspruch.

»Ja. Sie ist zur Tür zurückgekehrt, hat sich 'nen alten Revolver organisiert. Wollte 'ne Schießerei in der Lagerhalle veranstalten.«

»Heroisch. Wir kommen«, drang es aus dem Gerät. »Kann aber dauern.«

Milana nahm an, dass der Mann am anderen Ende der Funkübertragung zur Truppe gehörte, die sie vom Dach herab in Kairos Straßen gesehen hatte. *Denen geht es wie mir.*

»Warum kann das dauern?«

»Kein GPS, nichts. Nicht mal Handyempfang in diesem rückständigen Kameldorf. Karten haben wir auch nicht. Lauf nicht weg. Over.«

Milana überlegte, ob sie einen Kniehebel ansetzen sollte, wie sie ihn im Selbstverteidigungskurs gelernt hatte. Aber dieser Mann war vermutlich militärisch geschult, hielt den

Finger am Abzug eines modernen Gewehrs und könnte ihr mit einem Tritt den Kiefer brechen. Oder die Nase, und die war teuer gewesen.

Das wasserartige, bläulich grüne Schimmern vom Kraftfeld in der offenen Tür beleuchtete die umliegenden Mauerreste, in denen es nichts gab, was als Waffe taugte. Außer Steinbrocken. Den vom Sergeanten erbeuteten Revolver vermutete sie im Gürtel ihres Gegners.

»Sie könnten mich doch einfach gehen lassen«, schlug Milana halbherzig vor. Sie wollte den Mann einlullen und ablenken, damit sich eine Chance zum Handeln auftat, bevor die drei anderen eintrafen. In Cadarache erwartete sie ihr Todesurteil.

»Ich sagte: Halt's Maul, Russenbarbie!« Das gebündelte Blendlicht schwenkte näher, Milana fühlte die runde Mündung auf ihrer Stirn. »Ging's nach mir, wärst du schon lange tot. Leichen sind einfacher abzuliefern.«

Also brauchen sie mich noch. Offenbar hatte PrimeCon oder White-Spelling entschieden, zunächst mehr aus Milana herauszubekommen. *Daraus kann ich doch was machen.*

Auf der Straße eilten Menschen geduckt vorbei, Männer und Frauen huschten tuschelnd vorüber. Etwas ging in Kairo vor.

Schnell schaltete der Bewacher die starke Lampe unter dem Lauf aus. Bis auf den schwachen türkisfarbenen Schein aus dem Portal wurde es dunkel in den Mauerresten.

»Keinen Mucks«, zischte er.

Dann erklangen britische Zweitonpfeifen, wie sie Bobbys in Kriminalfilmen nutzten, um auf sich aufmerksam zu machen. Eine Patrouille hatte die Leichen der Soldaten entdeckt.

»Scheiße«, kommentierte der Mann über Milana, einen Fuß schmerzhaft auf ihrem Schlüsselbein, um sie unten zu halten. »Was ist da los?«

»Sie alarmieren die Garnison«, sagte sie dahin.

»Welche Garnison? Wer sind *sie*?« Er beugte sich leicht herab. Die Sturmhaube verdeckte sein Gesicht, vereinzelt stachen helle Barthaare durch den Stoff. »Was weißt du über dieses Kaff?«

Marschschritte erklangen. Eine Abteilung britischer Soldaten zog in flottem Schritt an ihrem Versteck vorbei, die Gewehre vor dem Körper und die Bajonette aufgesteckt. Die Ordnungsmacht sah nach dem Rechten.

»Sind das … sind das Engländer?« Ihr Bewacher wurde nervös. Die behandschuhten Finger an der Waffe öffneten und schlossen sich, der Lauf des G36 blieb auf sie gerichtet. »Wieso tragen die Uniformen wie beim Geburtstag der Queen?«

Milana nahm an, dass er *Trooping the Colour* meinte. »Tja, gute Frage. Möglicherweise sind wir in der Zeit gereist?« Je größer die Verwirrung und Unsicherheit des Mannes, desto eher ergäbe sich vielleicht eine Gelegenheit, ihn zu überwältigen und zu entkommen. »Dieses Kraftfeld kann alles Mögliche getan haben.«

Unvermittelt huschten Schatten heran, traten lautlos durch den Eingang. Der Dreiertrupp hastete in den Schutz der Ruine, die Lampen unter den Sturmgewehren ausgeschaltet.

»Hat länger gedauert. Das habe ich noch nie erlebt«, sagte der Mann und lehnte sich mit dem Rücken gegen die Wand, während die beiden Frauen den Zugang sicherten. »Nicht den Hauch von Technik oder Empfang irgendeines Signals.«

»Russenbarbie meint, dass wir in der Zeit gereist sind.« Der Aufpasser nahm die Sohle von Milanas Schlüsselbein. »Kann das sein?«

»Warum nicht?« Der Anführer zeigte auf das Energiefeld. »Hat uns ja keiner mitgeteilt, wo wir landen.« Er drückte sich von der maroden Mauer ab und bedeutete Milana, vom Boden aufzustehen. »Hast du sie durchsucht?«

»Nein«, gab der Aufpasser verblüfft zurück und erntete das

hämische Lachen der beiden Frauen an der Tür. »Ich dachte, es wäre vernünftiger, sie ruhigzustellen.«

»Aha.« Der Anführer blieb stehen und wartete, bis sich die Gefangene erhoben hatte. »Holen wir das mal rasch nach.« Er hielt die Hand ausgestreckt und offen hin. »Wenn ich bitten dürfte? Alles, was du dabeihast.«

»Moment, ja?« Milana kehrte den Sand vom schwarzen Kostüm und richtete den weißen Seidenschal, die erbeuteten Particulae klirrten leise im Röhrchen. Die Handtasche fühlte sich an einer Stelle heiß an. *O nein.*

Einen Herzschlag darauf erhob sich eine Gestalt vor der Tür. Die Augen flammten in dunklem Grün auf.

»Da steckst du«, sprach Mutemhat und trat unerschrocken in das halb eingestürzte Gebäude, als gäbe es die vier Bewaffneten nicht; in den bandagierten Fingern hielt sie die vom Blut der erschlagenen Soldaten getränkten Peitschen. »Gib mir die Steine, Menschenfrau!«

»Was zum …?« Der Anführer riss das G36 hoch, die Unterlauflampe erwachte und erfasste die Priesterin; die Übrigen taten es ihm gleich. Die bläulich kalten Lichtkegel umspielten die Priesterin von verschiedenen Seiten wie ein Flugzeug im Flaklicht. Der kostbare Umhang betonte die fleckigen Bandagen sowie das balsamierte, halb eingefallene Gesicht.

»Fuck«, entfuhr es Milanas Aufpasser. »Ist das eine lebendige Mumie?«

Mutemhat sah in die Runde und blinzelte nicht einmal im grellen Schein. »Noch mehr Fremde.« Schließlich erkannte sie das Portal. »Was ist das für Zauber? Götter seid ihr nicht.« Sie machte einen Schritt auf Milana zu. »Her mit den Steinen!«

Der Anführer feuerte als Erster. Die Projektile frästen eine Linie vom Unterleib hinauf zur Brust, Leintuchfetzen flogen durch das Lampenlicht, aus den Löchern rann eine schwarze Flüssigkeit.

Mutemhat schrie vor Wut auf. Ihr Brüllen wurde zorniger, als sie von verschiedenen Seiten mit Kugeln eingedeckt wurde. Der Beschuss zeigte ebenso wenig Wirkung wie jener der Briten, auch wenn die Einschläge die Untote durchrüttelten.

»Ihr Frevler!«, schmetterte sie ihnen entgegen und drosch mit den Peitschen um sich. »Gebt mir eure Leben! Ich weiß sie besser zu nutzen als ihr.«

Die Riemen schnitten sich pfeifend und klatschend durch die Kevlarwesten, die Kleidung und das Fleisch. Dem Quartett erging es exakt wie den englischen Soldaten: Nichts hielt den magisch erschaffenen Waffen stand. Das Blut spritzte gegen die marode Mauer und versickerte im Sand. Der alte Revolver rutschte aus dem Gürtel des Aufpassers und fiel eine Armlänge von Milana entfernt zu Boden.

In die plötzliche Ruhe erklangen erneut die Zweitonpfeifen der Briten. Das dröhnende Schießen war gehört worden.

Milana wartete nicht ab. Sie ergriff den alten Revolver und spannte den schwergängigen Hahn, sprang durch das meeresleuchtende Kraftfeld. *Fort von hier!*

Ein allgegenwärtiger Schmerz durchzog sie bei der Berührung der Energie und füllte jede Faser aus, ließ nichts an sonstigen Gefühlen und Empfindungen zu – bis sie schlagartig aus dem Blau auftauchte.

Das ging verflucht schnell. Milana stolperte in den von Neonröhren erhellten Container. *Ich bin tatsächlich in Cadarache!*

Vor sich sah sie die verwunderten Gesichter des Werkschutzes und einiger Wissenschaftler, die mit White-Spelling zusammenstanden.

Schnell trat Milana die Tür hinter sich zu, um zu verhindern, dass die lebende Mumie ihr folgte, und richtete den Revolver auf die Versammelten. Ihr war kotzübel, Schwindel sickerte durch ihre Schläfen, die Sicht verschwamm sekundenweise. »Keiner rührt sich! Oder die Professorin ist tot!«

Es waren mehr Kittelträger anwesend als vor ihrer Abreise ins Jahr 1882, aber auch mehr Bewaffnete, die neben Pistolen Taser einsatzbereit in den Händen hielten. Sie warteten offenkundig auf ihren ausgesandten Suchtrupp oder hatten eben einen zweiten hinterherschicken wollen. Einige Mündungen richteten sich auf Milana.

»Da bist du ja wieder«, vernahm sie Nótts verzerrte Stimme im Headset. »Du warst einfach weg.«

»Miss Nikitin. Bitte. Legen Sie den Revolver weg«, sagte White-Spelling und hob beschwichtigend die Hände. »Wo ist mein Suchtrupp?«

Milana antwortete nicht. *Das kann PrimeCon selbst herausfinden.* »Ich schieße«, drohte sie und schwenkte die Waffe von rechts nach links. »Die Professorin erwischt es zuerst!« Der Schwindel kam und ging, die Sehstörung machte einen gezielten Schuss unmöglich. Die Schmerzen im Körper nahmen zu. Ausruhen, eine Tablette gegen die Qualen, schlafen, das wünschte sich Milana. *Nicht jetzt.*

Es gab nur einen Ausweg für sie aus dem Container und aus der Lagerhalle.

Sie begab sich an die weiße Bauhaustür, die ihr Vater beschrieben hatte. Sie spürte kein Verlangen, erneut in Kontakt mit der Energie der Particulae zu kommen. Was, wenn die Schäden irreversibel waren? Was tat sie ihrem Körper damit an?

Die Alternative war Gefangenschaft in den Klauen von PrimeCon – und irgendwann wahrscheinlich doch der sogenannte Wanderunfall.

Es muss sein. Milana betätigte den silbernen Klopfer in Form einer geschlossenen Faust.

Ein kräftiges Leuchten zog knisternd über den weißen Rahmen und das schlichte Blatt, das Milchglas schimmerte schwach wie von LEDs beleuchtet.

»Ich kann Sie da nicht durchgehen lassen«, rief White-

Spelling. »Sie entkamen nur mit Glück beim ersten Mal. Arbeiten Sie mit uns zusammen, Miss Nikitin. Es soll Ihr Schaden nicht sein.«

»Glaub ihr kein Wort«, sagte Nótt in Milanas Ohr.

Als würde ich das. »Schalten Sie den Nebel wieder ein.«

»Tut mir leid, das geht nicht. Die haben die Gaszufuhr manuell abgestellt. Auf den Trick mit dem Fehlalarm fallen sie auch nicht mehr rein.« Nótt fluchte leise vor sich hin. »Ah, okay, ich habe Zugriff auf die automatisierten Fahrzeuge in der Halle. Ich lasse gleich Transporteidechsen angreifen. Du musst noch ein bisschen durchhalten.«

»Noch nicht.« Milana öffnete die Tür, und der erhoffte Anblick des wabenförmigen, bläulichen Energiegeflechts dahinter erschien. »Ich muss mir erst etwas aus einer anderen Welt beschaffen.«

»Du willst nochmals weg?«

»Mit wem reden Sie, Miss Nikitin?« White-Spelling blickte durch ihre riesige Brille auf die Anzeigen der Messgeräte, welche die Abstrahlungen der Türen überwachten. Sie sah zufrieden aus. »Haben Sie sich ein externes Helferlein besorgt?«

Milana schaute auf das blaue Schimmern, durch das sie gehen wollte, um die wichtigsten Aufzeichnungen ihres Vaters zu beschaffen. Sie zögerte, dachte an die Schmerzen. *Was bleibt mir sonst?*

»Sie sollten wissen, dass ich die Tür zerlegen lassen werde, sobald Sie das Kraftfeld passiert haben«, sagte White-Spelling. »Sie sind den Aufwand einer Verfolgung nicht wert, Miss Nikitin. Wo immer Sie hingehen werden: Sie bleiben dort.«

»Bleibe ich hier, legen Sie mich um. Oder verstrahlen mich wie meinen Vater.« Milana richtete den Revolver auf die kleinste Gestalt in weißem Kittel. Es fiel ihr schwer, Dinge in mehr als zwei Meter Entfernung zu erkennen. *Ich treffe sie nicht.* »Ich habe keine Alternative.«

»Es wird keine Rückkehr von dort geben«, betonte die Professorin. »Wollen Sie das? Wie soll Ihr Sohn aufwachsen? Was ist mit Ihrem Unternehmen?«

»Ich finde einen Weg. Mit den Aufzeichnungen meines Vaters.« Milana sparte sich das Abdrücken. Mit dem Revolver würde sie White-Spelling nicht erwischen. *Aber auf eine andere Weise. Samt PrimeCon.* »Spätestens dann sind Sie am Arsch!«

»Sie machen sich keine Vorstellungen, *was* Sie mit den Unterlagen in Ihren Besitz brachten. Sie unterschlagen –«

»Umso besser!« Milana spürte die Abstrahlung des Kraftfeldes, hinter dem sich eine Welt verbarg, in der ihr Vater öfter gewesen war. *So schlimm kann es dort nicht sein. Das hätte er vermerkt.* Sie ging auf das wabenhafte Flirren zu. »Außerdem haben *Sie* das Wissen um Lithos unterschlagen. Und die Türen.«

»Halt! Ich biete Ihnen hundert Millionen. Für alles, was Sie bei sich tragen«, rief White-Spelling. »Bitte, überlegen Sie es sich. Es wäre nicht im Sinne Ihres Vaters, Miss Nikitin, wenn Sie –«

»Im Sinne meines Vaters?« *Wie kann diese Fotze es wagen?* Unvermittelt erschien es Milana falsch, die Mörderin laufen zu lassen. Sollte sie wirklich keinen Weg zurückfinden, sollte es auch keine White-Spelling geben. *Sie nahm mir Batjuschka!*

Die Professorin musste den Sinneswandel in Milanas Gesicht erkannt haben, denn sie tauchte hinter einem Werkschutzmann ab und keifte: »Erledigen Sie sie! Nur auf den Kopf schießen!«

Verrecke, du Schlampe! Milana drückte ab. Der klobige Revolver bockte beim Schuss, ihr Finger rutschte vom Abzug. Dabei warf sie sich in die geöffnete Tür.

Es gelang ihr, noch zweimal die schwergängige Waffe abzufeuern, während um sie herum die Kugeln heulten und summten. Nach einem Schlag ins Bein schoss ein grellheißer Schmerz bis in den Kopf, der ihre sonstige Pein spielend überlagerte.

Ich bin angeschossen worden!

Mit dieser hässlichen Erkenntnis fiel Milana durch das blaue Energiefeld, und die Waben nahmen sie gnädig auf.

* * *

GROSSBRITANNIEN, LONDON, SPÄTSOMMER

»Wir betreten nun die Bildersammlung des Buckingham Palace«, verkündete der Fremdenführer, der die Gruppe aus zwei Dutzend Touristen in Anzug und mit Melone auf dem schütteren Haar durch den Palast führte. Im Sommer waren mehr Räume zugänglich, da die Queen und die royale Familie auf ihrem schottischen Landsitz Balmoral Castle wohnten, um der Hitze und der Hektik des aufgeheizten Londons zu entkommen.

Suna ließ sich mittreiben. Wie alle anderen Besucherinnen und Besucher hatte sie einen gründlichen Sicherheitscheck über sich ergehen lassen müssen. Große Geldbörsen, Handtaschen und Rucksäcke waren durchsucht worden, jedes elektronische Gerät durchleuchtet.

Zuvor hatte Suna rasch den Securityserver infiltriert, um Zugriff auf die Kameras und Überwachungseinrichtungen zu haben. Es gab einige versteckte Sensoren und geheime Linsen. *Hätte ich auch gemacht. Man kann Menschen einfach nicht trauen.*

»Wie Sie gesehen haben, sind die Sicherheitsmaßnahmen seit 1982 verstärkt worden, als der Einbrecher Michael Fagan in den Palast einbrach und es bis ins Schlafzimmer Ihrer Majestät schaffte, während die Queen schlummernd darin lag«, erklärte der Fremdenführer. »Das geschähe heute nicht mehr.«

»Das würde ich so nicht unterschreiben«, murmelte Suna. Sie hatte recherchiert. 2013 hatte es einen nicht weniger gravierenden Vorfall gegeben. Ein Einbrecher war tagsüber bis zu den wertvollen Gemälden, Artefakten, Juwelen, Uniformen und Roben vorgedrungen, und nur die Bewegungssensoren hatten verhindert, dass er sich mit einem Rembrandt oder Rubens aus dem Staub machte. Die Methode war denkbar einfach gewesen: Er hatte ein Loch in den Zaun geschnitten und war eingebrochen.

Die Touristen fotografierten, staunten und raunten.

Suna, die sich im Trainingsanzug seltsam vorkam, nahm ihr Smartphone heraus und sah nach ihrem Hacking-Programm, das Teile des Servers im Griff hatte. Noch brauchte sie den Zugriff nicht. *Das wird sich im nächsten Raum ändern.*

»*Ladies and Gentlemen,* folgen Sie mir nun bitte in den White Drawing Room«, rief der Fremdenführer und setzte zu einer weiteren Flut von Erklärungen an, die Suna bereits im Gemälderaum gekonnt ignoriert hatte.

Angespannt konzentrierte sie sich auf ihr Vorhaben, den Bluetooth-Stecker im rechten Ohr.

In ihrer unscheinbaren Aufmachung wirkte sie wie eine urbane Austauschstudentin. Der neu gekaufte Anzug und die Jung-Brokerin mit den dreckigen Sneakers blieben im Koffer. Das Basecap trug sie tief ins Gesicht gezogen, die offenen schwarzen Haare verdeckten ihre Züge.

Die Gruppe pilgerte weiter. Der nächste Raum mit den hohen Fenstern, den riesigen Kristalllüstern, den Gemälden und gewaltigen Spiegeln wurde ausgiebig bestaunt.

»Hier empfängt die Queen ihre Gäste, und wo könnte das

besser gelingen als in solch einem herrlichen Saal?«, fragte ihr Guide rhetorisch.

In der Küche. Die Küche ist immer der beste Ort. Suna ließ sich zurückfallen und bewegte sich auf einen der gelben Vorhänge zu.

Bevor sie dahinterschlüpfte, um im White Drawing Room zu bleiben, griff sie auf das Kamerasystem zu und schaltete die Geräte in den Standbildmodus, ohne die Zeitanzeige anzuhalten. Zwei Sekunden brauchte sie anschließend, um ungesehen von den Touristen und dem Guide hinter dem dicken Stoff zu verschwinden und das Programm weiterlaufen zu lassen.

»Nicht durchdrehen«, redete sie zu sich selbst. Sie wusste, dass Selbstgespräche eine dämliche Idee waren, wenn sie in ihrem Versteck unbemerkt bleiben wollte, aber unter Stress ließen sie sich schwerer unterdrücken. Schnell schob sie sich zwei Beruhigungstabletten in den Mund und würgte sie hinab.

Als die Unterhaltungen leiser wurden, hob Suna erneut das Smartphone und schaltete die Erfassung zurück ins Dauerbild sowie die Bewegungssensoren aus. Bei einem leeren Raum fiel ihre Manipulation dem Überwachungsteam nicht auf.

Jetzt schnell. Vorsichtig schob sie sich aus dem Versteck und bewegte sich auf den großen Spiegel mit der Kommode zu, dessen Besonderheit ein offenes Geheimnis war. Zum einen konnte man ihn samt der Anrichte davor zur Seite schieben, um an die verborgene Tür dahinter zu gelangen; die Queen nutzte diese Passage, um sich rasch und unauffällig zu ihren Gästen zu begeben.

Zum anderen stellte es einen der geheimen Durchgänge dar, die sich über die Particulae aktivieren ließen. Das verriet ihr die erbeutete Karte. Mehr jedoch leider nicht.

»Aber wie komme ich an die Steine, ohne den Spiegel zu

zerschlagen?« Rätselnd stand Suna davor. »Und wo sind die verdammten Dinger?«

»Wir überlegen uns etwas. Ein Geschäft«, wisperte die erste Stimme. »Wir können es dir sagen.«

»Und dann aktivierst du den Durchgang«, ergänzte die zweite.

»Sobald du hindurchgegangen bist, wirst du uns los sein«, versprach die dritte. »In deinem Kopf ist es nicht schön. Viel zu durcheinander. Wir wollen weg. Im Energiestrom können wir das.«

»Du kannst danach zurück in deine Welt«, fügte die erste an. »Ohne uns. Und die Steinchen ausbauen.«

»Das wäre nur fair«, schloss die zweite.

»Okay, von mir aus, ihr Stimmen des Wahns.« Suna blieb drei Meter vor dem eindrucksvollen Spiegel stehen. »Was machen wir?«

»Gehe näher an die Kommode«, riet Stimme eins.

»Am Übergang von Kommode und Holzrahmen des Spiegels findest du eine Unebenheit. Das ist eine kleine Klappe«, erklärte die zweite.

»Dreh sie zur Seite, und du kannst mit einem deiner Particulae dagegenschlagen. Das wird die Reaktion auslösen. Danach öffnest du die Geheimtür und kannst hindurchgehen«, schloss die dritte.

»Und ihr seid ganz sicher weg, wenn ich hindurchgehe?«

»Ganz sicher«, erwiderten die drei Stimmen im Chor.

Suna begab sich an das Möbelstück und tastete nach der Stelle. »Der Gang durch das Energiefeld wird das seltsamste Anti-Trojaner-Programm, das ich ausprobiert habe«, redete sie leise vor sich hin.

Mehrmals sah sie sich um, ob sich eine neue Gruppe näherte oder ihr Verschwinden bemerkt worden war. Auf dem Display prüfte sie die Anzeige der Überwachungskameras. *Alles in bester Ordnung.* Sie tastete weiter. *Wo ist denn …?*

Suna schrak zusammen, als sich jemand neben ihr diskret räusperte.

»Scheiße«, sagte sie laut und drehte den Kopf zum Livrierten; dabei tat sie so, als wischte sie Staub mit den Fingern ab, und hob anklagend die Hand. »Sehen Sie das? Das ist Dreck! Wenn das die Queen erfährt, sind Sie Ihren Job los!« Sie fühlte, wie ihr heiß wurde und sich die Wärme unter der Mütze staute. *Fuck! Verdammte Fickscheiße! Raste nicht aus. Fall nicht in Ohnmacht.*

Der Mann, der eindeutig indische Vorfahren hatte, lächelte milde. »Takahashi schickt mich.« Er deutete auf das Namensschild an der Palastuniform. *Mr. Singh* stand dort, um seinen Hals trug er einen Dienstausweis, der ihn als Mitglied des Sicherheitsteams kennzeichnete. »Er dachte sich, dass Sie schon mal vorgehen und sondieren, ohne auf das Team zu warten.«

Suna ballte eine Hand zur Faust und biss leicht darauf, um nicht loszuschreien. »Sie sollen mich von Dummheiten abhalten wie ein kleines Kind?«

»Das sind Ihre Worte. Nicht meine.«

Ruhig. Denk nach. Behalt die Kontrolle und verfall nicht in Panik. »Gehören Sie wirklich zum Palast oder ist das eine Fälschung?«

»Wirklich. Wir ahnten schon länger, dass es Particulae im Umfeld der Royals gibt, aber wir vermuteten sie bei den Kronjuwelen.« Singh betrachtete die Stelle, an der Suna herumgetastet hatte. »Ist da der Stein?«

»Moment, bitte.« Suna warf sich eine weitere Beruhigungstablette ein. *Dem schicke ich nie wieder Schaumküsse.* Sie wählte Takahashis Nummer und wartete ungeduldig, bis er sich meldete. »Takahashi-san, ich bin im Buckingham Palace. Neben mir steht ein Mister Singh und behauptet, er gehöre zu Ihrer Stiftung.«

Alles, was sie von dem Japaner vernahm, war ein langes

müdes Seufzen. »Ich dachte es mir doch. Sind Sie festgenommen, Miss Levent?«

»Nein.«

»Gut. Dann vermeiden Sie es auch weiterhin. Alles Weitere überlasse ich Mister Singh. Und Sie befolgen seine Anweisungen, verstanden?« Takahashi legte grußlos auf.

»Da ist aber jemand sehr angefressen«, sagte sie zu dem Mann. *Genau wie ich.* »Mister Singh, lassen Sie mich den Durchgang öffnen.«

»Nein, das geht nicht.«

»Aber ich muss –«

»Sensoren werden anschlagen, und ich wüsste nicht, wie ich das erklären sollte. Es sei denn, Sie hätten die perfekte Maske, die Sie wie die Queen aussehen lässt«, unterbrach er sie. »Sie haben Glück, dass ich Sie gefunden habe. Sonst säßen Sie längst in einer Zelle und würden auf die Befragung durch den MI5 warten.« Singh inspizierte den Spiegel näher. »Wo sind die anderen Fragmente?«

»Er verhindert, dass wir zurückkehren«, wisperte die erste Stimme aufgebracht.

»Du musst ihn ausschalten«, verlangte die zweite wütend. »Und das Portal aktivieren.«

»Oder wir machen dir das Leben zur Hölle«, kreischte die dritte. »Siehst du, wie einfach das ist? Ich schreie dich um den Verstand! Tag und Nacht!«

Suna stöhnte unter den Nadelstichen in ihrem Schädel. Dass Wahnsinn derart schmerzte, hätte sie nie für möglich gehalten.

Singh betrachtete sie besorgt. »Was ist mit Ihnen?«

»Oh, ich weiß, was wir machen. Er hat eine Waffe«, wisperte Stimme eins.

»Schnapp sie dir und erledige ihn«, drängte die zweite.

»Sonst wirst du nie wieder schlafen können. Das schwöre ich dir«, brüllte die dritte Stimme. »Verrückt mache ich dich. Durch und durch!«

Ein Geräusch wie ein Tinnitus tobte durch Sunas Kopf. Sie wankte und wurde von Singh gestützt, schmeckte Blut im Mund. Es sickerte aus ihrem rechten Nasenloch, wie sie in der reflektierenden Oberfläche sah. Sie bemerkte Singhs fragenden Blick.

»Die Strapazen der Reise«, murmelte sie.

Das schrille Pfeifen in ihrem Gedanken blieb.

Das halte ich nicht aus! Ich muss den Durchgang öffnen. Sie stieß Singh abrupt von sich und stellte ihm dabei ein Bein.

Überrascht von ihrer Attacke, stürzte er auf den rot-weiß gemusterten Teppich und verlor sein Funkgerät.

Suna schob die ertastete Abdeckung hoch und zog ein eigenes Particula aus der Tasche. *Draufschlagen zum Aktivieren, haben sie gesagt.* Das aufdringliche Piepen ließ zur Belohnung nach.

Doch ihre Kuppen tasteten in einem Loch herum, in dem es nichts gab außer etwas losem Holz. *Leer!* Sie beugte sich tiefer hinab, um besser sehen zu können.

»Wo ist es, ihr Spaßvögel?«, rief sie nach den Stimmen in ihrem Kopf.

»Nicht mehr da?«

»Wie kann das sein?«

»Wir irren nie!«

»Aber da ist nichts!« Suna hörte, wie sich Singh hinter ihr aufrappelte. »Der Stein ist weg.«

Panik kam mit langen Sprüngen herbei und warf sich auf sie. Ihr Herz raste, und sie schwitzte aus allen Poren. Ihre Finger wurden kalt und zitterten.

»Was sollte das?« Singh packte sie am Arm und schüttelte sie, dann prüfte er die Stelle im Holz ebenfalls. »Verdammt! Wo ist das Particula?«

»Jemand muss vor uns da gewesen sein«, erwiderte sie und hielt sich an ihrem Basecap fest. Mehr Tabletten vertrug sie nicht, ohne sich zu übergeben und auf der Stelle einzuschlafen. *Richte deine Aufmerksamkeit auf die Aufgabe. Verdränge die Angst.*

»Unmöglich. Das hätte man mitbekommen.«

»Wer sagt, dass es erst vor Kurzem geschah?« Suna besah sich das Loch in der Kante genauer. Die Kratzer, die entstanden waren, wo der oder die Unbekannte das Werkzeug angesetzt hatten, um das Particula auszubauen, sahen für sie nicht neu aus. »Es kann vor fünfzig oder hundert Jahren passiert sein.« Damit war ihre Chance dahin, die drei Trojaner in ihrem Kopf schnellstens abzuschütteln.

»Ah, da stecken Sie.« Der Fremdenführer nahte mit langen Schritten durch den altehrwürdigen White Drawing Room. »Wo habe ich Sie denn verloren, Miss Levent?«

Singh lächelte erzwungen. »Alles in Ordnung, Mister Talbot. Das haben wir schon geklärt.«

»Ich stand ein bisschen abseits«, erklärte Suna und spielte die Schuldbewusste. *Bleib fokussiert. Keine Angst. Keine Panik.* Sie wischte sich Schweißperlen aus dem Gesicht, die Finger fühlten sich auf der heißen Haut eiszapfenkalt an. »Und war so gebannt von den ... äh ... den Funkellichtern, dass ich ganz vergessen habe, Ihnen zu folgen.«

»Sie meint die Lüster. Die Standpauke bekam sie schon«, fügte Singh hinzu. »Ich bringe Miss Levent hinaus. Die Führung ist durch, oder?« Er sah demonstrativ auf seine Armbanduhr.

»Ja, ist sie.« Talbot zuckte mit den Achseln. »Tut mir leid, Miss. Sie hatten Anweisung, bei der Gruppe zu bleiben. Kein Anrecht auf Erstattung.«

»Das ist okay. Ich weiß ja.« Suna steckte die Hände in die Taschen der bequemen Jogginghose, bei deren Anblick Karl Lagerfeld zu seinen Lebzeiten in Ohnmacht gefallen wäre. »Mache ich sie einfach nochmals.« Sie nickte Singh zu und tippte an den Schirm der Basecap. »Gehen wir, Sir.«

Gemeinsam durchschritten sie den White Drawing Room,

während die Hackerin die Überwachungssysteme mit wenigen Fingerbewegungen auf dem Smartphonedisplay in den Urzustand zurückversetzte. Mit ein bisschen Glück bemerkte niemand in der Zentrale die Manipulation.

Singh nahm ein Visitenkärtchen heraus und steckte es in Sunas Jackentasche. »Unter der Nummer erreichen Sie mich Tag und Nacht, Miss Levent. Keine Alleingänge mehr! Das sagte Ihnen doch Mister Takahashi.«

»Ja.« Die Panik wich aus ihrem Körper, das Schwitzen ließ nach.

»Und dass Sie auf mich hören sollen.«

»Ja.« Suna prüfte ihren Herztakt an der Schlagader. Neunzig. Merklich weniger als noch vor Minuten. Die Spannungssituation löste sich auf, die Medikamente bekamen eine Chance zu wirken.

»Aber Sie geben einen Scheißdreck drauf, habe ich recht?«, sagte Singh. »Spielen Sie mit. Ich kenne genug Leute in London, die uns das Leben leichter machen können. Sofern noch Steine in der Hauptstadt sind.«

Suna erwiderte nichts. Sie trottete neben ihm her und dachte mit klarer werdendem Kopf über ihre nächsten Schritte nach. Und zwar in der Cyberwelt. In der realen Welt war sie eine Niete. Es wurde Zeit, ihre Künste als Nótt zu nutzen und nicht wie eine schlechte Kopie von Indiana Jones hinter Artefakten herzujagen. *Ist einfach nicht mein Ding.* Und sie wollte endlich ihren neuen Anzug tragen.

»Ich mache Ihnen einen Vorschlag«, begann Suna. »Sobald ich weitere Fundorte herausgefunden habe, sage ich Ihnen Bescheid, und *Sie* kümmern sich darum, Mister Singh. Der Außeneinsatz liegt mir nicht, ehrlich. Sie haben doch gesehen, wie mies ich bei so was bin.«

»Mister Takahashi besteht darauf, dass Sie vor Ort dabei sind, um Sicherheitsanlagen zu hacken«, erwiderte er. »Was Sie übrigens sehr gut können.«

»Ich will aber nicht«, beharrte Suna und verließ mit ihrem Aufpasser zusammen den Palast durch den offiziellen Eingang. »Das machen meine Nerven nicht mit. Was spricht dagegen, wenn –«

»Das müssen Sie mit Mister Takahashi klären.« Singh machte eine Geste für einen Telefonanruf. »Nach Dienstschluss melde ich mich bei Ihnen. Und erwarte Ergebnisse.« Er salutierte und kehrte ins Gebäude zurück.

»*Herifçioğlu.*« Suna überquerte den großen Platz vor dem Buckingham Palace, die Hände in die weiten Taschen ihrer Jacke gerammt. *Vollpleite. Nichts hat funktioniert, bis auf den Hack.* Sie musste Takahashi dazu bringen, sie von einem gemütlichen Büro aus arbeiten zu lassen.

»Tut uns leid«, sagte die erste Stimme geknickt.

»Wir waren uns absolut sicher«, bedauerte die zweite.

»Und wir sind auch leise«, versicherte die letzte. »Wir melden uns erst wieder, wenn du uns rufst. Aber vergiss uns nicht.«

Der Wahn macht Pause. Wie nett. Suna stieß die Luft aus, hielt den Blick gesenkt und trabte immer weiter auf dem Bürgersteig entlang, über Zebrastreifen und an Häusern vorbei, ohne darauf zu achten, wohin sie genau ging. Laufen. Laufen und nachdenken. Die letzten Reste Panik abarbeiten.

Sie ärgerte sich maßlos, in diese Sache hineingeraten zu sein, aber ihr fiel nicht ein, wie sie entkommen konnte. Außer: *Ich hacke mich aus dem System der Stiftung und verschwinde.*

Suna traute sich das locker zu. Gewiss, Takahashi mochte nach ihr suchen lassen, doch solange sie sich an ein paar Regeln hielt, spürte man sie so schnell nicht auf. Außerdem war sie unbedeutend und ersetzbar. *Er findet schon jemand anderes.*

»Die Türkin hat ihre Schuldigkeit getan. Die Türkin kann gehen«, murmelte sie vor sich hin. Ihre Stimmung hellte sich auf, und sie hob den Blick. Die Gegend war ihr vollkommen unbekannt. »Scheiße, wo bin ich eigentlich?« Sie schob die Mütze nach hinten.

Ihr Telefon summte, ein Anruf ging ein. Die Nummer kannte sie sehr gut. »Ja?«

»Miss Levent«, sprach Takahashi semifreundlich. »Sie sind schon aus dem Palast, wie ich hörte?«

»Mister Singh war so frei.« *Du kannst mich mal.* Suna gefiel der Gedanke zunehmend besser, sich selbst zu entlassen. Schade um das regelmäßig eintrudelnde Geld, aber jemand mit ihren Fähigkeiten fand immer Jobs.

»Fein. Dann habe ich jetzt eine gute Nachricht für Sie.«

»Sind Sie sicher?«

»Ziemlich.« Takahashi gab einige Anweisungen auf Japanisch, die nicht für sie bestimmt waren. »Verzeihen Sie. Also, ich wollte Ihnen sagen: Sie sind entlassen.«

Suna blieb wie angewurzelt stehen. »Kein Scheiß?«

»Der Stiftungsrat hat entschieden, dass Ihre Dienste nicht länger benötigt werden. Sie übersenden sämtliche Dateien an uns. Was Sie an externer Hardware mit sich führen, übergeben Sie bitte Mister Singh.«

»Geht klar.« Suna beherrschte sich, nicht über die Straße zu tanzen und zu jubeln. Dann fiel ihr wieder ein, was in den meisten Filmen geschah, sobald ein Kunde sich total freundlich und friedlich von dem Cyberexperten trennte. »Haben Sie irgendwo einen Scharfschützen, der mir gleich den Kopf wegschießt?«

»Nein! So was machen wir nicht, Miss Levent«, sagte Takahashi beschwichtigend. »Es freut mich beinahe, dass Sie mir derlei Bösartigkeit zutrauen. Ich dachte, ich wirke so harmlos.«

»Tun Sie nicht.« Suna grinste. Für sie war er immer noch einer der Verrückten aus *Kill Bill*. »Das ist keine Verarsche, Takahashi-san?«

»Miss Levent, die Stiftung bedankt sich für Ihre Treue und anhaltende Diskretion, wenn Sie verstehen, was ich meine?«

»Absolut, Sir. Klappe halten.«

»Genau, Miss Levent. Dafür wird Ihr Stipendium auf zehn Jahre ausgeweitet. Was Sie mit dem Geld machen, ist Ihre Sache. Ich wünsche Ihnen viel Erfolg bei dem, was Sie tun.«

Scheiße, das rettet mir den kompletten Tag! Den ganzen Monat! »Danke, Takahashi-san! Das ist großzügig. Ich schicke Ihnen auch Carepakete mit Schaumküssen nach Tokio. Versprochen.« Suna wollte auflegen. »Soll ich fragen, was geschieht, wenn ich doch rede? Über Türen und Portale und Particulae?«

»Erinnern Sie sich an Ihren Spruch mit dem Scharfschützen?«

»Ja ...«

»Vergessen Sie ihn niemals. Mein Cousin ist bei der Yakuza.« Leise lachend legte Takahashi auf.

Na, er kann ja doch witzig sein. Damit war sie überraschenderweise von ihren Pflichten entbunden. Ein Treffen mit Singh, die verlangte Hardware abliefern, und sie konnte sich überlegen, was sie nun in der unendlichen Welt von Internet und Darknet anstellte. *Und mit Egon werde ich ...*

Der Höhenflug endete jäh.

Ihren Kumpel gab es nicht mehr. Egon war ein Opfer des Auftrages geworden. Die Bilder aus dem Tower kehrten zurück. *Er fing sich bei der Reise durch das Portal auch die Stimmen ein. Er ist durchgedreht.* So wollte sie nicht enden.

Suna machte einen Schritt auf den Zebrastreifen – und es quietschte laut.

Ihr Kopf knallte gegen die hohe Motorhaube des Transporters, und sie stürzte mit dem Rücken auf den weißgrauen Asphalt. Da sie die Hände in den Taschen hatte, konnte sie sich nicht abstützen und schlug umso härter auf. *Fuck... nein!*

Scheiße... Sie zog die Finger langsam aus der Jacke. *Ist was gebrochen?*

Eine Autotür wurde geöffnet, Schritte hasteten heran. Ein unbekanntes Männergesicht mit Schal vor Mund und Nase schwebte über ihr. Die dunklen Augen musterten sie. »Das ist sie. Rein mit ihr.«

Beim nächsten Atemzug wurde die benommene Suna angehoben und in das finstere Innere des Lieferwagens bugsiert, der mit durchdrehenden Reifen anfuhr.

* * *

*»Die Unendlichkeit der Elektrizitätsquellen ist
nichts als zu Tage gelegte Quelle des Seins.
Das Geheimnis der Natur ist aufgetan.«*

Johann Wilhelm Ritter (1776–1810)

KAPITEL VI

IRGENDWO

Milana stürzte rücklings aus dem Kraftfeld durch die weiße Tür. Weicher, nasser Untergrund dämpfte den Aufprall, Schlamm spritzte auf. Dicke Wassertropfen fielen aus einem beleuchteten Himmel.

Keiner soll mir ohne Weiteres folgen können. Sogleich trat Milana die Tür mit dem Fuß zu, das blaue Wabenenergiegeflecht verschwand, hinter dem Milchglas wurde es dunkel. Die Energiewand war zusammengebrochen.

Mit schwankendem Arm hielt Milana die Mündung des alten Revolvers auf den Durchgang gerichtet. Als nichts geschah, sah sie sich vorsichtig um.

»Scheiße.«

Das Licht stammte von unzähligen Leuchtreklamen an gigantischen Hochhäusern, die in unterschiedlichsten Sprachen in die Nacht schrien, was man kaufen und besuchen sollte. Die Höhe der futuristischen Gebäude war schwer abzuschätzen, zumal ihr die ganze Zeit Regen ins Gesicht prasselte und ihre Sicht trübte.

Sie lag in einem düsteren Hinterhof, der Untergrund war zerbröselter Asphalt, in dem schlammige Pfützen standen. Die Häuser, die das Karree bildeten, waren deutlich älter und niedriger als die erleuchteten Wolkenkratzer, deren obere Enden im Dunst verschwanden.

Zuerst dachte Milana, sie wäre in Tokio gelandet, weil sie die Neonreklame und die Atmosphäre sehr an das Szeneviertel Shibuya erinnerte. *Die Architektur passt nicht.* Um die entfernten, strahlenden Hochhäuser flogen kleine und große

Gefährte dicht an dicht, mit denen sich offenbar Leute fortbewegten. Die Vision von fliegenden Taxis und Schwebern war Wirklichkeit geworden. *Schöne neue Welt. Willkommen in der Zukunft.*

Die Bauart der dunklen Gebäude um sie herum hingegen ähnelte den Berliner Hinterhöfen oder den Zwischenpassagen in Leipzig, wo sich hinter kleinen Tunneln zwischen den Häusern gemütliche Fleckchen auftaten.

Die Fenster waren finster wie leere Augenhöhlen. Es gab keinerlei Geräusche dahinter, keinerlei Bewegung, während hoch oben im Licht der Wolkenkratzer Luftgefährte wie hektische Mücken und dicke Hummeln schwirrten, angetrieben von einem oder mehreren Propellern. Woanders schnurrten Hängebahnen unter eigens errichteten Trägern entlang oder durch Aussparungen in den Hausgiganten.

Vorbeisurrende Miniaturdrohnen dudelten Werbejingles auf Milana herab. Als sie ihnen über die Schulter nachblickte, erkannte sie LED-Fahnen, die sie hinter sich herzogen, und wie sie mit schwachem Laser Namen und Botschaften in die diesige Luft projizierten. *Ich bin in einem Cyberpunkfilm gelandet.*

Die Schmerzen im Bein hatten Milana in diese Welt begleitet, aus einer Wunde am rechten Oberschenkel rann Blut. Ein Streifschuss, nichts Gravierendes.

Sie erhob sich langsam und nahm ihr Smartphone heraus. *Kein Empfang.* Mit der eingebauten Lampe beleuchtete sie die Umgebung. *Ein Ruinenareal.* An den Wänden waren Markierungen angebracht, grellgelbe Punkte in regelmäßigen Abständen, darüber technische Abkürzungen in roter Farbe. *Die sind überall. An jeder Mauer. Zeichen für Sprengladungen?*

Milana hinkte aus dem Regen in einen Torbogen und leuchtete weiter umher.

Das eiserne, verrostete Doppelflügeltor war mit einer Kette abgesperrt. Auf diesem Weg gab es keinen Ausweg. Von draußen, jenseits des Hofes erklang leises permanentes Summen und Surren, Fahrzeuge passierten den Komplex in großem Abstand.

Wo hat Vater die Unterlagen versteckt? Nein, verloren! Er schrieb verloren. Milana würde nichts anderes übrig bleiben, als die Suche trotz Regen und Dunkelheit zu beginnen.

Zuvor nahm sie die gestohlenen Festplatten und Datenträger aus der Handtasche und verstaute sie in einem Riss in der Torbogenwand, den sie mit Geröll und zwei umherliegenden Brettern abdeckte. Da waren sie sicher bis zu ihrer Abreise.

Ihre blauen Augen richteten sich auf die Bauhaustür, die sie ausgespuckt hatte. *Ich muss den Durchgang verkeilen.* Milana humpelte mit einem Stein und einem kurzen, abgeschrägten Balken zurück durch den Regen und näherte sich der Tür. Das zweite Team würde sie gewiss weniger freundlich behandeln als das letzte. *White-Spelling kann das Artefakt nicht einfach zerstören. Sie braucht die Sachen meines Vaters, und nur ich weiß, wo die zu finden sind.*

Mit Mühe und unter Schmerzen hämmerte sie das schräge Ende des Balkens in den Spalt zwischen Blatt und Schwelle.

Es war eine Notlösung, und bei Einsatz von genügend Kraft würde der Keil nicht halten. *Besser als nichts.* Dabei kam ihr das eigene Tun geradezu lächerlich vor. Ein Holzstück gegen ein Dutzend Schwerbewaffnete mit genug Elan und Feuerkraft. Es blieb Selbstbetrug, um ein tückisches Gefühl von Selbstsicherheit zu haben. *Wenigstens höre ich, wenn sie versuchen durchzubrechen.*

Milana kehrte ins Trockene zurück und legte sich mit einigen Taschentüchern und dem schmalen Kleidgürtel einen notdürftigen Druckverband an, damit kein grober Schmutz in die Wunde gelangte, solange sie durch den Dreck kroch und Batjuschkas Aufzeichnungen suchte.

Wieso wählte er ausgerechnet diesen Ort? Milana fröstelte und ließ den Blick über den dunklen, von strömendem Regen überzogenen Hof schweifen auf der Suche nach einem Anhaltspunkt. *Und weshalb dieses Gebäude?* Möglicherweise hatte ihr Vater keine andere Wahl gehabt und den erstbesten Durchgang genommen. Andererseits war er Wissenschaftler gewesen. Niemals hätte er einfach so ein Experiment gestartet oder aufs Geratewohl etwas getan. *Warum also?*

Eine weitere Drohne mit einer LED-Fahne summte recht tief über die Ruine. In großen Lettern prangte darauf:

PRIMECON –
STATE OF THE ART AND PART OF THE STATE 2049
VISIT OUR OFFERS AND OUR CENTER
BECOME PART OF GERMANY IN A NEW WAY

Die Laufschrift wechselte zu Italienisch, die Drohne surrte um die Kurve und schwenkte aufwärts.

PrimeCon. Jetzt begriff Milana, warum Batjuschka diese Tür ausgesucht hatte. *Es gibt diesen Konzern auch in der Zukunft!*

Ihr nachdenklicher Blick folgte der Drohne, und dabei entdeckte sie die titanische Aufschrift auf einer Gebäudefront in etwa achtzig Metern Höhe: PRIMECONCENTER.

In Milana arbeitete es fieberhaft. Da es diese Firma noch gab und sie sich offenbar mächtig entwickelt hatte, musste in der jüngsten Vergangenheit einiges schiefgelaufen sein. *Das bedeutet, dass es mir nicht gelingen wird, White-Spelling aufzuhalten.* Sie konnte nicht aufhören, auf das Logo und die Beschriftung zu starren. *Woran scheitere ich?* Die Erkenntnis befiel sie in der gleichen Sekunde. *Batjuschka wusste das! Deswegen kam er ins Jahr 2049. Er versuchte, PrimeCon in der Zukunft zu Fall zu bringen.*

»Wer bist du, Schlampe?«, erklang es aus dem ersten Stock eines dunklen Fensters. »Verpiss dich aus meinem Block!«

Milana konnte lediglich einen Umriss erkennen, der rauen

Stimme nach handelte es sich um einen älteren Mann. Den antiken Revolver hielt sie verdeckt neben sich, spannte den Hahn. Wer versteckt in einer Ruine abseits der Stadt lebte, hatte Gründe dafür. Gründe, die ihr Unwohlsein verursachten. *Ruhe bewahren, keine Angst zeigen.*

»Mache ich, Sir.«

»Bin kein *Sir*.«

»Für mich sind Sie einer.« Milana wischte sich das Nass aus den Augen, das aus den blonden Haaren tropfte. »Ich suche meinen Vater«, log sie.

»Ich hab dich nicht gemacht. Dafür bist du zu hübsch.« Der Mann lachte widerlich aus der Finsternis, seine Stimme schallte im Innenhof. »Sei froh, dass ich alt und krank bin. Sonst hätte ich dich rangenommen. Wenn du schon in meinem Block rumlungerst.«

»Sir, haben Sie einen Mann ungefähr in Ihrem Alter gesehen, der einfach so auftauchte?« *Ich brauche Antworten.*

»Kann sein.« Der Tonfall verriet, dass er eine Belohnung erwartete. »Kann sein, dass dein Papa öfter auftauchte. Und dass ich sogar mit ihm gesprochen habe.«

»Was kann ich Ihnen anbieten?«

»Was hast du dabei?«

»Ich fürchte …« Milana suchte in ihrer Handtasche, ohne etwas Lohnenswertes zu finden, das man in einer modernen Zukunft bräuchte. Schminkutensilien, Lippenstift, Bonbons, Taschentücher und Kleinkram, ein paar Münzen, Parfum. »Nichts, was Sie …«

»Die Handtasche. Die nehme ich«, rief der Mann kehlig. »Wirf sie hoch. Zweiter Stock. Schaffst du das, Püppi?«

Die Wahl verwunderte Milana, aber sie kam ihr entgegen. *Jeder hat einen Fetisch.* »Ich lege sie in den Hof, und Sie holen sie sich. Dabei sagen Sie mir, was Sie wissen«, erwiderte sie. Verhandeln hatte sie in ihrem Job gelernt. *In deine Falle tappe ich bestimmt nicht.* Sie leerte den Inhalt vor sich in den trockenen Torbogen und schleuderte die Tasche hinaus in den Regen. »Hier.«

»Okay. Aber keine Tricks, Schlampe.«

Eine halbe Minute darauf trat der ältere Mann ins Freie. Er trug schäbige Kleidung und darüber einen olivenfarbenen Anorak, von dem das Wasser abperlte. In der Rechten hielt er eine lange Eisenstange, die er hinter sich herzog. Die Wände warfen das scheppernd-schleifende Geräusch mit unheimlichem Hall zurück, als öffnete sich das Tor zur Hölle. »Bleib da, verstanden?« Er bewegte sich ungelenk und drückte die Knie nicht richtig durch. »Ist das Scheißding eine Fälschung, komme ich rüber und schlag dir den Schädel ein.«

»Wie ist Ihr Name, Sir?« Milana zitterte stärker, die nasse Kleidung und die Kälte setzten ihr zu. Schnell nahm sie den Finger vom Abzug, damit sich kein Schuss aus Versehen löste.

»Ulki heiße ich. Ist alles meins. Den Laden hab ich geerbt.« Er hob die Tasche geschickt mit der Stange auf und betrachtete sie. Unvermittelt leckte er das dunkle Leder ab, biss sachte hinein und steckte den Kopf ins Innere, um laut zu schnuppern. »Scheiße, wie geil! Die ist echt. Echte tote Haut!«, kam es dumpf aus der Tasche.

»Also?« *Ich bin an einen komplett Wahnsinnigen geraten.*

»Dein Papa? Der ... ging so herum.« Ulki zog den Kopf aus der Tasche und zeigte mit der Stange achtlos in alle Richtungen des Innenhofes. »Dahin. Dahin. Und dorthin.«

Er suchte seine Unterlagen. »Fluchte er dabei?«

»Hä?«

»Ob er sich ärgerte?«

»Weiß nicht.« Ulki schulterte die Handtasche. »Jetzt verpiss dich aus meinem Block. Unser Deal ist durch. Hab dir gesagt, was ich weiß.«

Milana sah das anders. *Ich ahne, warum du mich loswerden willst.* »Sir, Sie haben sich nicht etwas genommen, was er verlor? Heimlich?«

Ulki bleckte die erstaunlich grauen Zähne und knurrte wütend. »Hau ab«, grollte er. »Was in meinem Block liegt, gehört mir, Schlampe.«

Hätte ich mir gleich denken können. Er hat die Unterlagen. Milana bewegte den Arm leicht zur Seite, sodass der Mann den Revolver in ihrer Hand sah. »Wenn Sie mir das geben, was meinem Vater gehörte, kommen Sie auch lebend in Ihre Behausung zurück.« Sie würde niemals auf einen Unbewaffneten schießen. »Los!« Sie hob die Waffenhand und zielte auf ihn.

»Hab's nicht dabei.« Ulki schaute angsterfüllt auf die dicke Mündung. »Fuck! Was ist das für ein Scheißding?«

»Ein Revolver.« Milana hatte die Marke vergessen.

»So ein Hightechgerät, auf alt getrimmt?«

»Ein Revolver«, wiederholte sie lieber.

Unvermittelt entspannte sich Ulkis Miene, dann lachte er, wobei das asthmatische Einsaugen der Luft lauter tönte als das feuchte Ausatmen. »Damit willst du mir wehtun?« Er hob die Eisenstange, die Knie blieben gebeugt. »Du dumme Schlampe! Ich zeig dir, was ich kann. Was ich aushalte. Warum *ich* Herr des Blocks bin!« Mit seltsam federnden, roboterhaften Schritten kam er auf Milana zu. »Warum die anderen tot sind. Und ich nicht!«

Milana fasste den Revolver mit beiden Händen. »Nicht weiter, Sir.« So schnell änderte sich die Lage. »Ich warne Sie. Ich kann damit umgehen.«

»Schieß mir ins Gesicht, Fotze! Los! Macht mir nix! Gar nix«, schrie Ulki und zeigte die grauen Zähne, die offenbar aus Schrauben bestanden. Schief ragten sie aus den blanken Kieferknochen und dem blutenden Zahnfleisch. »Das bisschen Kugel. Darauf scheiße ich!«

Wieder schwirrte eine Werbedrohne über den Hof; ihre Laserprojektionen fielen durch die zerstörten Fenster in die Stockwerke. Das gebündelte bunte Licht zeigte verweste Leichen, die von den Balken baumelten, aufgehängt an Ketten, Stricken und Drähten, wie grausige Mobiles. Die Räume hingen voll damit.

Milana jagte der Schreck durch die Glieder. *Er ist irre.* Der Mann hatte die Menschen entweder umgebracht oder die Toten in die Ruine gebracht, um sie aufzuhängen. *Als Gesellschaft?* Als Ulki noch einen Schritt machte, drückte sie ab.
Klick.

»Fuck!« Mühsam spannte sie den Hahn erneut.

»Ich reiße dich auseinander und häng dich an deinem Darm auf, Schlampe«, brüllte Ulki und stakste auf sie zu.
Klick.

Milana bekam Panik. Hinter ihr war das verschlossene Gittertor, die massiven Wände rechts und links erlaubten keinerlei Fluchtmöglichkeit. *Bitte, Revolver. Bitte, ich ...*

Auf das nächste *Klick* erfolgte ein unerwartetes, dröhnendes *Bumm!* neben Ulki, als die weiße Tür gleißend hell aufleuchtete und in Tausende Splitter explodierte.

Die Druckwelle fegte Ulki das Fleisch von den Knochen, bevor er von einem meeresblauen Feuerball eingehüllt wurde. Rote Fleischklumpen, zerfetzte Kleidung, geborstene Knochenstücke und Metallfragmente verteilten sich brennend im Innenhof.

Milana wurde vom starken Wind mit leichter Verzögerung erfasst und umgeworfen. Kokelnde weiße Türreste schlugen Schrammen in ihre Haut.

Was ...? Hustend erhob sie sich vom Boden und starrte entsetzt auf die Überbleibsel des Portals. Mehr als die Schwelle war von der Bauhaustür nicht übrig, Rahmen und Blatt schmurgelten in Fetzchen zwischen den Überresten von Ulki.

Milana sah schmorende Kabel, Federungen in den zerfetzten Beinen, ein Herz, das größtenteils aus Kunststoff bestand, und im geplatzten Kopf eine Platine, die glimmte und Funken schlug, als die Restenergie einen Kurzschluss auslöste.

Er ... er war ein ... Cyborg? Sie hob die Eisenstange auf und stocherte in den Resten des Irren herum. Unmöglich zu sagen, ob es sich um einen Menschen mit Modifikationen oder eine Maschine mit menschlichen Teilen gehandelt hatte. *Nichts, was mir etwas bringt.*

Milana blickte in die vom Feuer beleuchteten Räume, in denen die Kadaver baumelten. Die Druckwelle machte die Leichen zu makabren Tänzern und Paaren, die sich um die eigene Achse oder umeinander drehten.

Es blieb ihr nichts anderes übrig, als die Gebäude zu durchsuchen, die Ulki seinen Block genannt hatte. Übelkeit stieg in ihr auf, als sie daran dachte, zwischen den verwesten, teils zerfallenen Toten suchen zu müssen.

Ich habe keine Wahl. White-Spelling hatte ihre Drohung in die Tat umgesetzt und die Tür vernichtet. Somit stand dem Aufstieg von PrimeCon nichts mehr im Wege.

In der Vergangenheit.

Aber hier. Immerhin lebe ich noch. Milana schob die Gedanken zur Seite, was sich jetzt in ihrer Zeit abspielte. Sie würde irgendwann von ihren Angestellten als verschwunden gemeldet und von der Polizei gesucht werden, nach einigen Monaten gäbe man auf, und jemand kaufte ihre Agentur. Ihr Sohn Ilja würde ohne sie aufwachsen und sie alsbald vergessen haben.

Mein Ilja. Angenommen, sie befand sich in der gleichen Realität, konnte er 2049 noch leben. *Nein, ich werde nicht nach ihm suchen. Jetzt nicht.* Milana seufzte und schulterte die Eisenstange. Die Reihenfolge stand fest: Erst die Beweise finden, danach PrimeCon zerstören. Dabei den Kopf unten halten. Solange PrimeCon annahm, sie sei tot, war ihr Sohn sicher. Das durfte sie nicht aufs Spiel setzen. *Sei einmal eine gute Mutter.*

Milana begab sich über den Hof ins Erdgeschoss und musste bereits im Flur die Luft anhalten. *Das ist ...*

Der Gestank nach Verwesung im ersten Raum war übermächtig, sie kotzte nach zwei Schritten das bisschen, was in ihrem Magen war, auf den feuchten, fleckigen Boden. Skelettierte Knochen und widerliche Zersetzungsflüssigkeiten hatten sich darauf verteilt.

Milana nutzte würgend die Lampe ihres Handys und leuchtete den Boden ab, suchte hastig nach Sergejs verschwundenen Unterlagen. Etage um Etage, und das Grauen wurde nicht weniger. Irgendwann war sie froh, nichts mehr in sich zu haben, was sie ausspucken konnte. Der Würgreflex setzte ihr weiter zu.

Erst in der dritten Etage stieß Milana auf Ulkis Behausung, die erfreulicherweise ohne Leichen auskam. Aus Planen und Drähten hatte er ein Zelt in der riesigen Halle gebaut, in dem es zwar übel roch, aber nicht so arg wie die Totenschau.

Eine Überraschung war die meterlange Schrankwand mit einem perfekt angelegten Vorratssammelsurium aus Konserven, elektronischen Geräten, die ihr unbekannt waren, Wasserbehälter, Waffen und Munition, dazu reichlich fleckiges Geld, das sie nicht kannte. *N-Euro.* Auch frische Klamotten entdeckte sie in einer Schublade sowie Verbandsmaterial.

Das stammt niemals von Ulki. Milana legte einen neuen Verband um die rasch desinfizierte Wunde an und tauschte ihre feuchte Garderobe gegen unauffällige, dickere Kleidung. Im Anschluss suchte sie sich eine moderne Pistole aus.

Irgendwo muss doch was sein. Bei ihrer weiteren Suche stieß sie unter dem verfetteten Kopfkissen des Cyborgs auf eine schmutzige, blutbeschmutzte kleine Kladde.

Die Handschrift auf dem Einband kannte sie.

Batjuschkas Unterlagen! Milana durchstöberte sie. Der Anblick der vertrauten Schriftzüge schuf einen Kloß in ihrem Hals, Tränen stiegen auf. Durch den Schleier vor ihren Augen las sie die Zeilen und verstand, warum ihr Vater das Jahr 2049 ausgesucht hatte.

PRIMECON LÄSST AUCH IN DIESER ZEIT NICHT NACH, MIT DEM SCHICKSAL DER MENSCHHEIT ZU SPIELEN. SIE HABEN PARTICULAE GESAMMELT. GENÜGEND PARTICULAE.
SIE SIND KURZ DAVOR, EIN GIGANTISCHES LITHOS DARAUS ZU ERSCHAFFEN, UM ES IN CERN2 VERSCHIEDENEN TESTS ZU UNTERZIEHEN.
WAS SIE NICHT VERSTEHEN: ES GIBT BEI PARTICULAE EINEN KRITISCHEN PUNKT. IST DIESER ERREICHT, WIRD LITHOS IN SEINER GESAMTHEIT REAGIEREN UND EINEN PROZESS AUSLÖSEN, DER NICHT MEHR AUFZUHALTEN IST. DAS EXTRATERRESTRISCHE MATERIAL IST FÜR EINEN SOLCHEN EINSATZ NICHT GEDACHT.
NIEMAND BEI PRIMECON WEISS, WAS GESCHEHEN WIRD, SOLLTE LITHOS DERARTIGE ENERGIEN FREISETZEN. DA ICH SIE WOHL IN DER GEGENWART NICHT AUFHALTEN KANN, MUSS ICH ES IN DIESER ZEIT VERSUCHEN. SIE RECHNEN HIER IN FRANKFURT NICHT MIT MIR.
ICH MUSS ES TUN, DAMIT MEIN ENKEL EINE CHANCE HAT, SEIN LEBEN ZU LEBEN.

Milana blätterte die Seite um und entdeckte eine kleine Zeichnung, die Ilja mit sechs Jahren von seinem Opa angefertigt hatte. Der Schnauzer war mit dicken Strichen gemalt, das niedliche Strichmännchen mit einem Kittel versehen. Ungelenk gekritzelt stand daneben: *Moy lyubimyy Dedushka*; der Rest des Buches war unbeschrieben. *Ich erinnere mich an den Tag, an dem wir das für Batjuschka malten.*

Tränen rannen über Milanas Wangen, sie sank auf die Knie und gab sich der Trauer hin. Der Konzern hatte ihr alles genommen: ihr bisheriges Leben, ihren Vater, den Kontakt zu ihrem Sohn. Sie saß fest, in dieser Welt und in dieser Zeit. Im Frankfurt des Jahres 2049.

Nur langsam beruhigte sie sich. Aus der Niedergeschlagenheit erwuchs Wut auf PrimeCon. Und der Wille nach Rache.

Sie küsste Iljas Zeichnung. »Ich bringe zu Ende, was du begonnen hast, Batjuschka«, flüsterte sie und wischte sich die salzigen Tropfen weg.

Sie würde Lithos zerstören. *Auf dass es niemals mehr von PrimeCon genutzt wird, um der Menschheit zu schaden.* »Ich mache euch fertig«, versprach sie und sah zum Fenster hinaus auf die monströse Gebäudefront, an der das Logo des Unternehmens erstrahlte.

Die Ruine würde ihr Hauptquartier sein, mit genug Essen, Waffen und allem, was sie brauchte. Die Leichen waren die perfekte Abschreckung. Niemand setzte freiwillig einen Fuß in dieses Haus. *Aber ich brauche einen Verbündeten aus dieser Zeit. Jemand, der sich mit den Gepflogenheiten auskennt.*

Milana fragte sich, ob Nótt wohl noch lebte.

* * *

DEUTSCHLAND, ANNWEILER AM TRIFELS, SPÄTSOMMER

Wilhelm saß am Küchentisch neben Anton. *Wird es ausreichen?*

»In Ihrem Werkstattschuppen draußen fanden wir nichts. Auch keine Pläne. Die hatten Sie ja hier.« Der Mann legte die schallgedämpfte Maschinenpistole auf die Tischplatte. »Keine Sorge. Wir waren leise, um die Kinder und die Frau nicht zu erschrecken. Das kann sich natürlich ändern, wenn Sie uns nicht geben, was wir wollen, Herr Pastinak. Das ginge über ein Erschrecken allerdings hinaus.« Er wandte den Blick zu Anton. »Sie verstehen, Herr Gärtner?«

Wilhelm erinnerte sich ganz genau daran, was als Nächstes geschehen würde. Er hatte mithilfe der Tür die Zeit zurückgedreht, Antons Familie empfangen und sich auf die drei Bewaffneten in den Overalls vorbereitet. Natürlich wussten sie nicht, dass er diese Szene schon einmal durchlebt hatte. Für sie fand diese Begegnung zum ersten Mal statt.

Eine furchtbare Stille breitete sich in der Küche aus, durch die das vergnügte Lachen der Mädchen und das Krähen des Jüngsten aus dem Garten wie aus weiter Entfernung klang.

Dann rollte der Ball hinter den beiden Bewaffneten durch das lichte Wohnzimmer und prallte gegen die Wand.

Jetzt wird Annabell rufen, ging es Wilhelm durch den Kopf.

»Papa!«, rief Annabell, die Schritte des Mädchens näherten sich. »Papa, kommst du Fußball spielen? Du musst dir auch noch den Dino anschauen!«

Anton versteifte sich, seine Muskeln spannten sich sichtlich. »Ja, gleich. Bleib draußen, du machst sonst alles dreckig.«

»Ich hab aber Durst«, erwiderte Annabell.

Jetzt musste Wilhelm handeln, um die Katastrophe zu verhindern. Er packte den Tisch und riss ihn in die Höhe, rammte ihn gegen den Anführer der Truppe. Mit einem überraschten Schrei stürzte der Maskierte zu Boden und verstummte, die schwere Platte über sich.

Die beiden Bewaffneten hoben erstaunt die Läufe der Pumpgun und des Sturmgewehrs. *Dieses Mal nicht!* Wilhelm griff die schallgedämpfte Maschinenpistole des Anführers und richtete die Mündung auf die Angreifer. Noch bevor das Duo zu reagieren vermochte, drückte er den Abzug.

Aber der dünne Metallbügel rührte sich nicht. *Ich habe nicht entsichert!*

Die Pumpgun krachte und traf den aufspringenden Anton in die Brust. Blutüberströmt und mit einem großen Loch im Oberkörper brach er auf dem Boden zusammen.

»Papa!«, kreischte Annabell aus dem Wohnzimmer und

sah in die Küche; hinter ihr standen ihre Mutter mit dem Jungen auf dem Arm und ihre Schwester.

Sofort eröffnete der Maskierte mit dem Sturmgewehr das Feuer, während Wilhelm an der Sicherung der Maschinenpistole schob und drückte, ohne dass sie sich löste. *Nein! Nein!* Vor seinen Augen traf die Kugelgarbe ihre Ziele. Die Mädchen, das Baby und Kathrin stürzten auf das Holzparkett; aus etlichen Wunden lief Blut, vermengte sich auf dem versiegelten Holz. Die vier lagen regungslos.

»Das haben Sie angerichtet, Sie Scheißheld«, fuhr ihn der Mann mit der Pumpgun an. Er lud einmal durch, die dicke leere Hülse flog aus dem seitlichen Auswurfschacht und hopste mit einem hohlen Geräusch durch die Küche. »Fahren Sie zur Hölle!«

»Ihr Teufel!« Wilhelm hatte es endlich geschafft, die Maschinenpistole zu entsichern und wollte abdrücken, als ihn der Schuss aus dem Schrotgewehr traf.

Die vielen kleinen Projektile schwirrten heran wie ein Schwarm, drangen durch Kleidung, Haut und Fleisch. Der Schock warf den betagten Schreiner nach hinten, der wühlende Schmerz brannte sich grell in seine Brust.

Zu spät. Wilhelm blinzelte und fasste sich an den Solarplexus, tastete.

Zwinkerte erneut. *Zu langsam.*

Sah auf seine drei roten Finger, an denen das Blut im Schein der Werkstattlampe glitzerte. *Alles falsch gemacht.*

»Das war nicht der passende Moment«, raunte er. »Zu spät. Viel zu spät.«

Er hob den Blick, starrte auf die unfertige Mastertür vor sich in seiner Werkstatt.

Die ersten zwei Particulae hatte er gemäß der Anleitung in den Rahmen eingesetzt, und dabei waren seine Gedanken abgedriftet, zu einer anderen Version des Überfalls, in der Wilhelm einschritt und Gegenwehr leistete.

Aber in seiner Vorstellung hatte der Zeitpunkt nicht gepasst. Ganz im Gegenteil. *Es hat alles schlimmer gemacht.* Wilhelm trat einen Schritt von der Tür weg und betrachtete sie. In der Zeit zurückzureisen konnte nicht die Antwort sein. *Ich brauche einen besseren Plan.* Zu hoch war die Gefahr, dass es schiefging wie in seinem Tagalbtraum. Dass die Kinder und Kathrin starben. Schmerzlich genug, dass sein bester Schüler den Maskierten zum Opfer gefallen war.

»Verdammt noch eins!« Wilhelm nahm das nächste Particula und näherte sich dem Rahmen. Die Pläne und Anweisungen hingen am Klemmbrett daneben, um die Angaben, Abstände und Anleitungen jederzeit im Blick zu haben.

Sieben Particulae fehlten im Rahmen, danach musste ein Stein in die Klopfvorrichtung eingesetzt und die Schlagplatte montiert werden.

Umsichtig begann er mit den Handgriffen, die Abfolge war genau vorgegeben.

Die Beschreibungen erklärten zudem, was die Tür alles vermochte: durch Zeiten zu reisen; durch Dimensionen; zu anderen Welten und Planeten; zu verborgenen Schätzen. Sofern man die Einstellung richtig vornahm.

Wilhelm setzte ein mattschwarz-silbern schimmerndes Steinchen in die vorgesehene Bohrung. Sie befand sich auf einem beweglichen Schlitten im Rahmen, sodass der Abstand zu den anderen Steinen verändert werden konnte. Markierungen gaben vor, wo dieses Gleitteil einrasten musste, um die Nutzung sicher zu machen.

»Herr Pastinak? Ich weiß, dass Sie noch leben«, erklang es von der Tür. »Wir haben Sie angeschossen. Dafür entschuldige ich mich.«

»Geh zum Teufel«, murmelte Wilhelm, schwenkte ein drehbares Lupenglas, um besser sehen zu können, und langte nach zwei Pinzetten, um die Position des Fragments zu justieren.

»Es muss niemand mehr sterben, Herr Pastinak. Händigen

Sie uns alles aus, öffnen Sie die Tür, und wir gewähren Ihnen, der Witwe und den Kindern freies Geleit«, schlug der Mann vor. »Andernfalls erschieße ich in einer Stunde die kleine Annabell. In einer weiteren Stunde ihre Schwester, danach den Bruder und letztlich die Mutter. Und zum guten Schluss kommen wir rein und erledigen Sie.«

Wilhelm erwiderte nichts. Es waren Bestien, und Bestien hielten sich niemals an ihr Wort. Er berührte das warme Holz der Tür. Genau deswegen benötigte er die Mastertür, um zu verhindern, was geschehen war. Eine Zeitreise zu einem Punkt lange vor dem Auftauchen der Männer. Noch besser, vor dem Auftauchen von Anton und seiner Familie.

Ich werde unser Sonntagstreffen absagen und abhauen. Diesen Menschen eine Falle stellen und ... Wilhelm prüfte den Sitz des Steins. *Oder?*

»Herr Pastinak, die Stunde beginnt ab jetzt«, rief der Anführer durch die Tür. »Warten Sie nicht zu lange. Annabell wird die Erste sein. Haben Sie mich verstanden?«

»Nein«, schrie Kathrin gedämpft aus dem Hintergrund. »Nein, nehmen Sie mich zuerst!« Darunter mischten sich das Weinen der Mädchen und das Gewimmer des Jungen.

Ein Albtraum. Wilhelm schloss die Augen, atmete tief ein und ignorierte die Schmerzen in seiner Brust, die von der Schussverletzung stammten. *Ein einziger Albtraum am helllichten Tag.*

Danach sah er auf seine Uhr.

Auch wenn der Anführer behauptet hatte, kein Freund von Ultimaten zu sein, sprach er gleich mehrere aus. Weniger als sechzig Minuten, um die Tür fertigzustellen und die Geschichte zu revidieren. Um Schlimmeres zu verhindern.

»Die Zeit läuft, Herr Pastinak«, mahnte ihn der Maskierte.

Wilhelm nahm das nächste Particula aus dem Döschen.

* * *

GROSSBRITANNIEN, LONDON, SPÄTSOMMER

»Ihr Ficklurche!« Suna hatte sich mehr als eine Rippe gebrochen, sie spürte es deutlich beim Atmen. Jedes Mal stach es in ihrer Seite. Sie lag keuchend auf dem Boden des fensterlosen Lieferwagens, zwei Männer und zwei Frauen saßen auf Pritschen um sie herum, während der Transporter durch die Straßen Londons fuhr. Die Geschwindigkeit war den Vorschriften angepasst, damit es keinen Ärger mit der Polizei gab. Suna leckte sich das Blut von den Lippen, das aus der Nase lief. »Ihr kleinen Arschschnüffler! Was soll diese Kacke? Ich bin –«

»Sagen Sie jetzt nicht, dass wir die Falsche haben.« Die Frau trug einen Nylonstrumpf über dem Kopf wie die Übrigen, was ihr Gesicht verzerrte. Auf ihr Zeichen hin wurde Suna an Händen und Füßen gefesselt, danach untersucht. Jede Tasche wurde umgedreht, jede Naht erkundet, ob sich etwas auftrennen ließ. »Wir wissen, wer Sie sind. Miss Levent. Oder Nótt. Wie es Ihnen lieber ist.«

»Was mir lieber ist?« Suna wäre es am allerliebsten, nicht im Transporter zu liegen. »Wer bist du?«

»Jemand, der auf der Suche nach Antworten ist.« Kurze dunkle Haare stachen hier und dort durch die Kunststoffmaschen ihrer simplen und doch effizienten Maskierung. »Wir haben erfahren, dass Sie interessante Dinge horten. Festplatten, Speichermedien. Und Particulae.«

»Ich hab den Elektronikkram.« Ein Mann schloss das gefundene Smartphone an ein Auslesegerät und koppelte weitere Vorrichtungen an. Suna kannte die Maschinchen sehr gut. Sie nutzte solche günstig zu beschaffenden Geräte selbst gelegentlich, um Telefone zu hacken und direkten Zugriff auf die gespeicherten Daten zu bekommen. *Fuck.* Panikvorboten zogen auf, eine Angstattacke baute sich auf. »Sie werden es nicht entschlüsseln können.« Versuchsweise bewegte sie die Hände, weil die Kabelbinder in ihre Haut schnitten, die Fingerspitzen kribbelten bereits taub.

»Das habe ich auch nicht vor«, gab der Mann abwesend zurück und sah auf den Mini-Laptop, den er mit dem Smartphone verbunden hatte.

»Und?«, erkundigte sich die Anführerin.

»Gleich.«

»Das kann gar nicht *gleich* funktionieren. Der verarscht dich«, kommentierte Suna und wippte mit den Füßen, um die überschüssige Energie irgendwie abzubauen und nicht unverzüglich auszuflippen. Sie brauchte ihren Verstand, nicht die blanke Furcht, die sie in ihre Jogginghose pinkeln ließ. Takahashis Leute waren das hier nicht, der Konzern auch nicht. *Aber wer dann?* »Was wollt ihr Wichser von mir?«

»Die Sachen, die du hast.« Die Frau beugte sich vor und tippte Suna gegen die Stirn. »Und dein Wissen, wenn es dir nichts ausmacht.«

»Aus mir bekommt ihr nichts raus«, versprach sie heroisch und sah ihm selben Moment vor ihrem inneren Auge sich selbst: zusammengeschlagen, Fingernägel gezogen, die Zehen abgeschnitten und verstümmelt in der Themse treibend. Die Vorstellung löste eine heiße Woge Angst aus, die einherging mit Schweiß und Atemnot. Der Transporter wurde kleiner, die Maskierten größer. Die Luft reichte nicht mehr für sie aus. *Ich muss raus! Sofort! Sonst ...*

»Ich hab's.« Der Mann am Mini-Laptop hielt den Bildschirm in den Laderaum, damit es alle sahen. »Commercial Road, Ecke Myrdle Street. Ein lausiges Bed and Breakfast.«

»Sehen wir uns doch mal dort um.« Die Frau blickte durch das Nylon auf Suna. »Der Anfang ist schon mal gemacht. Jetzt brauche ich noch Ihr Wissen, Miss Levent.«

Sie haben mein Bewegungsprofil ausgelesen. Suna war sich sicher, die lokale Ortung ausgeschaltet zu haben, aber das Phone hatte wie die meisten elektronischen Geräte einen eigenen Willen, der sich nur brechen ließ, indem man Akku und SIM-Karte entfernte. Das hatten ihre Entführer gewusst. Beim Einatmen wurde die Kehle enger, die Lungenflügel schienen den Sauerstoff nicht aufnehmen zu können. *Ich ersticke! Scheiße.*

»Sollten Sie denken, dass Ihnen Schweigen das Leben rettet, muss ich Sie enttäuschen. Enthalten Sie uns Ihr Wissen vor, haben wir keine Verwendung für Sie.« Die Maskierte deutete Sunas Reaktion falsch. »Sie haben gesehen, dass wir einen Spezialisten haben, der die Speichergeräte knackt. Und die Particulae finden wir ebenfalls.«

Suna fühlte sich, als sei sie aus reiner Furcht gemacht. Dieses verfluchte echte Leben! Im Netz und Darknet war sie Nótt, unbesiegbar, eine Königin. Aktuell vermochte sie nichts anderes zu sein als eine verschnürte Nerdgöre, die ihrem Ende entgegenfuhr und vor lauter Panik entweder ohnmächtig wurde oder sich in die Hose pisste.

Suna schloss die Augen, kämpfte gegen das Chaos in ihrem Kopf, gegen die schwarzen Ungetüme. *Atme. Langsam.*

»Vielleicht weiß ich ja wichtige Dinge«, sagte Suna nach einer Weile. Jede Sekunde mehr konnte ihr eine Gelegenheit geben, aus diesem Wagen zu entkommen, der durch London gondelte. Ihre Lider blieben geschlossen; sie wollte nicht sehen, was ihr Furcht einflößte. »Echt wichtige Dinge.« Das Herzrasen tat weh, ihr Kopf schmerzte.

»Dann raus damit.«

»Ja, klar. Damit ihr mich umbringt, sobald ich alles gesagt habe.«

»Das kann ich auch jetzt, Miss Levent.« Die Anführerin zückte hörbar ein Messer. »Ich schneide Ihnen einfach die Kehle auf und lasse Sie ausbluten. Es gibt niemanden, der mich daran hindern wird.«

»Aber ich ...« *Scheiße. Das läuft überhaupt nicht.* Sie öffnete die Augen. »Warte!«

»Erzählen Sie mir alles, Miss Levent.« Die Frau nahm ein Smartphone heraus und aktivierte die Diktiergerätfunktion. »Ich nehme es auf, und danach entscheide ich, was wir tun. Ob diese Informationen etwas wert sind. So viel wert wie ein Leben.«

»Was willst du wissen?« Suna resignierte. In ihrer mentalen Verfassung blieb ihr nichts anderes übrig, und sie hatte es wahrlich versucht.

»Was haben Sie im Buckingham Palace gewollt?«

»Ein Particula gesucht.«

»Warum haben Sie es nicht dabei?«

Suna meinte, in der Betonung eine Falle zu erkennen. »Es war schon weg. Aus einem Spiegelrahmen herausgetrennt, im –«

»Ah. Der White Drawing Room«, ergänzte die Anführerin. »Ich weiß. Unsere Organisation entfernte es schon vor vielen Jahren. Diese Info ist schon mal nichts wert, Miss Levent. Ich dachte, Sie würden noch eins finden. Eins, das uns entgangen war.« Sie warf das Messer hoch und fing es auf. »Sieht schlecht aus für Sie.«

Die Männer und Frauen im Transporter lachten leise und böse.

»Scheiße! Nein, schlitzt mich nicht auf! Ich ... ich ...« Die Panik spülte das Rationale davon. In Sunas Gedanken ging es drunter und drüber. »Ich ... ich bin durch ein Portal gegangen«, plapperte sie. »Das war kaputt, und ... ich habe mir drei Geister eingefangen. Die mich seitdem begleiten. In meinem Kopf, und sie reden mit mir und ...«

»Oh, Geister!«, unterbrach sie einer der Männer hämisch. »Leute, wir haben eine Besessene! Na, was sagen die Gespenster gerade?«

Der Motor des Kleinlasters röhrte auf, das Gefährt beschleunigte merklich.

Seid ihr da? Suna lauschte.

»Nichts.«

»Schöne Geister.« Der Maskierte lachte sie aus.

Aber die Anführerin machte ein neugieriges Gesicht hinter den Nylonmaschen. »Lassen wir die Geister mal schweigen. Was haben sie Ihnen vorher gesagt, Miss Levent?«

»Dass sie ... dass sie wieder zurückwollen. Dorthin, wo ich sie mir eingefangen habe. Deswegen wollen sie wieder durch ein Portal.« Suna hoffte, dass sich ihre Begleiter meldeten. Oder materialisierten. Dass sie wie in Ghostbusters über die Bösen herfielen und sie ausschalteten, damit sie fliehen konnte. *Bitte, bitte, kommt!*

»Hat Sie das verändert?« Die Frau betrachtete die Hackerin genau. »Irgendwelche Gaben, die Sie vorher nicht hatten?«

Diese Frage hatte sich Suna nicht gestellt. *Habe ich?*

»Dann hätten wir sie wohl kaum schnappen können«, bemerkte die andere vermummte Frau.

»Oder sie erhielt die Fertigkeit, besonders gute Kekse zu backen«, witzelte der zweite Mann. »Das würde ihr zwar gerade nichts bringen, aber sollte sie das überleben, wird sie bestimmt damit berühmt. Und reich.«

Erneut lachten die Entführer.

Suna wollte nichts mehr einfallen, was sie den Unbekannten anbieten konnte. Vielleicht waren die Stimmen im Kopf nichts weiter als Einbildung, ein neues psychisches Leiden. *Ich bin so im Arsch. Schizogeistomanie.*

»Ich will nicht in diesem Wagen sterben«, murmelte sie. Sie klammerte sich an den Rachegedanken. *Ich lasse euch alle hochgehen. Draufgehen. Mache euch fertig!*

»Zuversicht mag ich.« Die Anführerin zerschnitt den Kabelbinder an den Füßen, dann an den Händen. »Die werden Sie brauchen, Miss Levent.« Sie machte eine Geste, und die zweite Frau am Heck öffnete die Flügeltüren in voller Fahrt. »Ich erfülle Ihnen Ihren Wunsch: Sie werden nicht in diesem Transporter sterben.«

»Was?« Suna krallte sich in die am Boden eingelassenen Ösen. *Panik, Panikpanikpanik!* »Nein! Warten Sie!« Die Männer packten sie und rissen sie in die Höhe. Ihre Finger flogen umher, fanden nichts, um sich festzuhalten, schrammten über die Decke des Fahrzeugs, zwei Nägel brachen ab, die Kuppen schabten auf. »Nein!«, kreischte sie und strampelte, ihr rechter Fuß traf die Anführerin im Gesicht, die seitlich von der Pritsche rutschte. »Ich –«

In hohem Bogen flog Suna aus dem Innenraum und auf die Motorhaube eines nachfolgenden SUV. Sie rollte die Scheibe hinauf und segelte über das Dach hinweg, ohne die Gepäckreling zu greifen zu bekommen.

Hart knallte sie auf die Straße und wurde keine Sekunde darauf von einem hupenden Wagen überrollt. Suna sah den Unterboden wie in Zeitlupe über sich hinwegziehen und prägte sich jedes kleine Detail ein, die Leitungen, die Kabel, die Hitze des Auspufftopfs, die ihr Gesicht und die Haare verbrannte.

Sie kullerte einige Meter über den Asphalt, dann kam sie unter einer Straßenlaterne zum Liegen, ohne sich bewegen zu können. Ihr Leib war ein einziger Schmerz, in ihren Ohren knisterte es, als schmölze Eis in ihrem Kopf oder als risse ihr Schädel millimeterweise auseinander.

Noch mehr Tröten und Tuten erklang, hoch, tief, mal dröhnend und mal fast komisch leise. Kleine und große Reifen rollten an ihr vorbei, Fahrtwind brachte ihre langen schwarzen Haare zum Wehen. An den Schlägen merkte sie, dass zwei Fahrzeuge ihre Beine erwischten. Ein drittes schleifte sie einige Meter mit. Suna kugelte um die eigene Achse über die breite Fahrbahn, die Arme schlugen grotesk um sie herum wie kaputte Windmühlenflügel.

Ihr Mund war gefüllt mit Blut, Zahnsplittern und abgebissenen Zungenstücken, sie erstickte halb an der Mischung. *Ob ich zum Geist werde?*, zuckte es ihr durch den Kopf. Das Adrenalin dämpfte Angst und Schmerzen. *Ein türkischer Geist in London. Das wird was geben.*

Schlagartig wurde es taghell, eine Scheinwerferphalanx flammte auf. Tief dröhnte eine Mehrklanghupe, wieder und wieder wie bei einem Hochseedampfer, der vor einer Kollision warnte.

Wie soll ich denn zur Seite? Suna gelang es, unter Aufbietung der letzten Kräfte ihren gebrochenen Arm zu heben, um auf sich aufmerksam zu machen.

Bremsen kreischten, Gummi rieb über Asphalt und schuf eine Wand aus beißendem, blauweißem Qualm. Doch die doppelachsigen Räder des herandonnernden Vierzigtonners erfassten die zierliche Frau, und Sunas Denken verstummte wie die drei Stimmen in ihrem Kopf, die ihr Sterben mit ihrem kakophonischen Brüllen begleiteten.

* * *

»Energie geht nicht verloren.«

Hermann Ludwig Ferdinand von Helmholtz:
Ernergieerhaltungssatz (1847)

KAPITEL VII

DEUTSCHLAND, FRANKFURT AM MAIN, WINTER 2049

Milana hatte zwei der eingeschweißten Outdoor-Rationspäckchen geöffnet und bereitete sie in der ausgeräumten Halle nach Anleitung auf dem kleinen beigelegten Kocher zu. Dieser bestand aus einer Metallschale, die von einem brennenden styroporartigen Klötzchen erhitzt wurde.

Gierig vor Hunger machte sich Milana darüber her.

Du meine Güte. Wie früher! Der Geschmack erinnerte sie an Dosenravioli und Babykost, es sättigte und wärmte. Aus den abgepackten Flaschen schüttete sie Wasser in einen Emaillebecher, um einen Tee zu kochen. Aufgussbeutel, es ging nicht anders.

Während das Wasser siedete, sah Milana aus den teils geborstenen Fenstern zu den scheinbar unendlich hohen Wolkenkratzern, an denen unter anderem die Reklame von PrimeCon leuchtete und sie verhöhnte.

Der verhangene Himmel wimmelte trotz des beständigen Regens und der Wolken vor Fahrzeugen, die mit Rotoren durch die Luft surrten und über Dächern oder in Hochgaragen verschwanden. Wohl weniger betuchte Menschen nutzten die Hängebahnen, um sich durch die Stadt zu bewegen. Allgegenwärtige Werbedrohnen und hausfrontgroße LED- und Lasergemälde vertrieben die Dunkelheit mit aufdringlicher Buntheit.

Wie in einem Themenpark, dachte Milana kauend und kratzte die Reste in der Schale zusammen. *Willkommen bei Altered Carbon.*

Plötzlich gab ihr Smartphone einen freundlichen Ton von sich: Es hatte Empfang.

»Das gibt es doch nicht«, entfuhr es Milana, und sie nahm es zur Hand. Ihr alter Mobilfunkbetreiber existierte offenbar noch – er war nun Teil von PrimeCon, wie das Zeichen dahinter verriet. Aber Empfang blieb Empfang.

Sie suchte Nótts Nummer aus dem Speicher, bekam jedoch die Ansage, dass der Teilnehmer unbekannt sei. »Scheiße.« Milana antwortete ratlos auf die letzte erhaltene Nachricht des Hackers und prüfte die Domain ihres Vaters. Sie war lahmgelegt und aus dem Netz verschwunden. So rasch, wie die Hoffnung auf einen Kontakt und einen Verbündeten entstanden war, so schnell verging sie wieder.

»Fuck!«, stieß Milana aus, und ihre Stimme schwang unangenehm durch die trostlose Industriehalle. Ihr blieb nichts anderes übrig, als die Informationen auf den erbeuteten Datenträgern sowie die Kladde ihres Vaters nach einem Anhaltspunkt zu durchsuchen, um PrimeCon zu Fall zu bringen und die Lithos-Experimente zu beenden.

Erneut schweiften ihre Blicke zum Hochhaus.

Übermächtig ragte der Konzern vor Milana in die Nacht. *Das Unternehmen muss milliardenschwer sein.* Selbst wenn sie mit einem Waffenarsenal durch die Eingangshalle stürmte, gäbe es gewiss genug Security, um sie aufzuhalten.

Sie musste einen schlaueren Weg finden.

Einen besseren und sichereren, um PrimeCon an seinen verheerenden Lithos-Experimenten zu hindern, welche unabsehbare Auswirkungen haben konnten – wenn sie der Einschätzung ihres Vaters in dieser Angelegenheit glaubte. Und das tat sie.

Für Ilja. Für Batjuschka. Milana nahm die Unterlagen zur Hand, um sie in Ruhe zu studieren. Danach würde sie die Datenträger aus dem Riss im Torbogen holen und versuchen, sie auszulesen.

Beim Umblättern fielen Milana winzige Reste schwarzen Gummiabriebs zwischen den Seiten auf. *Hat er etwas wegradiert?* Sorgsam inspizierte sie die betroffene Seite, bis sie im Licht der Baulampe die schwache feine Linie bemerkte, die ein Bleistift hinterlassen hatte.

Es waren mehrere Buchstaben und eine Nummer. *Eine Hausnummer. Irgendein Name mit -mann am Ende.* Sie überlegte, wie sie die getilgten Ziffern und Zeichen sichtbar machen konnte. Jeder noch so winzige Vermerk mochte ihr helfen.

Dawai. Milana fand in den Schränken eine Auswahl an Buntstiften. Behutsam schraffierte sie über die radierte Stelle und hielt sie gegen die Lampe, bis sie den Frankfurter Straßennamen und sogar eine Telefonnummer auszumachen glaubte.

Blieb die spannende Frage, weswegen ihr Batjuschka die Kontaktdaten von Herrn Vlad Tolstoi-Ehrmann zunächst notiert und dann ausradiert hatte. *Das werde ich herausfinden.* Milana war erleichtert, einen Ansatz gefunden zu haben. Die fast verkümmerte Hoffnung blühte auf.

Als das Smartphone mit einem scheppernden *Ping* eine Nachricht anzeigte, hätte sie beinahe vor Schreck aufgeschrien. Als Absender stand dort tatsächlich: NÓTT.

WER ZUM TEUFEL BIST DU?

MILANA, **antwortete sie.** SIND SIE NÓTT?

WOHER WEISS ICH, DASS ES KEIN SCHEISS GEHACKTES HANDY IST?

TESTEN SIE MICH, **schlug Milana vor.** ICH TESTE SIE.

OKAY. ALSO. WAS HABEN WIR DAMALS GEMEINSAM ERLEBT?

GEMEINSAM? GAR NICHTS. WIR TRAFEN UNS NIE. ABER SIE HALFEN MIR IN CADARACHE.

STIMMT.

JETZT ICH, **tippte Milana.** WIE GENAU HABEN SIE VERSUCHT, MIR BEIZUSTEHEN?

Die Antwort ließ ein wenig auf sich warten. KANN MICH NUR SCHWER ERINNERN. IST LANGE HER.

DANN KONKRETER: WELCHEN ALARM LÖSTEN SIE AUS?

AH! KLAR. DEN FEUERALARM UND DIE LÖSCHANLAGE. DIE HABEN DIE WICHSER MANUELL ABGESCHALTET, DAMIT ICH ES NICHT WIEDER MACHE ... UND WAS WAR DANACH DER PLAN?

Nun musste Milana überlegen. *Denk nach ... ach ja!* DIE AUTOMATISCHEN TRANSPORTEINHEITEN AUF DIE ANGREIFER ZU HETZEN.

STIMMT AUCH.

Milana starrte auf das Display und konnte es kaum fassen. Nótt lebte noch und hatte sich gemeldet! Mit jemandem, der sich aufs Hacken verstand, wurde ihr Vorhaben realistischer.

Es blieb schweigsam auf der Anzeige. *Er wird doch nicht abgehauen sein?*

SIND SIE NOCH DA?

... ICH ... SCHON ... ABER ...

WOLLEN WIR TELEFONIEREN?

BIST DU BEKLOPPT? DAS KANN MAN DOCH LEICHT ABHÖREN! WARTE, ICH BASTLE WAS.

Milana wartete ab und sah aus dem Fenster ihres improvisierten Hauptquartiers. *Besser, ich nutze die Zeit und verschaffe mir einen Überblick.*

Sie warf sich einen Regenmantel über, nahm eine Pumpgun mit, weil sie sich zutraute, damit am meisten zu treffen, und trat ins Treppenhaus, stieg die Stufen bis aufs Dach.

Im Nieselregen ging sie bis an die Kante und drehte an ihr entlang eine große Runde. Dabei schaute sie in alle Richtungen und konnte kaum fassen, was sich vor ihr eröffnete.

Das abrissreife Haus lag in einem aufgegebenen winzigen Distrikt der Stadt, jenseits des Flusses, während sich im einstigen Bankenviertel die Wolkenkratzer einen Wettbewerb um Dimensionen lieferten.

Kleine und große Boote flitzten wasserflohgleich über den Main, verbanden als Fähren die Ufer oder surrten aus den nächtlichen Wellen über Rampen an Land und fuhren wie Amphibienfahrzeuge einfach weiter. Rechts und links entlang des Flusses zogen sich Beleuchtungen wie exakt verlegte LED-Bänder dahin. Ausladende Hafenanlagen strahlten ihre Lichter in den Abend, Kräne und schubgetriebene Containerlifter wurden zu stählernen Fantasiekreaturen.

Milanas vorübergehendes Hauptquartier war Teil eines ein mal ein Kilometer großen Areals, in dem es nichts als verbrannte Grundmauern und Explosionskrater gab. *Entweder ging ringsherum etwas hoch oder man bombte etwas weg.* Lediglich die Ruine hatte widerstanden.

Lichttransparente an den Außengrenzen des eingeebneten Gebietes versprachen den Beginn einer baldigen Neubebauung.

Das Smartphone läutete.

Milana hob sogleich ab, wischte den feinen Sprühregen aus dem Gesicht. »Nótt?«

»Kann sein«, erwiderte die verzerrte Stimme vorsichtig. »Das ist so irre, dass ich dich noch mal höre.«

Klingt genau wie früher. Vorhin. Verdammt! »Es hat mit der weißen Tür zu tun, durch die mein Vater ging. Ich –«

»Dachte ich mir. Aber pass mal auf, bevor du jetzt die ganze Zeit redest: Ich hatte einen Unfall«, sprach Nótt. »Seitdem ist mein Gedächtnis etwas lädiert.«

»Welche Art von Unfall?«

»Weiß ich nicht mehr. Etliche Sachen aus meinem Leben sind einfach weg. Wie gelöscht.« Nótt seufzte. »Ich weiß aber noch, dass du damals einfach verschwunden bist.«

»Weil ich aus dem Jahr einfach in die Zukunft –«

»Gegenwart, Russenlady. Das ist die Gegenwart.«

»… in diese Gegenwart gegangen bin.« Milana fühlte sich wie die Heldin in einem SF-Film. »Sie wissen noch, was es mit den Türen auf sich hat?«

»Scheiße, nein. Also, nur Bruchstücke. Irgendeine Drecksstiftung überwies mir Geld, weil ich für die recherchierte. Fand ich raus. Nach dem Erwachen im Krankenhaus.«

Dann muss es wirklich böse gewesen sein. »Wie lange lagen Sie drin?«

Nótt lachte wie ein gut gelaunter Darth Vader. »Im Krankenhaus oder im Koma?«

»Oh.« Milana betrachtete die schöne neue Neonwelt um sie. *Meine derzeitige Heimat. Notgedrungen.* »Das tut mir leid.«

»Im Koma lag ich acht Jahre, und dann behielten sie mich noch, bis alles so weit funktionierte, wie es sollte.« Die Person hustete elektronisch. »Dann rufst du an. Nach beschissenen dreißig Jahren. Verfickte Überraschung.«

In Milana meldete sich Argwohn. Es war nicht gesagt, dass sie sich mit dem echten Nótt unterhielt. PrimeCon konnte eine Fangschaltung gelegt haben, für den Fall, dass sich etwas über diese Nummer tat. Oder über die Mail-Adresse. Oder die Website ihres Batjuschkas.

Unvermittelt überfiel sie Paranoia. Sie suchte den Himmel nach Drohnen ab. *Kann man eine Falle dreißig Jahre lang aufrechterhalten? Hat White-Spelling so langen Atem?* Oder handelte es sich um eine interne Direktive?

»Bist du noch da?«, erkundigte sich Nótt.

»Ich überlege gerade, wie sicher es ist … nein, wie klug es ist, mit Ihnen zu sprechen.«

»Echt jetzt? Du denkst, ich bin eine Falle?« Der Hacker brach in schallendes Elektrolachen aus, die Töne modulierten roboterhaft. »Wäre ich dein Gegner, würdest du tot auf dem Dach des Gebäudes liegen.«

Eiskalt durchfuhr es Milana. »Woher …?«

»Ich habe Erinnerungslücken, aber das Hacken klappt noch, falls du mich das fragen wolltest.« Nótt räusperte sich affektiert. »Ich habe deinen Standort längst lokalisiert und schaue mir dich aus der Ferne an. Wink mal.«

Milana hob den Mittelfinger.

»Das war nicht nett. Soll ich auflegen?« Nótt lachte. »Du bist es *echt*. Krasse Scheiße. Nicht einen Tag gealtert, und das bei einem Unterschied von drei Dekaden. Das ist mal eine Tür.«

»Die gibt es nicht mehr. PrimeCon hat sie vernichtet. In der Vergangenheit.« Milana suchte erst gar nicht nach der Drohne, mit der Nótt sie beobachtete. Am beleuchteten Abendhimmel herrschte viel zu viel Bewegung. Es konnte jeder der fliegenden Punkte sein.

»Na dann, willkommen in 2049. Du weißt, wo du bist?«

»Frankfurt.«

»Nein, ich meine das Gebäude. Und das Areal.«

Milana schüttelte den Kopf.

»Vor zwei Jahren hatte sich dort ein Cyborg verschanzt, ein komplett –«

»Ulki.«

Nótt schwieg überrascht. »Aber hast du eben nicht –«

Milana beugte sich nach vorne über den Rand des Daches und deutete in den Innenhof zu den brennenden Überresten des Maschinenwesens. »Den hat die Tür erwischt, als sie hochging.«

»Das ist ja mal ein Ding.« Nótt lachte leise. »Ulki hieß OCP-209 Hammerhead. OCP steht für *offensive computer person*. Da mochte jemand Wortspiele. War ein Versuchsmodell aus der Militärlinie, die zum Einsatz kommen sollte, wenn die Percutoren –«

»Wer?«

»Polizeispezialeinheit. So was wie die GSG9 in ultrahart«, erklärte Nótt kurz. »Ulki drehte jedenfalls durch und verschanzte sich in dem Gebiet. Alles, was man gegen ihn einsetzte, überlebte er. Es erwies sich als schwierig, ein KI-unterstütztes Monstrum zu besiegen. Aber sie gaben nicht auf.«

Milana betrachtete die unmittelbare dunkle Umgebung. *Dann bin ich wohl längere Zeit sicher. Oder?* »Weil sie ihn zurückhaben wollten.«

»Exakt. Die Technik galt als unbezahlbar. Die abgespeicherten Feedbacks und die kombinierte KI-Geist-Blackbox, die er eingebaut hat, werden angeblich für eine Milliarde gehandelt. Was man daraus alles lernen kann, brächte den Konzern weit nach vorne. Uneinholbar in Sachen Cyborggenesis.« Nótt kicherte. »Glückwunsch, Milana. Du hast da was sehr Teures, Einmaliges und schier Unbezahlbares geschrottet.«

Milana war beruhigt, dass die Einzelteile des kybertronischen Wesens verstreut an Ort und Stelle lagen und nicht wie in *Terminator* durch die Gegend krochen. »Wieso nennt man solch eine Killermaschine ausgerechnet Ulki?«

»Das war er selbst. Angeblich waren das die ersten Worte, die er mit seinem neuen Ich hörte. Und es waren die letzten der betreuenden Wissenschaftlerin, bevor er die Frau tötete. Man vermutet, dass sie *Das ist aber ulkig* sagen wollte, als das Neurofeedback von OCP-209 bei einem Test ungewohnt ausfiel.« Nótts Stimme verlor für eine Sekunde die Verzerrung und klang alt, gebrochen. »Also, Milana Nikitin, da du in 2049 gelandet bist, was sind deine Pläne?«

»Sie haben sich nicht geändert.«

»Aber ... du ... Verstehe ich das richtig: Du willst PrimeCon in die CPU pissen?«

Milana wusste nicht, was eine CPU war. »Ich zerstöre, was ich zerstören kann. Sie machen Experimente, die immense Gefahren bergen.«

»Oh, komm schon. Werd erwachsen, Milana. Wer nicht? Die Konzerne pfuschen an allem herum: Gene, Umwelt, Wetter, Menschen und Maschinen ...«

»Laut den Unterlagen meines Vaters ist die Sache mit Lithos eine andere. Und ich werde PrimeCon aufhalten«, sagte sie bestimmt. »Dazu bräuchte ich nach wie vor Ihre Hilfe.«

Wieder schwieg Nótt auffällig lange.

»Was ist?« Milana überlegte, was sie dem Hacker anbieten konnte. In dieser Zukunft existierte sie nicht. Ihr Unternehmen wurde im besten Fall von ihrem Sohn geführt. *Ich besitze nichts.*

»Ich habe mit dem Thema abgeschlossen«, kam es knapp.

»Das kann ich mir denken.«

»Gar nichts kannst du dir denken, Russenschönchen! Ich habe dreißig Jahre gelitten für diese Tür-Scheiße! Für die Anliegen anderer Leute, die sich nach meinem Unfall einen Scheiß kümmerten«, stieß Nótt abfällig aus. »Und etwas sagt mir, dass diese ganze Kacke von vorne anfangen wird, wenn ich mich auf dieses Terrain zurückbegebe.«

»Sie hacken nicht mehr?«

»Nur noch für mich. Muss ja irgendwie durchkommen.«

Milana fröstelte, als ein Tropfen unter die Regenjacke glitt und vom Hals abwärts rann. Die Person am anderen Ende klang hart und abweisend, daher rechnete sie sich wenig Chancen aus. Zumal sie keinen Anreiz besaß.

Außer... Ihre blauen Augen richteten sich auf das, was von OCP-209 übrig war. Milana verließ das Dach und ging durch das Treppenhaus abwärts. »Wären Sie dabei, wenn ich Ihnen die Überreste dieses Supercyborgs bringe? Erwähnten Sie nicht, dass er viel Geld wert ist?«

Nótt gab ein schnaubendes Geräusch von sich. »Versuchst du gerade, mit mir zu verhandeln? Ich habe doch gesagt, dass mir das zu heiß ist.«

Milana stapfte über den Hof, bis sie vor den Resten des Cyborgs stand. Sie schwenkte die Handykamera auf den mechanisierten Kadaver, schoss Fotos und sandte sie an die Adresse der Hackerin. »Ja oder nein?«

»Was tust du bei *nein?*«

»Mache ich ein Feuer und verbrenne alles.« Das Schweigen wertete sie als stumme Zustimmung. Die Verlockung des fetten Geldes und des technischen Fortschritts, verpackt in die widerlichen Reste einer Menschmaschine. *Ich hab ihn!* »Freut mich, dass wir einig geworden sind.«

»Du bringst mir das Zeug. Gut und unauffällig eingewickelt«, verlangte Nótt. »Ich sorge derweil dafür, dass kein anderer mitbekommt, dass Ulki im Arsch ist. Oder dass dir ein Repoteam die Bude stürmt.«

Milana grinste. *Er ist so was von dabei.* »Erst sagen Sie mir alles, was Sie über einen Vlad Tolstoi-Ehrmann herausfinden können. Dann bringe ich Ihnen dieses Ding.«

Sofort lautete die Antwort: »Einverstanden.«

* * *

DEUTSCHLAND, FRANKFURT AM MAIN, WINTER 2049

Milana fühlte sich bei ihrem Gang durch die taghell erleuchteten, belebten Straßen nicht wohl. Der Eindruck, in die Welt von *Blade Runner* oder einer anderen dystopisch angehauchten Cyberpunkwelt geraten zu sein, verstärkte sich. Technik überall, Schweber und Gleiter, projizierte Werbung auf Gehwegen, Wänden und manchmal sogar direkt auf die Retina, und ständig wurde Milana mit Parolen und Empfehlungen beschallt. Besonders beworben wurden In-vitro-Organe, gezüchtet aus eigenen Zellen und garantiert krebsfrei. Dem gegenüber standen die Versprechen der Hersteller künstlicher Innereien und Augen, deren Cyberprodukte sogar an Kinder und Freunde vererbt werden konnten.

Das ist reichlich irre. Äußerlich war Milana von den herkömmlichen Bewohnern nicht zu unterscheiden, auch wenn ihre Kleidung nicht schick genug für den Bezirk war. Downtown.

Sollte eine Polizeikontrolle auf den Gedanken kommen, sie anzuhalten, hatte sie nichts dabei, außer einer vollautomatischen Pistole und einem umprogrammierten Dig-Y, eines Digital You, das in dieser Welt alles in einem war: Ausweis, Kommunikationsmittel, Abstimmungsgerät für die täglichen Volksentscheide, Überweisungsträger für Geldbeträge und vieles mehr.

Nótt hatte eines aus dem Hauptquartierfundus via Kopplung an Milanas Smartphone und Remote gehackt, sodass auf dem Dig-Y ein aktuelles Foto der Russin erschien. Die restlichen Angaben stimmten nicht, was zunächst keine Rolle spielte. Die Vorbesitzerin war eines der zahlreichen Opfer von OCP-209 Hammerhead aka Ulki. Es würde erst heikel, falls ein Abgleich mit den Registerdatenbanken stattfände.

Milana gefiel der Gedanke nicht, auch wenn Nótt beteuerte, dass derlei nur bei Verbrechern gemacht wurde. Ihre neue Identität, Helga Grün, war zumindest nicht zur Fahndung ausgeschrieben. Es sollte alles glattgehen.

Versehentlich trug sie die Particulae aus Cadarache bei sich. Sie hatte das Röhrchen mit den Steinen in die Manteltasche geschoben und dort vergessen. *Die darf ich auf keinen Fall verlieren.*

»Du bist gleich da«, sagte Nótts verzerrte Stimme in Milanas rechtem Ohr mittels Bluetooth-Stecker. »Ich habe dir eine Zugangs-ID für den Komplex angelegt, sodass du den Fahrstuhl nutzen kannst. Mehr geht nicht. Danach liegt es an dir, wie du mit Vladi umspringst und ihn überzeugst.«

»Okay.« Milana nahm ihr Smartphone heraus, auf dem die Infos zu dem Mann standen. Vlad Tolstoi-Ehrmann gehörte zur Aktivistenszene, die politisch Druck auf PrimeCon ausgeübt und versucht hatten, Abstimmungen zur Zukunft des Konzerns anzuschieben. Doch sein Antrag auf Volksabstimmung hatte nicht die notwendige Mehrheit von einer Million Befürworter gefunden, wohl auch, weil PrimeCon geschickt dagegen gearbeitet hatte.

Inzwischen verstand Milana, dass Volksentscheide in Deutschland an der Tagesordnung waren. Mehrmals täglich wurde regional und überregional abgestimmt, was sie sich reichlich lästig vorstellte. Parkplatzgebühren, Kita-Plätze, Todesurteile, Brotpreise – kein Thema war zu wichtig oder nichtig. Nótt hatte ihr erklärt, dass die meisten großen Unternehmen eine kleine Armee von gekauften Stimmen besaßen, was illegal war, aber selten angeprangert wurde – aus Mangel an Beweisen oder Zeugen.

Milana betrat das Hochhaus, das genau so riesig und hell erleuchtet war wie die übrigen im Downtown-Distrikt. In den oberen Geschossen waren Apartments untergebracht, die sich nur verdammt reiche Menschen leisten konnten. »Du bleibst dabei, dass PrimeCon ihn schmierte?«

»Ja«, antwortete Nótt. »Aus dem Aktivisten ist ein phlegmatischer Mitläufer geworden. Das sagten meine Connections.«

Milana betrachtete die leere Lobby. Vor dem Zugang zu den Fahrstühlen war ein Empfangstisch aufgebaut, der livrierte Concierge dahinter hatte mehrere Bildschirme vor sich und eine Brille, die erkennbar Informationen auf seine Netzhaut projizierte. »Aber warum hatte mein Vater dann seine Telefonnummer und seine Adresse?«

»Er radierte sie doch aus.«

»Ja.«

»Da hast du die Antwort: Er dachte, Ehrmann wäre ein Verbündeter.« Nótt klang zuversichtlich. »Okay, im Fahrstuhl auf Ebene 211. Dann nach rechts und den Gang entlang. Apartment 211/4.«

Milana durchquerte die einsame Eingangshalle, in der digitale Hinweisschilder, Laufschriften und Lasereinblendungen zu verschiedenen Büros, Anlageberatern und Kanzleien führten. »Welchen der Fahrstühle?«, fragte sie im Gehen.

»Gute Frage. Nimm den, der zu den Wohnungen führt.«

Das hatte Milana befürchtet. »Wie komme ich an dem Aufpasser vorbei?«

»Du hast eine Zutrittsberechtigung.«

»Für den Fahrstuhl. Aber wenn er mich fragt? Und anmelden will?« Milana ging langsamer. »Oder dieses Dingi…«

»Dig-Y.«

»Dieses Gerät eben checkt?« Massive Bedenken stiegen in ihr auf. Ihr Versuch, Kontakt aufzunehmen, drohte zu einem Desaster zu werden. »Ich sollte warten, bis Tolstoi-Ehrmann runterkommt.«

»Und in der Lobby abfangen? Was wird er dir dann wohl erzählen? Nichts.« Nótt missbilligte die Hasenfüßigkeit hörbar.

Gut. Ziehe ich es durch. Milana ging mit festen Schritten auf den Lift zu. Sie nickte dem Concierge zu, als würden sie sich schon ewig kennen, und betrat die Kabine. Weder sah der Mann auf noch rief er sie zurück.

Die Türen schlossen sich. Das Innere war komplett verglast; auf einer Wand lief über die ganze Fläche Werbung, auf der anderen blendeten sich Bedienelemente ein.

»Bitte wählen Sie, Frau Grün«, sprach eine wohltemperierte Computerstimme.

Mit dem Dig-Y aktivierte Milana die Steuerung des Fahrstuhls und drückte: 2-1-1.

Die Kabine regte sich nicht.

»Guten Abend, Frau Grün« erklang eine freundliche Stimme. »Hier spricht Concierge Adam. Unsere Datenbank zeigt an, dass Sie nicht in diesem Haus als Bewohnerin gemeldet sind. Wohin möchten Sie in Etage 211?«

»Ich wusste es«, murmelte Milana und rang ihre Aufregung nieder. »Ich habe eine Verabredung, die Sie nichts angeht.«

»Wir haben keine Besuchsanmeldungen, Frau Grün.«

»Dann ist sie vergessen worden.« Der Lift stand still. »Das kann Ihnen ziemlichen Ärger bringen, Concierge Adam.«

»Sag ihm, dass du zu Utenia Orslow möchtest«, riet Nótt. »Das ist eine Diplomatin. Arbeitet für die russische Regierung und ist die Nichte des Präsidenten.«

»Tut mir leid, aber die Vorschriften –«, setzte der Concierge an.

»Mein Besuch gilt Frau Orslow«, unterbrach ihn Milana mit ihrer Stalina-Stimme. »Mehr müssen Sie nicht wissen.«

»Oh. Dann entschuldige ich mich.« Adam klang beeindruckt. »Nichts für ungut, Frau Grün. Richten Sie Frau Orslow beste Grüße aus.«

Schlagartig beschleunigte die Kabine und schoss in die Höhe, sodass Milana den Schwung mit den Knien abfederte. Die Zahlen auf der Anzeige stiegen extrem schnell, der Druck in ihren Ohren änderte sich mehrmals knackend.

»Ebene 2-1-1«, verkündete die automatisierte Stimme, und der Lift hielt an. Die Tür öffnete sich zu einem leeren Flur. »Einen schönen Abend, Frau Grün.«

Die erste Hürde ist geschafft. Milana ging nach rechts, wie Nótt es ihr gesagt hatte, und hielt vor Tür Nummer vier. Laut atmete sie aus. *Jetzt die zweite.* Kurzerhand betätigte sie die Klingel.

Es geschah nichts.

Nach zehn Sekunden Warten versuchte es Milana wieder. Ohne Ergebnis.

Vorsichtig warf sie einen Blick nach rechts und links den leeren Gang entlang. »Können Sie das Schloss hacken, wenn ich es verbinde?«, fragte sie leise.

Nótt lachte. »Klar. Wenn ich mit meinem Kram vor Ort wäre. Aber mit dieser uralten Schrottgurke von Smartphone geht gar nichts in dieser Richtung. Sie hat nicht mal Anschlüsse für –«

»Ja?«, kam es abrupt aus dem kleinen Lautsprecher neben der Tür von Apartment vier. »Wer sind Sie?«

Milana fuhr verdattert zusammen. »Hallo. Mein Name ist Milana Nikitin. Ich bin die Tochter von Sergej Nikitin.«

»Dein echter Name? Das ist mutig«, kommentierte Nótt. »Und dumm. Weißt du aber selbst.«

»Sonst würde er mich nicht reinlassen«, raunte sie.

»Noch bist du nicht drin.«

Der Mann an der Gegensprechanlage hustete feucht. »Ich kenne keinen Professor Nikitin.«

Milana musste lächeln. »Ich sagte nicht, dass er Professor ist.«

Nótt lachte laut in ihrem Ohr.

»Gehen Sie weg!«

Abwimmeln wirst du mich nicht. Milana blickte wieder nach rechts und links. Noch war sie alleine auf dem Flur. »Herr Tolstoi-Ehrmann, mein Vater hatte eine Aufgabe in dieser Welt. Ich möchte sie beenden.«

»Ich kenne Sie nicht. Und … diesen Mann auch nicht. Das … das mit dem Professor war geraten«, stammelte er.

»Schön. Rufen Sie den Sicherheitsdienst, der mich rauswirft. Oder die Polizei«, schlug Milana mit Stalina-Stimme vor und schwitzte unter ihrer Kleidung wie bei ihrer allerersten Unterhaltung mit einem Oligarchen, der ein ganzes Zirkuszelt mit Akrobaten, Tieren und Elefanten hatte haben wollen. »Ich bin sicher, ich kann denen viele Dinge von Ihnen und meinem –«

Summend sprang die Tür auf.

Dahinter stand Vlad Tolstoi-Ehrmann, ein Mittdreißiger in einem schwarz-weiß karierten Hausmantel, die Füße in goldenen Slippern. In der Rechten hielt er eine futuristisch anmutende Pistole, die Mündung war auf die Besucherin gerichtet. »Kommen Sie rein. Langsam.« Die Glatze schimmerte wie poliert, Schnauz- und Kinnbart wirkten übernatürlich dicht und schwarz.

»Das wird knifflig. Er hat Störvorrichtungen installiert. Das Signal kommt nicht mehr so gut durch«, warnte Nótt. »Zu unserem Glück ist das System auf eine solche alte Mühle wie deine nicht ausgerichtet. Kann ja keiner ahnen, dass du einen Oldtimer dabeihast.«

Milana machte einen Schritt über die Schwelle und hob die Arme. »Ich will nichts Böses, Herr –«

»Sagen Sie Vlad zu mir.« Er dirigierte sie in das Wohnzimmer, von dem man einen Überblick über Downtown und die Gebiete jenseits des Mains hatte. Frankfurt schien unendlich groß geworden zu sein. »Dig-Y. Zeigen Sie mal, wer Sie in Wahrheit sind.«

»Die Wahrheit sagte ich Ihnen.« Sie reichte ihm den elektronischen Ausweis. »Das hier wird Ihnen nichts nützen. Ist gehackt«, erklärte sie. »Ich komme aus der Vergangenheit. Wie mein Vater.«

»Langsam, langsam«, warf Nótt ein. »Du weißt nicht, was er alles weiß oder wie der Kontakt zu deinem Vater aussah.«

Vlad nahm ihr gegenüber Platz, die Pistole blieb auf Milana gerichtet. Er langte nach der Sonnenbrille in der Ablage und setzte sie auf. Die aufgequollenen Augen verschwanden hinter einem blauen und einem grünen Glas. »Wieso kreuzen Sie hier auf? Ist das ein Test von PrimeCon? Indem Sie sich als die Tochter des Verrückten ausgeben?«

»Wieso denken Sie, dass mein Vater verrückt war?« Milana musste sich das Lachen verkneifen. Der Mann sah aus, als sei er aus einem Heim für Modeverbrecher ausgebrochen.

»Weil er genau das Gleiche sagte wie Sie.« Vlad legte einen Arm auf die Seitenlehne. »Gleich nach der Sache mit Lithos und PrimeCon, die Versuche damit machten. Experimente, die Hunderttausende umbringen könnten.«

»Na schön, sie hatten Kontakt«, gab Nótt zu.

»Sie weigerten sich, ihm zu helfen«, führte Milana fort. »Obwohl Sie zu den Aktivisten gehörten, die einst gegen den Konzern vorgingen.«

»Ich bin doch nicht bescheuert.« Vlad senkte die Waffe. »PrimeCon finanziert mir mein schönes Leben. Und das Heim für meine todkranken Eltern. Dafür, dass ich still bin. Nachdem ich vergeblich versuchte, diese Schafe da draußen aufzurütteln und sie nicht mal blökten, als sie die Wahrheit sahen, dachte ich: Fick. Die. Penner.« Er schob die Brille nach vorne auf die Nase und musterte Milana über die Ränder hinweg. »Lieber ein Teil des Systems und oben mitspielen als dagegen kämpfen und erledigt sein.« Deutlich ruhiger als zuvor erhob er sich und trat an die Bar, goss sich Matchamilch ein. Die Pistole ließ er auf dem Tisch liegen. »Ihr Vater rief mich aus heiterem Himmel an und faselte auch dieses Zeug. Aber ich weiß, dass es ein Test war.« Er prostete ihr zu. »Wie Sie. Grüßen Sie mir PrimeCon. Ich habe schön mit dem Schwanz gewedelt und nicht einen miesen Satz gesagt. Jetzt verpissen Sie sich!« Er zeigte mit dem Matchamilchglas zur Tür. »Bitte die nächste Inspektion durch den Aufsichtsrat oder wen auch immer erst in einem Jahr. Sie rauben mir meine Zeit.«

»Scheiße«, sagte Nótt lakonisch. »So ein unrasierter Pimmel.«

Jetzt verstehe ich, warum Batjuschka ihn aus seinen Notizen entfernte. Milana blieb sitzen. »PrimeCon hat ein Druckmittel gegen Sie. Deswegen radierte mein Vater Sie aus seinem Notizbuch. Um Sie und Ihre Eltern nicht in Gefahr zu bringen.« Sie legte eine Hand auf ihr Herz. »Ich habe selbst einen Sohn, Vlad. Und für ihn mache ich das. Damit der Konzern mit den Experimenten um Lithos nichts anrichtet, was ihn das Leben kostet.«

Vlad hob die Augenbrauen und deutete erneut auf den Ausgang.

Milana dachte nicht daran, vom Stuhl aufzustehen. »Wenn Sie mir nicht helfen können oder wollen, nennen Sie mir eine Adresse, wo ich jemanden finde, der das möchte.«

»Ja, klar.« Vlad lachte höhnisch. »Als würde noch irgendeiner von denen mit mir sprechen.«

»Ich will in die Zentrale von PrimeCon einsteigen. Sobald ich rausgefunden habe, was sie genau mit diesem Lithos vorhaben, bringe ich es in die Öffentlichkeit«, redete Milana weiter. »Die Aktivisten können eine Volksabstimmung einleiten. Gegen den Konzern. So funktioniert das doch in Ihrer Zeit?«

Vlad betrachtete sie erneut. »Mh.« Er steckte ihr gefälschtes Dig-Y in eine Buchse, las es aus und aktivierte Prüfprogramme. »Sie haben sich die Kennung einer Vermissten zugelegt«, sagte er nach ein wenig Tippen und setzte die Brille ab, klemmte sie sich an den schwarz-weiß karierten Bademantel. »Das ist ziemlich riskant. Der Concierge hätte es merken können.« Er warf ihr einen schwer zu deutenden Blick zu. »Das würde ein Konzern niemals tun. Dafür kommt man in den Knast.«

»Sind Ihre Programme offiziell zugelassen für Privatleute?« Milana atmete innerlich auf. Vlad schien seine eigene Theorie über ihr Auftauchen infrage zu stellen.

»Nein. Schert mich nicht.« Vlad trank die Milch in langen Schlucken aus, ohne Milana aus den Augen zu lassen. Dann stellte er das leere Glas ab. »Was mache ich mit Ihnen?«

»Unterstützen wäre gut.« Sie lächelte. »Ich gewähre Ihnen Zugriff auf alles, was mein Vater herausgefunden hat. Lithos ist gefährlich und muss aufgehalten werden.«

Er wischte sich den Mund ab. »Sie haben mich zumindest nachdenklich gemacht.«

»Sie trafen meinen Vater nie?«

»Nein. Ich hielt ihn genau wie Sie für einen Test. Und das könnten Sie immer noch sein. PrimeCon ist reichlich gewieft.« Vlad grübelte. »Ich ziehe mir was an, und danach gehen wir ein bisschen spazieren. Wenn Sie wirklich aus der Vergangenheit stammen, muss das alles sehr beeindruckend auf Sie wirken.«

Nein! Ich laufe keinesfalls stundenlang durch die Gegend. »Das ist Zeitverschwendung.«

»Für mich nicht. Ich habe ausgerechnet heute nichts vor.« Vlad lächelte gewinnend. »Noch haben Sie mich nicht überzeugt. Eine gut aussehende Falle mit Wagemut, aber weiß ich, wie viel Ihnen PrimeCon dafür zahlt?« Er verließ das Wohnzimmer. »Nicht abhauen«, rief er im Gehen.

»Er hat eine Verbindung geöffnet«, erklärte Nótt in Milanas Ohr.

»Haben Sie das System gehackt? Ich dachte –«

»Der Pfosten hat dein Dig-Y bei sich ins System eingesteckt. Was denkt er, was ich damit mache?« Nótt lachte böse. »Und schon gehört sein Apartment mir.«

»Mit wem telefoniert er?«

»Die Nummer ist eine mobile. Warte, ich suche … oh, eine randomisierte.«

»Eine *was?*«

»Die Verbindung springt alle zwei Sekunden im IP-Anschluss, schwer nachzuverfolgen. Das macht die Unterhaltung etwas abgehackt, aber reichlich sicher.«

»Wir wissen also nicht, wen er anruft?«

»Nein. Das kann PrimeCon sein. Oder seine Homies aus der alten Zeit.« Nótt hüstelte. »Ich hätte dann gerne die Überreste von Ulki. *Bevor* du diesen Spaziergang machst.«

»Sie liegen am Gebäude, neben den Planen. Ich habe ein paar Granaten drum herum verteilt«, erklärte Milana und gab sich Mühe, glaubhaft zu klingen. »Sie können es sich einfach nehmen. Achten Sie auf die gespannten Drähte.«

»Scheiße, nein! So läuft das nicht.« Nótt stieß die Luft aus. »Du sollst mir die Sachen bringen. Das war die Abmachung! Fuck! Ich brauche …«

Vlad kehrte in einem recht bunten Anzug zurück, der dermaßen eng saß, dass Milana jede Naht der Unterwäsche und die Umrisse seines Genitals sah. Auf dem Kopf trug er einen weißen Hut, der Stoff des umgelegten Mantels zeigte einen Ausschnitt des Dalí-Gemäldes *Brennende Giraffe*, auf dem sich alles bewegte. Computergesteuerte Miniatur-LEDs.

»Gehen wir eine Runde.«

Milana kannte exzentrische Kunden aus ihrem alten Leben und hatte schon jede vorstellbare Modeentgleisung gesehen. Bis eben.

»Gut«, brachte sie über die Lippen und konnte nicht hinschauen, weder auf den Anzug noch auf die Genitalien.

Was ihr jedoch nicht entgangen war: *Vlad hat seine Waffe eingesteckt.* Entweder der Ausflug brachte sie an gefährliche Orte, oder er führte etwas im Schilde.

* * *

»Der kultivierte Mensch hat seine Energie nach innen, der zivilisierte nach außen.«

Oswald Spengler: Der Untergang des Abendlandes.
Umrisse einer Morphologie der Weltgeschichte,
Band 1 (1918)

KAPITEL VIII

DEUTSCHLAND, FRANKFURT AM MAIN, WINTER 2049

»Ihr erster Einsatz nach der Sache im Working Class Diner, Direktorin. Wie fühlt es sich an?«

Tessa Falkner prüfte den Sitz des Magazins in ihrer langläufigen Maschinenpistole, die sie im Beinholster trug. »Gut.«

Als Mitglied einer Percutor-Einheit war sie in die schwarze Rüstung mit dem weißen Emblem auf der Brust gekleidet, die Abzeichen auf der Schulter bezeugten ihren hohen Rang. Ihr Vollhelm, gefüllt mit Elektronik, lag auf dem Sitz der schwarz lackierten und schusssicheren Maschine. Das Motorrad war dank der Symbole leicht jener Polizeispezialeinheit zuzuordnen, die stets dann zum Einsatz kam, wenn es um die Staatssicherheit ging oder um besonders gefährliche, gewaltbereite Verbrecher.

Tessa spürte die Blicke der anderen leichtgepanzerten Ordnungshüter, mit denen sie im Abendeinsatz war. Ehrfürchtig, beeindruckt. Mit knapp über fünfzig hätte sie längst aufhören können. Nach dem Vorfall im Containerhafen vor einigen Wochen, bei dem sie beinahe ums Leben gekommen wäre, hatte sie darüber nachgedacht. Aber im Krankenhaus war ihre Entscheidung zugunsten des Dienstes ausgefallen.

Seitdem galt sie in Polizeikreisen als Legende.

Tessa richtete sich auf und sah auf den gesperrten Wohnblock *Hyperion,* der jenseits des Mains lag, abseits von Downtown. In den baulichen Geschmacksverirrungen des Viertels lebten vor allem reiche Leute. Der Architekt hatte den Stil der 1980er wiederentdeckt und ihn leicht modernisiert, Balkone angebracht und viel Kunststoffkupfer aufs Schrägdach geknallt. Es machte den Klotz nicht schöner. Ringsherum gab es eine vorgetäuschte Grünanlage, die überwiegend aus langlebigem Recyclingplastik und ein paar gut gemachten Projektionen bestand.

Die Halswunde, die sich Tessa vor einigen Wochen im Diner zugezogen hatte, pulsierte, obwohl sie längst verheilt war. *Phantomschmerzen. Oder ein Zeichen?* Sie wischte den Gedanken fort.

»Gehen wir rein.« Sie nahm den Helm und setzte ihn auf die kurzen, frisch dunkelgrün gefärbten Haare.

Sofort leuchtete auf dem Innendisplay eine Umgebungskarte auf. Mehrere Überwachungsdrohnen umschwirrten das Gebäude, in dem eine illegale Veranstaltung junger Leute stattfand, die man in Tessas Jugend entweder Rave- oder Abrissparty genannt hatte.

Tessa schaltete via Augensteuerung zwischen den projizierten Bildern hin und her. *Sehr viele Menschen. Zu viele.* Aber für den Kinderkram war sie nicht angefordert worden.

»Die Partygänger sind überall verteilt«, hörte sie den Einsatzleiter über Funk sagen. »Schätzungsweise zweihundert Personen, alle um die zwanzig bis fünfundzwanzig Jahre.«

»Ich sehe es.« Tessas blaugraue Augen suchten nach dem Tracersignal. Ihr persönlicher Schützling befand sich im zweiten Stock, unauffällig markiert mit einem Metallplättchen an seinem Schuh. »Ich kümmere mich um Eleganza. Sie haben freie Hand, Oberkommissar. Anzeigen liegen nur gegen Ronya und Jim Lugis vor. Die Geschwister sind zu verhaften. Lösen Sie den Spuk auf, und entfernen Sie die Leute. Bei Widerstand ist der Einsatz von beruhigenden Maßnahmen und anschließender Arrest geboten.«

»Verstanden, Frau Direktorin.«

Dass die Polizei mit drei Dutzend Einsatzkräften und einer Percutorin anrückte, war dem Umstand geschuldet, dass es sich bei dem gesperrten Block um Privateigentum handelte und die Party ohne Genehmigung stattfand. Präziser, um das Privateigentum eines wohlhabenden Mannes, der enge Kontakte zur Regierung pflegte und seine eigenen Kinder angezeigt hatte, während er auf einer Insel in der Dominikanischen Republik weilte. *Beruhigende Maßnahmen* umfasste vom Schlagstock bis zur Faust und Tasern alles, was Widerstand brach.

Für Tessa war etwas anderes interessant: *Eleganza, du mieses Stück Scheiße.* Sie fokussierte den Punkt im Gebäudeplan. Ihr Ziel. Die Dealerin mit höchster Gewaltbereitschaft, einem gehörigen Waffenarsenal und panzerbrechender Munition stand seit geraumer Zeit auf Tessas persönlicher Abschussliste.

Buchstäblich.

Eleganza vertickte *Voy,* kurz für *Voyage,* eine Designerdroge, die nach einmaligem Genuss hochgradig abhängig machte und beim Absetzen innerhalb von 48 Stunden ohne medizinische Betreuung zum Tod führte. Die Party der Reichen und Schönen und Jungen erschloss Eleganza neue Kundenkreise im höherpreisigen Segment.

Den Trick mit dem foliendünnen Metallplättchen, das nichts anderes als ein Hightechsender war, hatte sich Tessa einfallen lassen. Ein bezahlter Spitzel hatte ihn am Morgen erst in der Profilsohle der Dealerin angebracht. Es würde nicht lange dauern, bis Eleganza ihn bemerkte.

Aber dann ist es zu spät.

»Zugriff!«, schallte der Befehl des Einsatzleiters in Tessas Helm, und die Polizisten in den leichten, hellgrauen Panzerungen drangen durch die Haustür und die Garage ein.

Tessa erklomm stattdessen die Fassade und gelangte binnen Sekunden auf einen Balkon, flankte sportlich über das Geländer.

Vor Schreck aufschreiend wichen die jungen Männer und

Frauen vor ihr zurück. Zwei hoben reflexhaft die Arme und schüttelten sich die Getränke über die Kleidung, drei warfen ihre illegalen Eeshas weg. Eine Percutorin hatte eigene Regeln und Definition von hartem Zugriff, die zu Recht gefürchtet waren.

Ich fühle mich geschmeichelt.

»Aus dem Weg«, scheuchte Tessa sie über die Außenlautsprecher des Helmes zur Seite und spurtete ins Innere. »Versucht ihr abzuhauen, gibt's Arbeitsstunden.« Sie ließ ihre Stimme rauchig klingen, um mehr Eindruck zu machen.

Noch vor dem Eintreffen der regulären Einsatzpolizei erreichte sie den Raum, aus dem Eleganzas Tracersignal kam.

Die Feiernden befanden sich bereits in hellem Aufruhr, die surrenden Drohnen vor den Fenstern, und die lauten Durchsagen waren gehört worden. Doch das Voy in ihren Synapsen bewirkte eine fatale Mischung aus Heldenmut, Trotz und Schmerzunempfindlichkeit.

Sie haben sich bewaffnet. Auch deswegen hasste Tessa dieses Zeug. Jemand unter Voy konnte nur bewusstlos verhaftet werden. Oder erschossen. Mit rechts zog sie ihre Maschinenpistole. »Alle runter!«

Die Männer und Frauen in den teuren Aufmachungen hielten in ihren Händen, was immer sich zum Schlagen und Stechen einsetzen ließ. Flaschen, Lampen, Eispickel, Messer, Fleischklopfer, Kaminhaken. Am anderen Ende des Saales stand die perfekt gekleidete Eleganza mit ihrer blonden Löwenmähne, ein breites Lachen auf den Lippen, wie eine Herrscherin, die ihre Truppen gegen die Widersacher aussandte.

»Dann eben so.« Tessa zog zwei Schockgranaten von ihrem Gürtel und schleuderte sie in den Raum.

Mit Knall, Blitz und einer dichten Wolke aus hochgradig wirksamem Capsaicin gingen die Sprengkörper hoch.

Kollektiv aufschreiend sank die aufgeputschte Meute in die Knie, hielt sich zuerst die Ohren zu; gleich danach rieben sich die Männer und Frauen die gereizten Augen, was es nur schlimmer machte. Die ersten brachen krampfend und kotzend zusammen.

Tessa rannte durch ihre gelichteten Reihen und drosch die Übermotivierten, die sich trotz Tränenblindheit und Atemnot gegen sie stellten, mit dem langen Lauf ihrer MP zu Boden.

Eleganza trat den Rückzug auf die Terrasse an, die Vorhänge wehten hinter ihr im eisigen Wind.

»Du bist verhaftet«, schrie Tessa und schoss der Dealerin mehrmals in den Rücken. Die aufstiebenden Funken verrieten, dass Eleganza eine Panzerung unter ihrer exklusiven Aufmachung trug. *Elende Voy-Hure!* »Bleib stehen oder ich schwöre dir, dass ich deinen toten –«

Eleganza zog eine Pistole mit dickem Lauf und erwiderte das Feuer anhaltend, sprang dabei über die Brüstung in die Tiefe; die Detonationen wummerten, das Kaliber musste groß sein.

Bitch! Tessa ließ sich auf die Terrasse fallen und entging den schlecht gezielten Schüssen.

Beim Blick über die Schulter sah sie die faustgroßen Löcher, die in der Wand klafften, und wie sich zwei Männer und eine Frau in ihrem Blut wälzten. Die Kugeln hatten Mauer und Körper durchschlagen.

»Heilige Scheiße.« *Panzerbrecher. Dafür stirbt sie auf der Stelle.* Fluchend sprang Tessa auf die Beine und rückte langsam bis an den Rand der Brüstung vor, zielte, suchte. Die Drohnen befanden sich rings um das Gebäude, aber lieferten ihr keine passenden Bilder. »Zentrale, wir brauchen Sanitäter im zweiten Stockwerk. Eleganza hat das Feuer auf Unbeteiligte eröffnet. Ziehe sie aus dem Verkehr.«

»Verstanden, Direktorin.«

Wenigstens der Tracer zeigte an, wohin sich die Dealerin abzusetzen versuchte.

Nein. Bloß nicht! Tessa sprang in die Tiefe und hetzte quer durch die Grünanlage hinter der Frau her; dabei verwünschte sie den Umstand, ihr Motorrad auf der falschen Gebäudeseite abgestellt zu haben.

Sie verzichtete auf weitere Rufe. Eleganza würde sich niemals ergeben. Sie hob ihre Maschinenpistole, die elektronische Zielhilfe im Helm unterstützte das Anvisieren durch grüne und rote Signale, und schoss auf die Beine der Flüchtenden.

Nach der dritten Salve begann die Verbrecherin zu hinken. Aber sie gab nicht auf und betrat das verwüstete Gebiet, in dem sich einst Konzerntruppen die Zähne an einem entflohenen Cyborg ausgebissen hatten.

»Direktorin!«, kam es alarmiert über ihren Helmfunk. »Sie betreten Sperrgebiet! Gehen Sie nicht weiter!«

»Ich weiß, wohin diese Schlampe flieht.«

»Direktorin, ich mache Sie darauf aufmerksam, dass es sich dabei um Privateigentum handelt. Ich darf Ihnen keine Drohnen zur Unterstützung schicken. Ohne eine Erlaubnis von –«

»Ich *bin* die Erlaubnis«, kürzte Tessa die Unterhaltung ab. »Ich melde mich und erzähle, wie es ausgegangen ist.«

In der nächsten Sekunde war Eleganza vor ihr in einem Einschlagkrater verschwunden.

»Das rettet dir deinen knochigen Arsch nicht«, versprach Tessa finster. Die im Display eingeblendete Spur des Tracers führte mitten in die Ruine, die wie ein Mahnmal aus dem umgebenden Brachland aufragte und an die Herrschaft des verrückt gewordenen Cyborgs erinnerte.

Was denkt sich die Schlampe dabei? Will sie dem Irren Voy verkaufen, wenn er aufkreuzt?

Im Gegensatz zu allen Science-Fiction-, Cyberpunk- und anderen futuristischen Romanen hatte es die Menschheit noch nicht geschafft, Mensch und Maschine perfekt zu verschmelzen. Es gab Teilerfolge, Implantate von Gliedmaßen und neurale Überbrücker, KI-Bypässe, Ersatzorgane, aber letztlich blieb das fragile menschliche Hirn eine Hürde, welche die Geburt eines neuen Wesens verhinderte. Die nächste Evolutionsstufe ließ auf sich warten.

Dennoch versuchten Konzerne und private Forschungseinrichtungen alles, um diese Sperre zu überwinden, oft mit fatalen Folgen. Eine davon war der OCP-209, eine Mischung aus Frankensteins Monster, Terminator und dem Bösewicht Joker.

RoboCop ist eine Kinderpuppe dagegen. Tessa erinnerte sich an die Horrormeldungen. Der Cyborg hatte eine Schneise des Todes durch die Forschungseinrichtung und Frankfurt gezogen, bis er sich in dem Gelände verschanzt hatte und seither nur noch gelegentlich im Stadtgebiet zuschlug. Der schlimmste Serienkiller bisher. Nichts und niemand schien fähig zu sein, ihn effektiv aufzuspüren und zu vernichten. Für schwere Bomben lag die Stadt zu nahe. *Nicht zuletzt ist er scheiße wertvoll.*

Tessa erreichte die Mauer und pirschte sich an den Eingang zum letzten Gebäudekomplex heran. OCP-209 hin oder her, sie würde Eleganza zur Strecke bringen.

Als sie vorsichtig um die Ecke in den Hof des zerstörten Komplexes spähte, sah sie die Dealerin, die neben einem humanoiden verschmorten Oberkörper kniete und mit der Pistole darin herumstocherte. Mit der anderen Hand hielt sie ein Telefon ans Ohr. Entschärfte Granaten lagen ringsherum.

Langsam hob Tessa die MP und visierte den Kopf der Verbrecherin an, die Zielhilfe sprang auf Grün. »Bürgerin …«, sagte sie noch über die Außenlautsprecher ihres Helmes.

Eleganza reagierte, wie von der Direktorin erhofft.

»Fick dich!« Sie drehte sich leicht in der Hüfte und riss ihre riesige Pistole herum.

Tessa zog den Auslöser nach hinten und hielt den Lauf der Maschinenpistole auf den Schädel der Gegnerin gerichtet. Die

Kugeln stanzten ein halbes Dutzend Löcher in Hals und Kopf, löschten das Gesicht der Frau aus. Bis zur Unkenntlichkeit verstümmelt fiel sie um und löste ihre Waffe erst im Fallen aus.

Der Schuss ging weit über die Percutorin hinweg und schlug eine faustgroße Öffnung in die Wand über ihr, Steine und Dreck rieselten auf sie herab.

»Wer sagt's denn«, murmelte Tessa und betrat den Innenhof, die MP im Anschlag. Sollte der irre Cyborg auftauchen, wäre die Pistole der Toten von Vorteil.

Beim Näherkommen erkannte sie, dass es sich bei dem Oberkörper, in dem Eleganza herumgestochert hatte, um einen menschlichen Torso mit künstlichen Bauteilen handelte; der vercyberte Kopf lag zwei Schritte weiter. Der Körper musste enormer Hitze und einer Druckwelle ausgesetzt gewesen sein, die Fleisch und Haut einfach weggeblasen hatten.

Ich werd verrückt. Tessa blickte auf den überraschenden Fund. *OCP-209. Im Arsch.* Sie sah sich um, suchte mit den Helmsensoren nach Wärmequellen in den verlassenen Stockwerken. Alles, was sie beim Durchschalten der Sichtmodi bemerkte, waren die zahllosen Kadaver, die aufgehängt wie in einem Puppenlager von den Decken des Erdgeschosses baumelten. *Wer hat ihn erledigt?*

»Eleganza?«, quäkte es aus dem herabgefallenen Dig-Y. »Bist du sicher, dass dieses Ding zerstört ist?«

Tessa hob das Gerät auf. »Hier spricht Direktorin Falkner, Percutorin. Bürger, Sie machen sich nach Paragraf 21 StGb strafbar, indem Sie ...«

Die Verbindung wurde abrupt unterbrochen, was dem Anrufer wenig nützte. Über Eleganzas Dig-Y ließen sich ihre Kontakte leicht aufspüren und zur Strecke bringen. Der Handel mit Voyage würde in den nächsten Tagen und Wochen zusammenbrechen. *Dafür sorge ich.*

Unschlüssig stand Tessa im Hof.

Die Überreste von OCP-209 waren dem Konzern viel Geld

wert. Geld, das sie gut gebrauchen konnte, sofern sie den Schrott als Privatperson übergab und nicht als Percutorin, wie es als Beamtin ihre Pflicht wäre.

Ich verstecke es und komme später wieder. Nach Feierabend. Aber wer war in der Lage ... Ihre graublauen Augen richteten sich auf die hölzernen, verkohlten Fragmente, die verstreut herumlagen. *Eine Explosion.* Tessa wandte den Kopf in die andere Richtung. *Sie fand dort statt und erwischte den Cyborg.*

Den schwarzen Fleck und die beschädigte Wand hätte sie für die Einschlagstelle einer Rakete gehalten. Aber als sie die tief in den Boden gedrückte weiße Türschwelle ausmachte, kam ihr ein seltsamer Gedanke.

Ein höchst beunruhigender, wie sie ihn vor der Sache im Working Class Diner niemals gehabt hätte.

»Fuck.« Tessa ging zu den Überresten der Tür und wischte den Schmutz ab, sah sich nach weiteren Stücken um, prüfte die weiß lackierten Rahmenfetzen und die Blattsplitter. Außerdem fand sie geschmolzene Metallreste und ein Stückchen eines Klopfers in eleganter Faustform. Im Rahmen steckte ein zersprungener Stein, mattschwarz schimmernd und metallisch glänzend.

Genau wie in dem Ring, den der Mann im Nadelstreifenanzug im Diner getragen und mit dem er einen Lichtblitz ausgelöst hatte. Dieser Spinner namens Ritter, der Tessa etwas über Zeitreisen, Dimensionen, Welten und sonstigen Unfug erzählt hatte. Über Portale und Durchgänge, über eine Halle mit Türen und Hauptquartiere. Über Particulae.

Bevor er ihr das Angebot gemacht hatte, bei ihm und seinen Spinnerfreunden mitzumachen.

Nach ihrer Ablehnung hatten die Geschehnisse eine üble Wendung genommen, die sie in ihrem Bericht verschwiegen hatte. Niemand wusste etwas von dem Kerl und seinem Geschwafel.

Ist das etwa die Tür, von der er sprach? Ist er auch hier? Tessa pulte das Particula aus dem alten Holz und begann eine Runde durch die Gebäude, um nach weiteren Anhaltspunkten zu suchen. Eigentlich wollte sie Ritter niemals wieder begegnen. Doch sollte sich die Gelegenheit ergeben, würde sie sich bei ihm revanchieren. *Für die Schüsse durch meinen Hals.*

»Direktorin Falkner?«, drang es durch den Funk.

»Ich höre Sie, Zentrale.«

Ein Laut der Erleichterung erklang. »Sie leben.«

»Ich will meine Pension noch genießen. Das kann ich nur mit Pulsschlag und den Füßen auf dem Couchtisch.« Tessa durchsuchte Etage für Etage, ohne einen weiteren Hinweis auf Türen zu finden. OCP-209 hatte unfassbar viele Tote gehortet, aus welchen kranken Gründen auch immer. *Ziemlich morbide Gesellschaft.* »Ich bin noch auf der Jagd, Zentrale.«

»Passen Sie bloß auf sich auf, Direktorin. Dieser Cyborg wird sich von Ihrer Uniform nicht aufhalten lassen.«

Tessa sah aus dem Fenster, auf die erschossene Dealerin, neben der die OCP-209-Überreste lagen. »Keine Angst. Ich weiß mich zu wehren.« Sie schloss die Leitung.

Im dritten Stockwerk stieß die Direktorin auf eine Sammlung von Vorräten, die sich sehen lassen konnten. Von Nahrung über Kleidung, Waffen und Munition sowie etliche Dig-Ys, die wahrscheinlich den Toten im Erdgeschoss gehört hatten, war alles vorhanden.

Der Cyborg brauchte keine Vorräte. Tessa verglich die Barcodes und Registrierungen mit den Polizeidatenbanken, die sie zu gemeldeten Einbrüchen und Diebstählen führten. Sie nahm an, dass sich eine Widerstandsgruppe, militante Prepper oder ein Haufen Gesetzloser auf dem Areal ihr Quartier eingerichtet hatten, bis OCP-209 erschienen war und sie eliminiert hatte. *Ein gemachtes Nest.*

Mitten in Mischung aus Ordnung und Chaos lagen blutige Kleidungsstücke, die zu unmodern waren, sowohl vom Schnitt als auch den Materialien, um aus diesem Jahrzehnt zu stammen. *Sicherlich dreißig Jahre zu alt.* Wieder dachte sie an Ritter, den Mann im Nadelstreifenanzug, und Erinnerungen blitzten auf. Sie nahm die beschädigte, schmutzige Garderobe genauer unter die Lupe: ein Businesskostüm in Schwarz, ein weißer Seidenschal, dunkle teure Unterwäsche in Größe 34. Im Geldbeutel fand sich ein uralter, längst abgelaufener russischer Reisepass. Sie ließ sich die kyrillischen Worte darauf von einem Programm übersetzen.

»Personenabfrage«, befahl Tessa dem Computersystem im Helm. »Milana Nikitin, geboren am 24. November 1991 in Moskau, damals russische Föderation«, murmelte sie. »Wohnhaft in Sankt Petersburg, Nevsky Prospekt 84.«

»Individualcode?«

»Nicht vorhanden. Freisuche.«

Das Wartesymbol blinkte für zehn Sekunden auf. »Nicht gefunden«, sprach die Computerstimme. »Die Person ist nicht in den Datenbanken von deutschen und europäischen Beförderungseinheiten erfasst.«

Das war unmöglich. Damit hätte Milana Nikitin weder ein Flugzeug noch einen Schnellzug benutzen können, an keinem Ort der Welt. »Vermisstenanzeigen in Deutschland?«

Wieder suchte das System. »Keine in den letzten zehn Jahren.«

»Weiter zurück«, befahl Tessa und kramte sich durch den Geldbeutel, bis sie das Bild eines Jungen fand. *Vermutlich ihr Sohn.* Sie machte sich keine großen Hoffnungen, irgendetwas Offizielles über die russische Staatsbürgerin herauszufinden, aber manchmal half der Zufall. *Sie hat ihre Papiere zurückgelassen. Sie kommt also wieder.*

Tessa entschied, auf die Unbekannte zu warten, die höchstwahrscheinlich etwas mit der zerstörten Tür im Hof zu tun hatte. *Ich komme hinter das Geheimnis.* Sie vermutete, dass die Frau zum Netzwerk des Anzugträgers gehörte. Der vernichtete Durchgang konnte Absicht oder Unfall gewesen sein. *Das kann sie mir erklären.* Zur Fahndung wollte Tessa sie nicht ausschreiben. *Zu viel Aufmerksamkeit.*

Nochmals durchsuchte sie das Stockwerk und stieß dabei auf eine Kladde mit Unterlagen, die in Kyrillisch verfasst worden waren. Tessa konnte kein Russisch und ließ sich von der Kamera und der Übersetzungssoftware ihres Helmes helfen; teilweise waren die Aufzeichnungen jedoch codiert.

Was in den wenigen verständlichen Sätzen stand, machte ihr Leben noch komplizierter, als es bis eben bereits gewesen war. *Wenn das stimmt, dann ...*

Auf dem Hof erklang das Surren mehrerer Drohnen.

Tessa überlegte blitzschnell und zog ihre Maschinenpistole. Die Polizei konnte es nicht sein, sie hatte hier keine Befugnis. Somit blieben der Konzern, dem das Areal gehörte, oder die Besitzer von OCP-209. *Oder Eleganzas Telefonpartner.*

Gebückt ging sie zum Fenster und sah hinaus.

Drei Rotordrohnen schwirrten wie aufgeregte Fliegen vor und zurück. Mit starken, aber eng konzentrierten Suchscheinwerferkegeln fahndeten sie nach den Resten des Cyborgs. Die leicht zu findenden großen Stücke wie Torso, Kopf und Beinfetzen warfen sie bereits in eine vierte wartende Lastdrohne.

Die gehören mir! Tessa visierte die Steuerung des beladenen Vehikels an. *Ihr klaut mir das nicht.* Schnell löste sie eine Salve aus.

Die Projektile frästen sich durch das dünne Metall, zerschlugen die Abdeckung und brachten die Lämpchen zum Erlöschen. Die Rotoren verstummten, der Apparat landete hart auf dem zerbröselten Asphalt.

Mit der folgenden Garbe erledigte Tessa die ihr am nächsten schwebende Sammlerdrohne, die nach zwei Treffern ins Zentrum rauchend auf den matschigen Boden stürzte und Feuer fing, die Batterien explodierten mit Rauch und Stichflammen.

»Hier spricht Direktorin Falkner«, sagte sie über die Außenlautsprecher, und die rauchige Stimme hallte über den Hof. »Sie entwenden beschlagnahmtes Material. Stellen Sie umgehend ...«

Die zwei verbliebenen Drohnen summten sofort zum lahmgelegten Lastenvehikel. Die geriffelten Zangen schnappten sich den Kopf und den Torso des Cyborgs, um damit in schnellem Zickzackflug das Weite zu suchen.

Tessa feuerte mehrmals, aber auf diese Entfernung und mit dieser Waffe war es trotz Zielhilfe nicht zu schaffen. Ein, zwei Projektile schlugen in den Kadaver ein, doch das ließ die Drohnen nicht innehalten.

»So eine Scheiße!«, rief sie.

Gab sie eine Meldung wegen des OCP-209 raus, konnte sie den Finderlohn abschreiben.

Verließ sie den Posten, um die Verfolgung des milliardenwertvollen Objekts aufzunehmen, verpasste sie vermutlich Milana Nikitin, von der sie dringend einige Dinge wissen wollte.

Vom Regen in die Scheiße. Tessa Falkner musste sich entscheiden.

* * *

DEUTSCHLAND, FRANKFURT AM MAIN,
WINTER 2049

Milana kam dieser Spaziergang an der eisigen, regengeschwängerten Luft vor wie eine einzige Falle. *Er spielt auf Zeit, während woanders Vorbereitungen getroffen werden.*

Nótt hielt sie unterwegs auf dem Laufenden, welche Dinge Vlad gerade tat. Dass er beispielsweise unbemerkt einen Kanal über sein Dig-Y offen hielt, um die Unterhaltung weiterzusenden. Leider konnte sie nicht herausfinden, wer sie heimlich beim Schlendern durch Downtown begleitete.

»Ist das nicht beeindruckend?« Vlad gab den Reiseführer und führte sie an den verschiedensten Gebäuden vorbei, durch Einkaufszentren und Holografiewelten in den Entrees von Konzerngebäuden. Er wurde nicht müde, sie von einem Glasaufzug zum nächsten zu schleusen, die an den Außenwänden auf- und absurrten. Wie auch jetzt.

»Das genügt.« Milana drückte auf den Halteknopf. Die Kabine stoppte mehr als hundert Meter über dem Boden. »Wir waren lange genug unterwegs. Sie werden mir endlich sagen, was –«

Vlad verzog das Gesicht und aktivierte den Lift wieder. »*Das* würde ich nicht machen. Bei einem Halt zwischen den Stockwerken erfolgen automatische Sicherheitsabfragen, was mit einem gehackten Dig-Y keine sonderlich erstrebenswerte Sache ist.« Auf Etage 187 endete die Fahrt, die Türen glitten auseinander. »Hier entlang. Dann bekommen Sie weitere Ausblicke. Und Einblicke.«

Sie verließen den Fahrstuhl und betraten einen Korridor, deren Plüschteppich verriet, in welcher Art Etablissement sie gelandet waren.

»Ist das ein Bordell?« Milana folgte Vlad schräg versetzt. Der Mantel flimmerte dermaßen hell, dass es in den Augen schmerzte. Sie ahnte, weswegen der Glatzkopf die Sonnenbrille trug.

»Es sind Multifunktionsräume. Anmietbar und mit jeglicher Zusatzleistung zu buchen. In unserem Fall« – Vlad steckte sein Dig-Y in den vorgesehenen Slot von Zimmer 33, und die Tür schwang auf – »dachte ich an etwas zu essen.«

Er ging vor und machte Platz, damit sie sah, was er aufgefahren hatte.

Auf Milana wirkte der Raum wie ein kleines Loft mit Liege

und großem Esstisch sowie einer Anrichte und Schrank. Theoretisch konnte darin alles betrieben werden, auch horizontales Gewerbe.

Die breite Fensterfront erlaubte den Blick auf die hell erleuchteten Gebäude ringsherum, die sich nach oben und unten fortsetzten. Die Linien mehrerer Hochbahnen kreuzten sich, im Sekundentakt donnerten die hängenden Wagen vorüber. Schweber und Gyrokopter rauschten am Glas vorbei, darunter einige Imbissanbieter, welche die belebten Dachterrassen ansteuerten.

Auf dem Tisch standen ein Obstkorb und einige hübsch angerichtete Süßigkeiten, kein Vergleich zu der weniger erfreulichen Gaumenqual der militärischen Essensrationen.

»Wein, Wasser, Sekt, härtere Getränke«, zählte Vlad auf und deutete auf ein kleines Fach mit Eingabefeld und Sprachsteuerung. »Was immer Sie möchten.« Jede seiner Bewegungen führte er bedächtig aus, auch sprach er plötzlich sehr langsam, als redete er zu einer geistig Zurückgebliebenen. »Sie sagen, was Sie wollen, und der interne Aufzug liefert es uns.« Er setzte sich an das rechte Kopfende und deutete auf die Fensterfront. »Ach, Greater Mainhatten. Man muss diese Stadt einfach lieben.« Er nahm sich einen Apfel und biss ab, dazu goss er sich vom bereitstehenden Wasser ein. »Setzen Sie sich.«

»Sie wollen *jetzt* reden?«

»Bitte sehr.« Er deutete affektiert auf den Platz ihm gegenüber. »Fragen Sie mich.«

»Warum sind Sie plötzlich so direkt?« Milana fiel im gleichen Moment auf, dass Nótt aus ihrem Ohr verschwunden war.

»Diese Räume sind abhörsicher. Keinerlei Signale gehen rein oder raus. Nur die interne Sprecheinrichtung ist nutzbar. Jetzt kann ich sichergehen, dass Sie nicht hinter meinem Rücken Pläne schmieden, die mir nicht gefallen.« Vlad grinste breit und warf den Mantel ab, das Bild darauf erlosch. »Haben Sie damit ein Problem?«

»Und wenn es so wäre?«

Er deutete mit dem angebissenen Apfel auf die Tür, mit der anderen setzte er die Sonnenbrille ab. Erneut tat er alles wie in Zeitlupe. »Bitte sehr. Es steht Ihnen jederzeit frei zu gehen. Ich halte Sie nicht auf. Aber da *Sie* etwas von *mir* wollen und nicht umgekehrt, denke ich, dass Sie bleiben werden.« Vorsichtig zog er seine Pistole aus dem Gürtelholster und legte sie vor sich. »Ich weiß, dass Sie bewaffnet sind. Es steht unentschieden.«

Milana setzte sich ihm gegenüber und zückte ebenfalls ihre Waffe, um sie griffbereit neben sich zu deponieren. »Gut. Reden wir offen. Sie sprachen mit meinem Vater und ließen ihn abblitzen.«

»Leider ja.«

»Weil Sie es für eine Falle von PrimeCon hielten«, fasste Milana zusammen. »Aber Sie unterhielten sich mit ihm und redeten ausführlich mit ihm, habe ich recht?«

»Ganz genau.« Vlad aß vom Apfel. »Ich möchte weder meine Privilegien noch meine Eltern verlieren. Der Konzern ist die Pest. Die Geißel der Menschheit, ohne dass sie davon weiß. Was als kleines, verlachtes Unternehmen begann, ist heute bis in jede Nische des Lebens vorgedrungen. Und des Sterbens.« Er legte das Überhebliche ab. »Ich gehörte dem Widerstand an, ja.«

Er spielte mir die ganze Zeit etwas vor. Milana verstand, warum er sie an der Nase herumgeführt hatte. *Zu seiner eigenen Sicherheit.* Nun kam sie endlich an Informationen. Wichtige Informationen. »Was wissen Sie über Lithos? Was hat Ihnen mein Vater anvertraut? Und was können Sie über das Hauptquartier von PrimeCon sagen? Ich will dorthinein.«

Er legte den Strunk auf den Tisch und wischte sich die

Hand am Hosenbein ab. »Sie haben Interesse an den Plänen, nehme ich an. Die vom Innenaufbau des Gebäudes.«

Seine langsame Sprechweise ging ihr auf die Nerven. Er zelebrierte sich. *Oder kommt es mir nur so vor, weil es mir nicht schnell genug geht?*

Unversehens sprang die Eingangstür auf.

Drei Männer und zwei Frauen traten ein, gekleidet in dicke Mäntel, mit Wollschals und Mützen gegen die Kälte bis zur Unkenntlichkeit vermummt.

Doch eine Falle! Milana griff sofort nach ihrer Pistole und richtete die Mündung auf sie, während Vlad die Neuankömmlinge mit einer lässigen Handbewegung grüßte.

»Wer sind die?«, zischte Milana.

»Alte Freunde. Von früher.« Er lächelte. »Ich dachte, es wäre von Vorteil, jemand vom Widerstand einzuladen, der Ihnen besser helfen kann als ich. Da ich nicht mehr im Geschäft bin.«

Die fünf blieben an der Tür stehen, zogen die Schals von den Gesichtern. Alte Gesichter und junge, mit verschiedenen Hautfarben, nichts Auffälliges oder Besonderes.

»Guten Tag, Frau Nikitin«, sagte der Mann, der ganz rechts stand. Die anderen vier steckten die Hände in die Taschen. Er hatte die tiefbraunsten Augen, die Milana je gesehen hatte. Die langen Haare waren in einem dunklen Rot gefärbt, die Locken erweckten den Anschein von kräuselnden Lohen. »Hallo, Vlad.«

»Hey, Zeljko.« Er deutete auf Milana. »Ich glaube, sie weiß Dinge, mit denen ihr was anfangen könntet, um PrimeCon in die Scheiße zu reiten.« Vlad trank das Glas Wasser in langen Schlucken leer. »Ich kann nicht mehr machen als das.«

»Wissen wir.« Zeljko näherte sich dem Tisch und setzte sich neben Milana. Sein schlichter Mantel roch nach Imbissbude, die Haut war durchzogen von feinen Äderchen. »Frau Nikitin, wir gehören einer Gruppe an, die sich zum Ziel gesetzt hat, die Vormachtstellung der Konzerne zu brechen. Hat Ihnen Vlad schon erzählt, wie es bei uns zugeht?«

Milana sah ihn überrascht an, ihre Anspannung legte sich etwas. »Sie *glauben* mir, dass ich aus der Vergangenheit komme?«

Zeljko nickte langsam. »Wir wissen, dass PrimeCon Experimente betreibt, die in eine ähnliche Richtung gingen. Angefangen hat es vor knapp dreißig Jahren in Cadarache, als die ersten Versuche in einem Testreaktor begannen. Wir haben dank Vlad« – er blickte auf seinen einstigen Weggefährten – »Zugang zu Interna erhalten. Vor etwa zwei Jahren.«

»Was niemals bekannt werden darf«, warf Vlad ein. »Sonst bringen die mich um. Verstanden?«

»Diese Interna belegen, dass die Wissenschaftler des Konzerns vor einigen gewaltigen Durchbrüchen stehen«, führte Zeljko aus. »Sie hätten jetzt schon die Möglichkeit, die Energieprobleme der Menschheit zu lösen. Das und vieles mehr.«

»Abfallprodukte ihrer Forschungen an dem größeren Projekt«, ergänzte Vlad. »Ähnlich wie die Versuche, durch die Zeit zu reisen.«

»Und das ist Lithos.« Milana verstand. *Der Grund, weswegen mein Batjuschka sterben musste.*

»Sie müssen uns alles berichten«, bat Zeljko eindringlich und zeigte auf seine Mitstreiter. »Wir sind der letzte Rest, nachdem sie uns dieses OCP-209 auf den Hals hetzten. Das Ding hat viele von uns –«

Milana richtete sich auf. *Natürlich! Es waren deren Vorräte, die ich fand.* »Die Ruine? Das war ihr Hauptquartier?«

»Ja.« Zeljkos Gesichtsausdruck veränderte sich, Misstrauen wurde erkennbar. »Aber –«

»Dort stand die Tür ... der Durchgang. Dort kam ich raus. Der Rahmen ging hoch, und dabei ist dieser Cyborg in Fetzen gerissen worden«, erklärte Milana atemlos.

Zeljko lachte erleichtert auf. »Verarschen Sie mich?«

»Nein! Ich schwöre es Ihnen.« Milana wollte die Kladde ihres Vaters herausholen, als ihr einfiel, dass sie das Büchlein in dem Gebäude zurückgelassen hatte. Wie auch die Einzelteile des OCP. »Gehen wir zurück. Ich beweise es Ihnen. Sie können Ihr altes Hauptquartier wieder beziehen.«

»Beziehen wäre zu gefährlich. Aber zumindest die wichtigsten Dinge einsammeln und an den neuen Ort schaffen«, erwiderte Zeljko.

»Neuen Ort?« Vlad atmete tief ein. »Kann nicht sehr geräumig sein. Wo ihr nur noch fünf seid.«

»Ist das ein Angebot, wieder bei uns einzusteigen?« Zeljko grinste seinen Freund an. Ruckartig drehte er den Kopf zur großen Fensterfront. »Oh, Scheiße!«

Was? Milana wandte sich zu den Scheiben um. Sie hatte kein Auge für das Huschen und Schwirren der helikopter- und drohnenartigen Fahrzeuge gehabt, die in der diffusen Helldunkelheit der Großstadt vor Fassaden und zugebautem Horizont dahinzogen.

Nun verharrten zwei elegant-gefährlich aussehende Schweber ohne Kennung vor dem Loft auf der Stelle, die seitlichen Schiebetüren geöffnet. Darin saßen maskierte Gepanzerte, die soeben ihre Schnellfeuergewehre in den Anschlag hoben.

Er hat uns an PrimeCon ausgeliefert! Milana wagte es nicht, ihre Pistole zu ergreifen, aus Angst, dass die Angreifer sogleich einen Kugelhagel gegen sie sandten.

»Vlad, du Verräterschwein!«, zischte eine der Frauen.

»Bleibt ruhig«, erwiderte der Glatzkopf gelöst und langte nach dem nächsten Apfel. »Sie haben mir versprochen, dass euch nichts geschieht. Im Arbeitslager.« Vlad sah Zeljko entschuldigend an. »Ich habe kein Geld mehr. Und sie haben meine Eltern.«

»Deine beschissenen Eltern sind längst tot, du Arschloch«,

zischte die Frau von der Tür. »Beschissener Junkie. Für Voy hast du uns verkauft!«

Jedes bisschen Mitleid und Verständnis schwand bei Milana von jetzt auf gleich. Vlad hatte sie von Anfang an benutzt, um sich zu bereichern und seine Kumpels aus dem Versteck zu locken. *Was tue ich nun?*

Im 187. Stock, ohne Nótt im Ohr, zwischen den Fronten und dazu als Objekt der Begierde von Konzern und Widerstand.

Sich PrimeCon zu ergeben war keine Option.

»Was machen wir jetzt?«, erkundigte sich Milana bei Zeljko.

»Nichts«, sagte Vlad und setzte die Sonnenbrille auf. »Die Typen in den Schwebern sichern das Loft.« Er drehte den Stuhl zum Eingang. »Die zweite Truppe wird euch in ein paar Sekunden einkassieren.« Er biss einen weiteren Apfel an, der Saft rann über das bärtige Kinn. »Tut mir leid. Aber ich konnte nicht anders. Wenn mir das Schicksal einen Engel sendet, der mir Voy bis an mein Lebensende garantiert, muss ich die Gunst nutzen. Und –«

Zeljko tauchte unter den Metalltisch ab und warf ihn um, damit er als Deckung gegen den Beschuss aus den Schwebern diente; dabei zog er seine Pistole und schoss Vlad einmal durch den Hals und einmal durch die Brust.

»Nikitin, zu mir!«, befahl er.

Milana sank ungeschickt auf den Boden und kroch hinter den Metalltisch. Auch die vier Männer und Frauen an der Tür hechteten in Deckung.

Das Rattern der gegnerischen Gewehre klang zunächst gedämpft, bis die Kugeln das dicke Glas zerhackten wie tausend Vogelschnäbel. Die Projektile hagelten gegen den stählernen Tisch. Der Lärm war ohrenbetäubend und überdeckte jegliches Geräusch, das von außen hereindringen könnte.

»Bron, Sick, sichert die Tür«, schrie Zeljko. »Die anderen: Tisch nach vorne schieben, ans Fenster.«

Milana half mit, die Deckung zentimeterweise bis an die geborstene Fensterfront zu bugsieren. Wie eine Räumschaufel schob die Tischkante die Glassplitter und Essensreste vor sich her, während der Beschuss aus den Schwebern andauerte.

Ihr Herz klopfte schmerzhaft schnell, ihr war schlecht vor Angst und Anspannung. Es war weder ihre Zeit noch ihre Welt noch das Szenario, in dem sie sein wollte. Entkommen konnte sie nicht, daher stand *nicht sterben* ganz oben auf ihrer Prioritätenliste.

»Ich dachte, die wollen uns lebend«, rief Milana gegen den Lärm.

Die Beulen im Stahl wurden größer. Das Metall drohte zu reißen.

»Die halten uns nur unten«, erwiderte Zeljko. »Sie wissen, dass …«

Die restlichen Worte vergingen im Aufröhren von Maschinenpistolen.

Milana schrie auf, hielt sich die Ohren zu. Das Knallen der Treibladungen schmerzte und schuf ein anhaltendes Fiepen in ihren Gehörgängen.

Die Tür hatte sich geöffnet, schwer gepanzerte Truppen versuchten einen Angriff. Aber Bron und Sick deckten die vordringende PrimeCon-Einheit mit Dauerfeuer ein und zwangen sie zum Rückzug, noch bevor ein Konzerntruppler einen Fuß in den Raum setzen konnte.

»Gib mir die E-Granate«, hörte Milana Zeljko gedämpft sagen.

Ohne den Beschuss zu unterbrechen, langte Bron in ihre Manteltasche und warf ihm einen flaschengroßen Gegenstand zu. Der Anführer fing ihn, betätigte zwei Knöpfe darauf gleichzeitig und schleuderte ihn mit viel Schwung über den Tisch hinaus ins Freie.

»Bereitmachen!«, rief er nach rechts und links.

Milana überlief ein unbekanntes Kribbeln, das ihre Härchen aufstellte und in den Fingerkuppen prickelte. Fadendünne Entladungsblitze huschten von ihr zum Tisch und in den Boden.

»*Jetzt!*«, schrie Zeljko und klappte die Deckung nach vorne um.

Ehe sie fragen konnte, packte er sie am Arm und zerrte sie mit sich – über die Fensterkante hinaus und raus aus dem Hochhaus.

Scheiße, nein! Milana sah die Schweber schwanken und tänzeln, die Entladungsblitze zuckten zwischen den Rotoren, den Bewaffneten und den Antriebsturbinen hin und her.

Einen Lidschlag darauf stürzte Milana abwärts, aus dem 187. Stock in die Tiefe, umgeben von Zeljko und seinen Mitstreitern. *Oh, Gott! Nein, dieser ...*

Während des Sturzes hörte Milana sich selbst schreien. Sie ließ die Pistole los und versuchte irrigerweise, etwas in der Luft zu greifen, um sich festzuhalten.

Der Wind rauschte und pfiff in ihren Ohren, er war eiskalt und trieb ihr die Tränen in die Augen. Den Plan, sich umzubringen, anstatt in die Hände von PrimeCon zu fallen, fand sie überaus scheiße. Doch ändern konnte sie nichts mehr.

Stockwerk um Stockwerk ging es abwärts – bis Milana rücklings in einer harten, nach Gummi stinkenden Wolke landete, die sich als Sprungkissen herausstellte. Der Aufprall war gedämpft, aber trieb ihr dennoch die Luft aus der Lunge.

Laut plumpsten die anderen um sie herum in das Kissen, das sich plötzlich bewegte und abrupt nach rechts schwenkte.

Doch nicht tot! Milana kämpfte mit dem weichen Untergrund, der sich um sie zu wickeln schien, bis sie erneut am Arm gepackt und heruntergezogen wurde. Sie landete auf alle vieren auf einem Gitterboden. Um sie herum jaulten Rotoren auf, als sie unter Volllast gesetzt wurden.

»Hinsetzen und anschnallen«, befahl Zeljko. »Schnell. Sonst kleben Sie gleich an der Decke. Dem Autopiloten wird das egal sein.«

Milana sah nur den Schalensitz in der schwankenden Kabine vor sich und warf sich hinein, fummelte die Schnallen in den zentralen Haltepunkt, verschwendete keinen Blick nach rechts und links.

Es machte *klick,* und das Gefährt, das sie aufgegabelt hatte, beschleunigte härter als die schnellste Achterbahn.

Der Anpressdruck ließ es schwarz vor Milanas Augen werden, und sie spürte jeden Kratzer, jede Wunde und jeden schmerzenden Knochen in ihrem Leib.

* * *

*»Wer Wind und Strom zu seinen Zwecken benutzt,
muß darauf gefaßt sein, daß ihm auch einmal etwas begegnet,
was nicht in seiner Absicht lag.«*

Johann Jakob Mohr:
Gedanken über Leben und Kunst (1879)

KAPITEL IX

DEUTSCHLAND, ANNWEILER AM TRIFELS, SPÄTSOMMER

Wilhelms Finger zitterten. Seine Haltevorrichtung, die ihm das Einsetzen der Particulae erleichtern sollte, arbeitete nicht so wie ausgemalt. Zweimal war das Steinchen aus den Zangen geglitten und auf den dreckigen Boden gefallen. Lange hatte er im Schein der Lampe danach suchen müssen.

Nun aber, verdammt. Behutsam schob Wilhelm das Particula näher an die vorgesehene Stelle, wo er eine Bohrung vorgenommen und die Hülsenhalterung eingeschlagen hatte. Die Legierung war mühsam herzustellen gewesen, doch ein Kinderspiel im Vergleich zu dem Einsetzen des Fragments.

»Langsam«, wisperte Wilhelm vor sich hin, als gehorchten die Finger seinen Worten. »Nicht wieder zu schnell ...«

Es klopfte laut gegen die Tür.

»Herr Pastinak?«, rief der Anführer. »Die Stunde ist gleich um. Und wie ich sehe, ist der Eingang nicht offen.«

Wilhelms Hand zitterte sogleich stärker. Schnell nahm er sie weg, damit sich das Steinchen nicht aus der Haltevorrichtung löste. Keine zwei Millimeter hatten mehr gefehlt bis zur Hülse.

»Sie wissen doch noch, was dann passiert?«, fragte der Anführer.

Das weiß ich. Wilhelm musste sich auf den Schemel setzen, rieb sich über das faltige Gesicht. *Herr im Himmel, lass ein Wunder geschehen!* Er roch das Holz, seinen Schweiß und das Blut, die verbrauchte Luft in dem Kämmerchen, das in Neon- und Lampenlicht getaucht war. Neben ihm erhob sich die

Mastertür, seine einzige Hoffnung, den Albtraum zu verhindern, seinen Lehrling zurückzubringen und diese Wahnsinnigen aufzuhalten.

»Herr Pastinak, ich weiß, dass Sie noch leben.« Der Mann pochte jetzt leiser gegen die Eisentür. »Machen Sie es sich und uns doch nicht schwerer, als es sein muss. Wir lassen die Kinder und die Mutter frei. Sie auch. Wirklich.«

Wilhelm atmete lange aus, barg das Antlitz zwischen den schwieligen Fingern. *Ich muss es schaffen.* Dass sie ihn, Kathrin und die Kinder gehen ließen, glaubte er nicht. Wer einen Mann tötete und über die Geheimnisse der Türen Bescheid wusste, benötigte keine Zeugen. *Vor allem keine Mitwisser.*

Auf der anderen Seite erklang eine gedämpfte Unterhaltung, gleich darauf klingelte ein Wecker.

»Haben Sie das gehört, alter Mann? Die Stunde ist um, Herr Pastinak. Wie sieht es aus?«

Er zwang sich zum Schweigen und hätte gerne Beschimpfungen gegen den Ausgang gebrüllt, um ihnen seine Verachtung zu zeigen, die sich kaum in Worte fassen ließ.

»Los, Kleine. Sag was Nettes zu deinem Opa. Oder wie immer du ihn nennst.«

»Hallo«, rief Annabell verschüchtert und mit Tränen in der Stimme. »Wir sind hier draußen, Opa Wilhelm. Kannst du bitte die Tür aufmachen? Dann wird alles gut.«

Die Schweine. Diese elenden Schweine. Er schloss die Augen und sah das achtjährige Mädchen in ihrem schönen Blumenkleidchen vor sich stehen.

»Sag, was du gerade machst«, verlangte der Anführer.

»Ich esse Beerenkuchen.«

»Und?«

»Und warte mit einem zweiten Stück auf dich, Opa.«

»Sag ihm, was passiert, wenn er nicht rauskommt und es mit dir zusammen isst.«

»Dann erschießen sie mich, haben sie gesagt«, sprach Annabell mit Todesangst in der Stimme. »Wie Papa. Und in einer Stunde auch Mama und ...« Sie schluchzte leise.

Es brach Wilhelm das Herz, Annabell so zu hören. *Ich kann nicht hinaus. Ich darf es nicht.* Er drehte den Kopf zur Mastertür, an der noch zu viel Arbeit zu erledigen war. Es würde einen halben Tag dauern, wenn seine Finger halbwegs ruhig blieben. Angesichts dieser Situation war es kaum möglich.

»Herr Pastinak, der Kuchen ist sehr lecker«, sprach der Anführer. »Ich werde jetzt von zehn rückwärts zählen. Ist bei null die Tür nicht auf, erschieße ich das Mädchen und esse die zwei Stücke neben ihrer Leiche. Und der nächste Countdown beginnt.«

Wilhelm griff sich in die grausilbernen Haare und riss daran. Aber der Schmerz brachte ihm keine Klarheit, nahm ihm keine Entscheidung ab. Strähnen fielen lautlos auf den Boden.

»Zehn ...«

Wilhelm erhob sich vom Schemel und ging unruhig auf und ab. *Nein. Nein, ich ...*

»Neun ...«

Auf und ab, verharrte, stierte auf den Eingang.

»Acht ...«

Nahm das Laufen wieder auf und blieb vor der Mastertür stehen.

»Sieben ...«

Wilhelm legte eine Hand auf die Ornamente, welche die Rettung verhießen.

»Sechs ...«

Lehnte die Stirn gegen das Holz, atmete den Geruch ein. *Bitte, Gott. Ein Wunder. Bitte!*

»Fünf, Herr Pastinak. Es wird langsam eng.«

»Bitte«, schrie Kathrin aus weiter Ferne. »Bitte, rette Annabell!«

»Vier ...«

Ging langsam zum Eingang. Er konnte es nicht. Er konnte nicht zulassen, dass Annabell ihr Leben verlor. *Mir wird etwas einfallen, wie ich das Trio dazu bringe, die Kinder und Kathrin laufen zu lassen.*

»Drei ...«

»Opa Wilhelm! Der Mann hebt die Pistole.«

»Zwei ...«

Wilhelm machte einen Satz zur Tür, stolperte über ein Werkzeug, das er mit seinen schwachen Augen übersehen hatte, geriet ins Straucheln und fiel halb auf die Werkbank.

»Eins ...«

»Warten Sie!«, rief er und stemmte sich auf, versuchte einen verzweifelten Sprung an die Klinke und den schweren Riegel. »Ich ...«

Von draußen erklang ein trockener Knall und ein leises *Pling* an der Tür, als das Projektil aus dem Kinderleib ausgetreten war. Danach Kathrins langer hoher Schrei: »Annabell!«

»Herr Pastinak, was machen Sie für Sachen?«, kam es gespielt entsetzt vom Anführer. »Sie haben für diese Sache das Leben des Mädchens geopfert?«

»Du Stück Scheiße«, brüllte Wilhelm, die Hände um Klinke und Bolzen gelegt, die Knöchel traten weiß hervor. Er wollte hinausstürmen und dieser Bestie die Finger um den Hals legen und zudrücken, seinen Schädel mit einem Bohrer durchlöchern.

Aber sobald er den Eingang öffnete, war alles verloren.

Schluchzend lehnte er sich gegen den Stahl. *Ich darf sie nicht aufmachen. Ich darf es nicht. Jetzt erst recht nicht. Ganz egal, was sie tun.*

»Mein Kind! Sie haben mein Kind erschossen«, kreischte Kathrin unaufhörlich, bis ihr Schreien abrupt endete.

»Herr Pastinak, ich esse gerade das erste Stück Kuchen«, ließ ihn der Anführer wissen. »Nun beginnt buchstäblich das letzte Stündlein, das schlagen wird. Für die Geschwister *und* deren Mutter. Damit Sie einen besseren Anreiz haben. Ein Leben scheint Ihnen als Motivation nicht auszureichen.«

Wilhelm löste sich mit gebrochenem Herzen von der Tür und wankte zurück, um den Stein einzusetzen. *Dafür wird er sterben. Werden sie alle sterben.*

Der Hass ließ den alten Schreinermeister ruhiger werden. Vollkommen ruhig. Ohne dass seine Finger zitterten, setzte er das Particula in die Halterung.

»Achtundfünfzig Minuten, Herr Pastinak. Dann gehen drei weitere Tote auf Ihr Konto. Das alles wegen dieser Tür und diesen Steinen. Das ist es doch beim besten Willen nicht wert«, sagte der Mann. »Ich telefonierte mit ein paar Freunden. Die sind auf dem Weg zu uns und haben vielleicht noch mehr Angebote für Sie.«

Wilhelm blendete die Stimme aus, die versuchte, ihn mit Schuldvorwürfen und Ausblicke auf eine blutige Zukunft mürbe zu machen. Stattdessen kniff er die Augen zusammen, schärfte seine Sicht und griff das nächste Steinchen.

Diese einmalige Tür war seine und ihrer aller Rettung. Für die Lebenden und den Toten.

* * *

DEUTSCHLAND, FRANKFURT AM MAIN, WINTER 2049

Zeljko sah aus dem Fenster auf den Hof, auf dem das Regenwasser inmitten des zerstörten Asphalts einen kleinen See gebildet hatte. »Keine Verfolger.«

Milana atmete auf und nahm eine Wasserflasche vom Schrank, neben dem sie am Feuerchen saß und sich aufwärmte. »Das hätte ich ehrlich gesagt nicht verkraftet.« Sie drehte den Verschluss auf und nahm einen Schluck. Ihr Magen revoltierte noch gegen die Auf- und Abbewegungen des mörderischen Flugs durch Frankfurt zwischen Wolkenkratzern hindurch, vorbei an den Masten der Hochbahnen, durch Lüftungsschlote und dicht über dem Boden. Zweimal hatte sie sich übergeben, das Wasser floss kühl in den leeren Magen.

Die Truppe um Zeljko lachte leise.

Sie befanden sich im zurückeroberten Hauptquartier der Widerstandsgruppe. Der Kopf und der Torso des Cyborgs waren verschwunden. Es fanden sich rund um das Areal keine Spuren von Eindringlingen oder schwerem Gerät; möglicherweise hatte der anhaltende Regen jegliche Abdrücke vernichtet. Das dämpfte Milanas Stimmung. Somit konnte sie die Abmachung mit Nótt nicht einhalten. Dabei brauchte sie die Unterstützung der Hackerin.

Zeljko vermutete hinter dem Verschwinden außer wagemutigen Schrottsammlern mutierte Tiere, die sich die umherliegenden gerösteten Fleischhappen nicht hatten entgehen lassen wollen. Die Rede war von Riesenratten und schweinegroßen Wolfsspinnen, was Milana noch mehr Übelkeit verursachte. Ihrer Ansicht nach konnten die schwereren Metallstücke auch im aufgeweichten Boden versunken sein und lagen nun zentimetertief im Schlick. *Ich werde graben müssen.*

»Wir haben unser kleines Reich wieder.« Zeljko betrachtete die Kisten mit Vorräten, die langen roten Locken federten unbeeindruckt von der Nässe um seinen Kopf herum. »Leider können wir nicht bleiben.«

»Weil es sich rumsprechen wird, dass OCP-209 ausgeschaltet ist?«, fragte Milana. Neben ihr lagen die Kladde sowie die eingesammelten Datenträger aus dem Container in Cadarache. Nichts davon war während ihrer Abwesenheit verschwunden, was sie sehr beruhigte. Die Verstecke waren gut gewählt gewesen.

»Ganz genau.« Der Anführer des Häufleins Widerstandskämpfer setzte sich zu ihnen an das Feuer aus Brennstoffwürfeln, das sie entfacht hatten, um Tee und Kaffee zuzubereiten. »Unser Ausweichlager ist besser geeignet, nur gingen uns dort langsam die Naturalien aus.« Er zeigte dabei auf die Waffen und Dig-Ys, die sich in den Schränken stapelten. »Schöne Sammlung, die der Cyborg angelegt hat.«

»Man könnte fast meinen, er wäre einer von uns gewesen«, steuerte Sick bei.

»Aber auch nur fast. Ein Dutzend von uns hat er erledigt, diese Scheißmaschine«, brummte Bron.

Sie alle verbargen ihre Gesichter wieder hinter Schals und Brillen, als fürchteten sie, dass Milana sich die Züge merkte. Der Einsatznamen des dritten Mannes lautete Catho, die Frau nannte sich Herecy.

Ich zeige ihnen, dass ich Vertrauen zu ihnen habe. »Das sind die Aufzeichnungen meines Vaters.« Milana reichte die Kladde an Zeljko. »Darin steht einiges über das Lithos-Projekt, das PrimeCon vor der Menschheit verbirgt, um Profit daraus zu schlagen.«

Zeljko nahm sie entgegen, blätterte die Seiten durch und filmte alles mit seinem Dig-Y ab, um es an die neue Zentrale zu senden. »Teile davon sind codiert, richtig? Kannst du es übersetzen?«

»Ja. Batjuschka und ich nutzten eine eigene Verschlüsselung.« Milana beglückwünschte sich zu ihrer Kunstsprache, die sie mit ihrem Vater gepflegt hatte. Rasch fasste sie zusammen, was dort geschrieben stand und was sich auf dem Hof nach ihrer Ankunft in 2049 ereignet hatte. »Außerdem gibt es noch diese Datenträger.« Sie reichte die erbeuteten Medien an den rotgelockten Mann, der sie skeptisch betrachtete. »Was ist?«

»Sehr alt. Dafür gibt es keine Lesemöglichkeit an einem Dig-Y«, sagte Zeljko. »In der Zentrale wird das leicht zu machen sein. Da haben wir alles.«

»Ihr seid eine nette Truppe.« Nótt lachte verzerrt in Milanas Ohr. »Ich bin gespannt, was ihr euch ausdenkt.«

Milana musste sich nichts ausdenken. Ihr Plan stand im Grunde fest, und sie hoffte, dass der Widerstand ihr dabei helfen konnte. Noch verriet sie dem Hacker nicht, dass die Teile von OCP-209 verschwunden waren. »Wie bringen wir PrimeCon damit zu Fall?«

»Es ist ein Konzern. Börsennotiert«, sagte Zeljko. »Am einfachsten ist es, ihre Machenschaften auffliegen zu lassen. Mit sämtlichen Beweisen zu Lithos.«

»Das bringt den Kurs der Aktien zum Absturz, und dann kommen die Geier, noch bevor irgendeine Strafverfolgungsbehörde eingreifen kann«, fügte Sick an. »Ratzfatz Ausverkauf.«

»Und danach überlassen wir alles Weitere den kommenden Volksentscheiden«, schloss Catho. »Ich nehme an, dass sie die Todesstrafe für White-Spelling verlangen werden.«

Milana glaubte, sich verhört zu haben, und setzte die Wasserflasche wieder ab. Ihr Magen beruhigte sich langsam. »White-Spelling? Die Professorin? Sie müsste uralt sein.«

»Uralt nicht, aber schon älter«, bestätigte Zeljko. »Warum? Was ist mit ihr?«

»Sie hat meinen Vater auf dem Gewissen.« *Das ist ein Wink des Schicksals.* Milana sah ihre Chance nahen, die Wissenschaftlerin persönlich zur Rechenschaft zu ziehen. *Ich freue mich auf ihr Gesicht, wenn ich vor ihr stehe und sie mich erkennt!*

»Sollte das stimmen, was dieses Lithos kann und was es für die Menschheit in Sachen Energiegewinnung bedeutet, bin ich dafür, dass wir diesen Kunststein stehlen und ihn der Öffentlichkeit übergeben«, warf Catho ein. »An eine Institution, die nichts mit Konzernen zu tun hat. Die UNO oder etwas in der Art.«

»Guter Vorschlag. Niemand von uns hatte die Absicht, dieses Gebilde im Gebäude von PrimeCon zu lassen.« Zeljko gab Milana die Kladde zurück. »Wirst du deinen Sohn besuchen?«

Die Frage überraschte sie, und reflexhaft schüttelte sie den Kopf. *Ilja. Mein lieber Ilja.* »Er soll denken, dass ich tot bin.« Es blieb ihre größte Angst, dass PrimeCon ihn als Druckmittel gegen sie einsetzte. »Es ist besser so.«

»Wir können eine Drohne bei ihm vorbeischicken. Dann siehst du wenigstens, was aus ihm geworden ist«, schlug Herecy mild vor.

»Bleiben wir doch erst mal bei unserem eigentlichen Vorhaben. Danach ist Zeit genug für alles andre«, hielt Sick ruppig dagegen. »Es könnte sein, dass PrimeCon nach der Sache mit dem Verräterschwein Vlad Lunte gerochen hat oder zumindest so nervös wird, dass sie dieses Lithos an einen anderen Ort bringen.«

»Aber ich habe ein gefälschtes Dig-Y benutzt.« Milana knetete die Unterlippe und nahm sich vom Tee. Ihr war es recht, dass die Aufmerksamkeit weg von Ilja ging, doch sie bekam ihn nicht aus dem Kopf. *Wie mein Junge wohl aussieht?*

»Wir wissen nicht, was Vlad alles an den Konzern meldete. Oder welche Kameras ausgewertet wurden«, warf Zeljko ein. »Das ist der Grund, weswegen wir vermummt sind, sobald wir das Versteck verlassen.«

»Und das ist nicht weniger auffällig?« Milana trank aus dem Metallbecher und hörte das leise Lachen der Widerstandskämpfer.

»Stimmt. Aber man kennt dennoch mein Gesicht nicht. Im Sommer tragen wir natürlich was anderes.« Catho fischte sich einen Kaffeebecher von den Flämmchen. »Bevor wir in die Planungen einsteigen: Steht in den Aufzeichnungen, in welcher Einrichtung sich dieses Lithos befindet?«

»Moment.« Milana schlug die Kladde auf und suchte.

»Also gehen wir vor wie besprochen?« Herecy sah in die Runde.

»Es spricht nichts dagegen.« Zeljko holte sich das zustimmende Nicken der kleinen Truppe ein. »Dann tun wir es.«

»Ihr werdet jemanden brauchen, der euch reinhackt«, sprach Nótt in Milanas Ohr. »Oder Artus und seine Miniaturritterrunde haben irgendwo noch ein Back-up versteckt. Jemand wie PrimeCon wird sich ein Heer von Securityprogrammierern leisten, die einschreiten, sobald die Firewall durchbrochen wird.«

»Mh«, machte Milana und blätterte durch die Seiten. Dabei fiel ihr ein frischer Fleck auf, der vorher nicht da gewesen war. Zeljko musste das Papier verschmutzt haben. Endlich fand sie die Stelle. »Da steht es. Zumindest die Stadt: Leuna.«

»Gut. Den Standort kenne ich.« Sick klang zufrieden. »Das ist keine Stadt, sondern ein ehemaliges Chemie-Areal, vor zwanzig Jahren stillgelegt, dann umgebaut. Für Tests mit kritischen Materialien. Alle möglichen Konzerne betreiben dort Versuche in den gemieteten Hallen.«

»Der Boden dort ist ohnehin verseucht. Da kommt es auf weitere Giftstoffe nicht mehr an, sagte man sich.« Herecy zog den Schal etwas herab, damit sie vom Tee trinken konnte. Ihr Mund war schmal, florale Tätowierungen um Nase und Kinn kamen ansatzweise zum Vorschein. »Das Betreten ist zwar leicht, aber da ist alles so dermaßen giftig, dass wir Schutzkleidung tragen müssten.«

»Unsinn. Das ist alles nur eine Scheißlegende, um Spione abzuschrecken«, warf Nótt herablassend ein. »Sag es den Hasenfüßen. Ich habe mir rasch die Ergebnisse der letzten Luft- und Bodenproben gezogen. Also, die echten. Nicht die manipulierten.«

»Habt ihr einen Hacker, der uns helfen wird?« Milana steckte die Kladde ein, ebenso ihre alten Ausweispapiere und sonstigen Habseligkeiten, die sie bei ihrem Streifzug nach

Downtown zurückgelassen hatte. *Jetzt müsste ich alles ...* Sie tastete sich ab, sah sich um. *Sie sind weg!*

»Was suchst du?« Zeljko betrachtete sie verwundert. »Oder hat dich was gebissen?«

»Nein, ich ... hatte ein paar Particulae eingesteckt, und die ... habe ich verloren.« Ausgerechnet die Fragmente, die sie mitgenommen hatte, waren bei dem wilden Ritt durch das Hochhaus abhandengekommen. Sie lagen zwischen den Glassplittern oder hinter dem Tisch, im Schweber, in der Sprungmatte oder waren ihr im Sturz aus der Tasche gefallen. »Fuck.«

»Schlimm?« Sick warf ihr einen Schokoriegel zu. »Das hilft vielleicht.«

»Hilft es nicht. Aber Schokolade geht immer.« Milana trat zum Fenster und sah hinaus, wo der Schweber im Durchgang stand, mit einer Plane gegen eine einfache Entdeckung getarnt; dabei aß sie die Süßigkeit und genoss den kräftigen Geschmack. *Wie soll ich sie wiederfinden?* Für ihr wichtige Mission waren sie nicht von Bedeutung. Sie wandte sich kauend zur Gruppe um. »Also nach Leuna. Wo ist das?«

»Bei Leipzig. Im Osten von Deutschland.« Zeljko klatschte einmal in die Hände, die roten Locken hüpften leicht. »Den Plan besprechen wir im neuen Hauptquartier. Es wird nicht mehr lange dauern, bis wir Besuch in der Ruine bekommen. Unser Flug ist mit Sicherheit beobachtet worden.« Er zeigte auf die Vorräte und die Kisten. »Machen wir uns ans Einpacken.«

»Frag sie noch mal nach dem Hacker«, erinnerte Nótt, und Milana gab es weiter.

»Warum interessiert dich das?« Bron verräumte die Nahrungsrationen und schob die Sonnenbrille nach oben. Darunter kamen zwei Augen zum Vorschein, in denen sich stecknadelgroße Lichtreflexe willkürlich bewegten. *Sie hat künstliche Augen.*

»Weil wir jemanden brauchen werden, der die Sicherheitsanlagen im Inneren ausschaltet, wenn wir bis zu Lithos kommen wollen.«

»Wir haben jemanden.« Bron tippte sich gegen die Schläfe, als säße darin ein Supercomputer. »Ich kriege das hin.«

»Kriegt sie nicht«, widersprach Nótt sogleich. »Sie nennt sich in den Netzen BlingEyes. Sag ihr das.«

Milana tat, was die Stimme in ihrem Ohr vorschlug.

Sofort wurde Bron nervös und packte schneller. »Unsinn.«

»Doch, bist du.« Milana verstand nicht, warum ihr das unangenehm war.

»Siehst du, wie sie sich windet? BlingEyes hat vor zwei Monaten einen Hack in den Sand gesetzt«, referierte Nótt genüsslich. »Wollte virtuell in die Bundesbank einbrechen und mit Geld beladene Drohnen raussenden. Hat aber dabei sämtliche Alarme ausgelöst, die es gab. Die vor der Bank wartenden Komplizen sind geschnappt worden.«

Zeljko hatte das Gespräch mitbekommen. »*Du* bist BlingEyes?« Er lachte auf. »Sag, dass das nicht wahr ist!«

Bron schnaubte genervt. »Es war nur ein kleiner Fehler. Das wurde aufgebauscht.«

»Der kleinste Fehler wird ausreichen, um euch bei PrimeCon auffliegen zu lassen«, erwiderte Nótt. »Los, bring mich ins Spiel!«

»Ich kenne jemanden, der uns helfen kann«, sagte Milana und packte beim Beladen der Kisten mit an. Sie überlegte, ob Nótt auch dann noch mitmachte, wenn er vom Verlust der Cyborgkomponenten erfuhr.

»In der kurzen Zeit hast du einen Hacker organisiert?« Catho lachte auf. »Ich bin nicht sicher, ob der was taugt.«

»Wie ist sein Name?«

»Keine Ahnung. Ich weiß nur seinen Künstlernamen. Von früher.«

»Das macht ihn natürlich sehr vertrauenswürdig. Jemand,

der so lange im Geschäft ist, kennt sich gewiss aus.« Zeljko grinste. »Und wie ist sein Netzname?«

»Mach's nicht so spannend«, sagte Herecy. »Wer ist es?«

Milana richtete die verpackten Rationspakete aus, damit mehr von ihnen in eine Kiste passten. »Die Person nennt sich Nótt.«

»Oh, shit!«, brach es ehrfürchtig aus Catho heraus. »Dieser Nótt, der letztes Jahr den Börsencrash-Coup abgezogen hat?«

»Ja«, gluckste Nótt zufrieden. »Ich habe einen Fan. Cool!«

Da wusste Milana, dass sie den richtigen Hacker mitgebracht hatte. Den Rest besorgte eine gute Planung. *Ich bekomme meine Rache, Batjuschka.*

* * *

Tessa Falkner hatte sich im ersten Stockwerk zwischen den pendelnden und schwingenden Leichen verborgen und die Ankunft der Widerstandsgruppe genauestens beobachtet. Die Gespräche verfolgte sie zunächst über die Richtmikrofone ihres Helmes, danach über die in weiser Voraussicht angebrachte Wanze in der Unterkunft.

Jetzt sind einige Geheimnisse rund um Lithos, die Particulae sowie PrimeCon gelüftet. Tessa verließ das Versteck und begann den Aufstieg in das dritte Stockwerk. Sie hatte über Funk von den Vorfällen in Downtown erfahren und sofort gewusst, wer hinter der Schießerei in der 187. Etage steckte. Die Ankunft des Schwebers hatte sie nur darin bestätigt.

Aber sie verzichtete darauf, Meldung an die Zentrale zu machen.

Ein unbestimmbares Gefühl sagte Tessa, dass ihr eigenes Abenteuer noch nicht beendet war.

Leise erklomm sie die Stufen und näherte sich dem dritten Stockwerk.

Was machen die Helden des Widerstands? Sie schaltete die Bild-Ton-Übertragung der Wanze in die Helminnenansicht. Der Raum war leer, das Verladen der Vorräte, Waffen, Kleidung und geknackten Dig-Ys abgeschlossen. *Dann sind die draußen.* Tessa streifte durch das dritte Geschoss und blickte dabei aus dem Fenster.

Tatsächlich stand die kleine Gruppe auf dem Hof zusammen und verzurrte eine Plane über einem Kistenberg. Die vollgestapelte Ladefläche des Schwebers hatte nicht für die gesamte Ware ausgereicht. Es wurde beratschlagt, ob man nochmals herfliegen sollte, um den Rest abzuholen.

»Tracer anzeigen«, befahl Tessa dem Helm.

Das Innendisplay rief eine Karte des Areals auf und zeigte ein Leuchten. Das war die Kladde von Milana Nikitin, die Frau aus der Vergangenheit, die die Zukunft verändern wollte. Durch ihren Einsatz gegen PrimeCon. *Du haust mir nicht ab.* »Zentrale.«

»Ja, Direktorin Falkner?«

»Ich habe OCP-209 erledigt«, gab sie durch. »Und Eleganza.«

Einige Sekunden herrschte Stille im Ether. »Wiederholen Sie bitte, Direktorin.«

»Ich habe den Cyborg weggeblasen. Und die Dealerin.« Tessa beobachtete, wie die Gruppe den Schweber besetzte und sich die Rotoren langsam zu drehen begannen. »Ist nicht viel übrig geblieben. Ich bringe die Reste in die Zentrale.« Sie sah sich um. Noch wagte sich niemand in die Nähe der Ruine, außer den fetten Spinnen, die von der Westseite behutsam tastend herankrochen. »Außerdem gab es hier einen Stützpunkt von Konzernhassern. Schicken Sie die Spurensicherung. Die können auch Eleganzas Leiche eintüten. Sie liegt im ersten Stock des großen Gebäudes.« Sie dachte an die zahllosen Kadaver im Erdgeschoss. »Nein, schicken Sie besser zwei Teams. OCP-209 hat gehörig gewütet. Gibt fünf, sechs Dutzend Leichen zu identifizieren.«

»Positiv, Frau Direktorin.«

Tessa verfolgte, wie der Schweber aufjaulend an Höhe gewann. Er kämpfte mit dem Gewicht, hielt sich aber tapfer. »Ich stelle hiermit den Antrag für eine Sondermission. Höchste Autorisierungsstufe mit Einsatz aller Mittel.«

»Ab wann?«

»Sofort.«

»Grund?«

»Gefahrenabwehr für den deutschen Staat.« Tessa sah der Maschine hinterher, die bald zwischen den Türmen und dem Gewusel der Großstadt verschwunden war. Der Helm zeigte die Spur des Tracers auf der eingeblendeten Karte an. *Ich sagte doch, du entkommst mir nicht.* »Ich bin an einer Sache dran.«

Unter ihrem Stiefel knackte es.

Nanu? Sie hob die Sohle und beugte sich hinab. Auf dem Boden lagen ein zersprungenes Röhrchen und einige Particulae, die in eine dicke Staubschicht gerollt waren. *Die vermissten Fragmente!* Schnell packte sie die Steinchen ein.

»Direktorin Falkner?«

»Ja?«

»Ihre Sondermission wurde bewilligt.« Die Sprecherin räusperte sich und klang beinahe feierlich. »Oberdirektorin Ylmaz will Sie vorher sprechen und eine Belobigung aussprechen, Direktorin Falkner.«

»Nicht nötig, Zentrale. Wie ich schon sagte: Ich bin an was dran.« Tessa sah sich ein letztes Mal um und vergewisserte sich, dass es nichts gab, was auf die junge Russin hinwies, dann eilte sie die Stufen hinab. Sie konnte Ylmaz nicht ausstehen, diese dreißigjährige Hochschläferin, die ihren Fitnessbudenarsch niemals auf der Straße bewegt hatte. Sie war vom

Studium durch das Bett des Innenministers auf ihre Position gerutscht. Keine zwei Sekunden würde sie draußen überleben. »Ich melde mich, sobald es etwas Neues gibt.«

»Verstanden, Frau Direktorin.« Die Zentrale schaltete ab.

Tessa trabte durch den Regen und den Schlamm zurück zum Abrisshaus, vor dem sie ihre Maschine abgestellt hatte. Sie würde dieser Truppe folgen und in Leuna entscheiden, was zu tun sei.

Beweise gegen PrimeCon waren gut.

Das Vorenthalten von Lithos hingegen nicht.

Sollte dieser Stein die Lösung für sämtliche Energieprobleme sein, musste er für den deutschen Staat gesichert werden. Natürlich würde sie dafür eine hübsche Belobigung einsacken, das war sicher. *Und danach lege ich die Füße hoch.*

Tessa erreichte das schwarze Motorrad und schwang sich auf den Sattel.

Die Kolleginnen und Kollegen der regulären Polizei waren längst abgerückt, im gestürmten Haus brannte kein Licht mehr. Die Party war zu Ende, die beiden Richkids saßen im Knast und bekämen garantiert Arbeitsstunden aufgebrummt.

Tessa startete den leistungsstarken Motor und ließ die Maschine aufheulen, bevor sie in Richtung Innenstadt donnerte. Gehorsam blinkte das rote Pünktchen des Tracers im Display und markierte den Standort von Milana Nikitins Unterlagen.

»Speichere die Route«, befahl sie dem Aufzeichnungsmodul und war gespannt, wo sich das neue Hauptquartier der Terroristen befand. *Widerstandskämpfer – dass ich nicht lache!*

Wer aktiven Widerstand gegen einen Konzern leistete, auf dem Boden der Republik, und dabei das Gewaltmonopol des Staates missachtete, war ein Verbrecher, selbst wenn das Unternehmen unethisch oder verborgen unrechtmäßig agierte.

Sie hob den Blick zum leuchtenden Zeichen von PrimeCon.

Sollte etwas an Lithos dran sein, hätte sich die Sache bald erledigt. Und sie konnte in Rente gehen. Als Sicherheitsberaterin tätig sein. Als Ausbilderin für neue Percutorinnen und Percutoren.

Das würde mir Spaß machen. Tessa beschleunigte, um vom Schweber nicht gänzlich abgehängt zu werden, der sich bereits zehn Kilometer von ihr entfernt hatte. *Jemand muss den Neulingen zeigen, wie es läuft.*

* * *

DEUTSCHLAND, MERSEBURG,
WINTER 2049

»Drei Punsch, zwei Glühwein, bitte.« Milana lächelte der Verkäuferin in der Bude zu.

»Kommt sofort.« Die Frau machte sich mit einer Kelle ans Befüllen, gluckernd landete der heiße Trunk in den Tassen. Der Geruch von Gewürzen verbreitete sich mit dem aufsteigenden Dampf in der eisigen Luft.

Die alte Regel, dass man am unauffälligsten war, wenn man sich benahm wie alle anderen, beherzigte die kleine Truppe perfekt. Sie waren als Touristen vor ein paar Tagen nach Merseburg gereist, hatten sich die weihnachtlich-winterliche Stadt angeschaut, waren durch das Schloss geschlendert und durch den dazugehörigen Garten spaziert, in dem sich Weihnachtsbuden erhoben.

Es gefiel Milana, dass es in dem mehrflügeligen Schloss- und Dombau nichts gab, was auf das Jahr 2049 hinwies, abgesehen von modernen Klingelvorrichtungen und Freisprecheinrichtungen mit Bildschirmen. Der hyperfuturistische Schock blieb ihr erspart, ihr Gemüt erfreute sich daran, die

Fassade und den Garten eines Bauwerks aus dem Mittelalter zu sehen.

»Bitte sehr.« Die Verkäuferin schob ihr die Tassen über den Tresen.

Milana zahlte mit einem gehackten Dig-Y, nervös, weil sie den Gedanken nicht abschütteln konnte, dass ein Alarm aufleuchtete.

Doch das geschah nicht.

Noch nicht. Bewaffnet mit den Getränken, kehrte sie zu den Rebellen zurück, die wie immer ihre Schals vor den Gesichtern trugen, was angesichts der Temperaturen niemanden verwunderte. Die Brillen hatten sie abgelegt, trotzdem waren nicht mehr als die Augenpartien zu sehen.

Sie fielen in dem Gedränge nicht auf, das Merseburger Schloss und der Dom waren beliebt, gerade zwischen den Festtagen. Die Besucher aus Dresden, Leipzig und Berlin machten gerne einen Ausflug ins Umland, und da durfte die alte Stadt nicht fehlen. Berühmt war sie auch wegen der Merseburger Zaubersprüche, die von der Tourismusbehörde gehörig ausgeschlachtet wurden.

»Ist da Alkohol drin?« Sick schnupperte am Punsch.

»Ich hoffe doch.« Milana grinste in die Runde, weil sie alle die Schals nach unten zogen, um trinken zu können.

Zeljko prostete, klirrend und dumpf klackten die Becher und Tassen gegeneinander. »Reißen wir PrimeCon den Arsch auf!«

Sie tranken einen kleinen Schluck, sichtbar drang der warme Atem danach aus Mund und Nase.

»Ich fasse es immer noch nicht, dass Nótt dein Hacker ist«, gestand Catho beeindruckt. »Und ihr kennt euch von früher? Das ist *so* abgefahren.« Er ließ sich hinreißen und schlug Milana auf die Schulter. »Wir arbeiten mit einer Legende zusammen.«

»Es ist so schön, solche Fans zu haben«, kommentierte

Nótt und lachte verzerrt. »Ich schicke ihm ein Autogramm, falls er möchte.«

»Ein Hacker alleine nutzt leider nichts. Sonst wäre es einfach.« Herecy sah sich über den Rand ihrer Tasse hinweg um. Sie litt an permanentem Verfolgungswahn, auch wenn Zeljko ihr hundertmal versicherte, dass ihnen niemand auf der Spur sei.

Nótt bestätigte, dass es ihretwegen keinerlei Aktivitäten der Polizei oder des Konzerns gab. In den verschiedenen legalen und illegalen Netzwerken erschienen nicht mal ihre Klarnamen. Keinen von ihnen verwunderte, wie schnell Nótt alles Persönliche herausfand.

»Sie müssen mich nur reinbringen«, sagte Nótt. »Sobald ich in dem internen System hause, wird dieser Forschungskomplex unter meiner Kontrolle sein.« Der Hacker hatte sich Vorbereitungszeit erbeten, um sich für die Firewalls und Gegenprogrammierer zu wappnen. Dass die Teile von OCP-209 verschwunden waren, hatte er gefasst aufgenommen. Die Aussicht, PrimeCon übel mitzuspielen und sich dort lukrative Infos aus den Speichern zu ziehen, hielt Nótt bei der Stange.

»Es bleibt beim 31.?« Zeljko nahm einen Schluck.

»Ja.« Milana entdeckte ein Stück weit entfernt eine große Voliere, in der zwei Raben ihre Späße trieben. Sie betrachteten die Menschen außerhalb des Käfigs und hüpften auf den Stangen um die Wette, als jagten sie sich. Die Touristen fotografierten die Vögel, warfen ihnen Geschenke hinein. »Nótt sagte, er habe bis dahin die Vorbereitungen abgeschlossen.« Sie deutete zur Voliere. »Was hat es damit auf sich? Sind das besondere Raben?«

Bron nickte. »Eine alte Tradition. Es gibt eine Sage, dass ein Bischof seinen goldenen Siegelring am offenen Fenster vergaß. Der Schmuck verschwand, und er ließ seinen Diener im Zorn hinrichten, weil er ihn für den Dieb hielt.« Sie las die Informationen von ihrem Dig-Y ab. »Noch nach dem Abschlagen des Kopfes soll der Diener mit ausgestreckten Armen seine Unschuld beteuert haben. Den Ring fanden sie in einem Rabennest. Um den wahren Schuldigen zu bestrafen, ließ der Bischof eine Voliere bauen und den Kolkraben hinter Gitter setzen.«

»Aber« – Milana sah zu den Vögeln – »wieso zwei? Und ... sind das Attrappen?«

»Nein. Man hat die Voliere mal größer gemacht, aber aus Tradition wird immer ein Rabe eingesperrt. Nur jetzt mit einer Partnerin.« Bron steckte das Dig-Y weg. »Ist wohl so eine Sache wie im Londoner Tower.«

Nichts gegen Tradition, aber was haben diese beiden Raben mit einer alten Legende zu tun? »Man sollte sie freilassen.«

»Es geht ihnen gut«, sagte Catho und schlürfte vom Punsch.

»Das geht es den Bürgerinnen und Bürgern auch. Dennoch leben sie in einem Käfig, den ihnen die Konzerne bauten«, hielt Herecy sofort dagegen.

»Oje. Jetzt wird es grundsätzlich«, kündigte Sick an.

»Aber klar«, erwiderte Herecy. »Wir kämpfen doch genau gegen ein solches System. Satt, sauber, sicher.« Sie deutete auf die Voliere. »Die Vögel sind eingesperrt und werden ausgebeutet. Fotos, Souvenirs, die ganzen Geschenke und Geldscheine für den Erhalt dieses Käfigs, das ist doch reine Abzockverarsche.«

Zeljko bedeutete ihr mit einer Geste, die Stimme zu senken. »Wir haben Größeres vor als einen Aufstand wegen zweier eingesperrter Raben. Beruhige dich.«

Milana war auf Herecys Seite. *Eingesperrt.* Dabei waren Raben so schöne Tiere. *Schlaue Tiere. Sie haben ihre Freiheit wahrlich verdient.*

»Nimm mal dein Dig-Y raus«, verlangte Nótt.

»Wieso?« Sie war sofort alarmiert.

»Ich habe was für dich. Ist was Schönes.«

Milana folgte den Anweisungen des Hackers und sah das Zeichen für eine eingehende Liveübertragung. Sie aktivierte den Kanal.

Ein Mann in den späten Dreißigern war zu sehen, der in einem Anzug und schwarzem Pelzmantel einen winterlichen Garten abschritt. Dabei wischte er auf einem Tabletcomputer herum, und passend zu seinen Bewegungen leuchtete adventliche Deko in Abschnitten auf, die aus der wunderschönen Anlage ein wahres Wunderland machte, wie man es aus Märchen kannte. Die Illumination war perfekt auf die Bäume und Sträucher abgestimmt, geschmackvoll und beeindruckend. Woanders wurden aus Lichtinstallationen atemberaubende Kunstwerke, Springbrunnen woben spinnennetzkleine Linien in die Luft, die sogleich gefroren und als Eisskulptur erstarrten, bevor sie fielen und im Auffangbecken schmolzen.

»Das ist schön, aber warum zeigst du mir das?«, wollte Milana wissen.

»Rate, wer der Typ ist.«

Da erst begriff sie es. »Das ... ist Ilja?« Es brannte in ihren Augenwinkeln, die Tränen ließen sich nicht zurückhalten. Sie legte eine Hand vor den Mund und verfolgte, wie ihr Sohn die Anlage verzauberte. *Mein Ilja! Wie groß er geworden ist.*

»Du bist offiziell für tot erklärt worden. Er übernahm später deine Firma und hat sie noch erfolgreicher gemacht«, kommentierte Nótt. »Er ist *der* Ausstatter in Russland, wenn es um Wohnungen und exklusive Dekorationen geht. Du kannst stolz auf dich sein, ein bisschen was vererbt zu haben.«

»Das ist nicht mein Verdienst. Ich ... kümmerte mich kaum.« Milanas schlechtes Gewissen meldete sich. »Mein Junge«, raunte sie erleichtert. »Danke dafür, Nótt.«

Die Übertragung erlosch. »Habe ich gerne gemacht.«

Zeljko und seine Leute hatten Milana beobachtet. Sie lächelten ihr freundlich zu und stießen mit ihr an.

Eine Sekunde darauf summte das Türschloss der Voliere. Der Ausgang klappte von selbst auf, bevor ein kleiner Lichtblitz entstand und die elektronische Steuerung durch Überlastung in Rauch aufging.

Die Aufregung unter den Besuchern war sogleich groß, es wurde gefilmt und fotografiert. Man hielt es für eine neue Darbietung und Attraktion.

Die schlauen Raben bemerkten sofort, dass ihr Kerker offen stand, und hopsten schnell hinaus, um sich mit raschen Flügelschwingen in die Lüfte zu erheben. Sie drehten eine Runde über den Markt und das Schloss und verschwanden hinter den Türmen.

»Das warst du, nehme ich an?«, fragte Milana über ihr Headset.

»Ach, ich mag Raben«, war alles, was Nótt dazu sagte.

Zwei Museumswächter kamen angelaufen und betrachteten rätselnd das defekte Türschloss.

»Möge uns an Silvester alles gelingen!« Herecy reckte den Becher in die Höhe, als wäre sie ein Musketier. »Neues Jahr, neues Glück!«

Erneut stießen sie miteinander an, und Nótt sagte aus der Ferne: »Klonk.«

* * *

»Alle Elementarteilchen sind aus derselben Substanz, aus demselben Stoff gemacht, den wir nun Energie oder universelle Materie nennen können; sie sind nur verschiedene Formen, in denen Materie erscheint.«

Werner Heisenberg: Physik und Philosophie (1958)

KAPITEL X

DEUTSCHLAND, ANNWEILER AM TRIFELS, SPÄTSOMMER

Wilhelm wusste nicht, wann er zum letzten Mal mit solcher Besessenheit gearbeitet hatte.

Hass, Wut, Verzweiflung spornten ihn nach dem sinnlosen Tod von Annabell derart an, dass er sich in den wenigen Sekunden, in denen er nicht absolut fokussiert war, selbst wunderte.

Das Zittern seiner Finger kehrte nicht zurück, doch das Sehen strengte ihn an, und die Schwindelanfälle zwangen ihn gelegentlich zu minutenkurzen Pausen.

Aber Wilhelm kam voran, setzte die Particulae in die Hülsen. Eins ums andere.

Auch die letzten feinen Schnitzarbeiten gelangen ihm. Jedes Detail formte er aus, wie es auf den Plänen angegeben war. Es lief dermaßen gut, dass er sich schämte, Anton um Hilfe gebeten und die Arbeit an der Tür nicht lange vor diesem verhängnisvollen Tag abgeschlossen zu haben.

»Herr Pastinak?« Der Anführer der brutalen Bande pochte mit einem schweren Werkzeug gegen die Stahltür, dass es laut im Räumchen schepperte. »Sie haben weitere sechzig Minuten meiner Zeit vergeudet. Was immer Sie da drinnen treiben, es wird den Kindern und ihrer Mutter nicht helfen.«

Arschloch. Kindermörder. Wilhelm biss sich auf die Zunge und nahm das letzte Particula, das für den Rahmen vorgesehen war. Danach fehlte noch der Aufschlagstein im Klopfer sowie ein, zwei Verbesserungen in den feinsten Verzierungen. *Ich mache alles ungeschehen.*

»Herr Pastinak?«

»Verpiss dich«, gab er zurück und wischte sich die Finger an einem Lappen ab. Blut haftete daran. Schätzungsweise einen Liter hatte er schon verloren, beständig, in kleinen Dosen, sodass er nicht ohnmächtig wurde.

»Ah, ich wusste doch, dass Sie noch leben.« Erneut pochte er gegen den Eingang, gleich darauf heulte ein Trennschleifer auf. »Ich gebe Ihnen eine letzte Chance, Herr Pastinak. Meine Freunde sind da und haben mitgebracht, was wir brauchen, um Sie da rauszuholen.«

»Dann versuchen Sie es!«

»Das wäre schon wieder wertvolle Zeit, die wir wegen Ihnen verlieren.« Der Anführer gab einen unverständlichen Befehl. Das leise Jammern von Evelin näherte sich, gleich darauf das Schreien eines Kleinkindes und das Weinen von Kathrin. »Hier steht, was von der kleinen Familie übrig ist. Frau Gärtner spricht jetzt mit Ihnen, Herr Pastinak. Und danach will ich eine Entscheidung.«

Wilhelm warf das verschmierte Tuch auf die Werkzeugbank und näherte sich der Stahltür. *Herr im Himmel, stehe ihnen bei. Stehe uns bei.*

»Wilhelm?«, vernahm er Kathrins Stimme. »Bitte, ich flehe dich an: Mach auf.«

»Glaubst du wirklich, dass sie euch dann davonkommen lassen?« Er hielt die Stirn gegen das kalte Blatt, sah die verrosteten Nieten und roch das Eisen.

»Sie haben es mir versprochen!«

»Die Mörder deines Mannes werden dir alles versprechen, damit du mich dazu bringst, diesen Eingang zu öffnen.« Wilhelm schaute zur Tür. »Ich bin fast fertig«, raunte er und hoffte, dass sie ihn verstand.

»Was? Was hast du gesagt?«

»Ich ...« Wilhelm musste husten. Die Luft war trocken, er hatte seit Stunden nichts getrunken. »Ich kann nicht. Sie würden uns dennoch töten, Kathrin.«

»Jetzt komm da raus, Wilhelm!«, schrie sie verzweifelt und schlug mit der flachen Hand gegen die Tür. »Dieses maskierte Arschloch hält mir eine Waffe an den Kopf!«

»Opa, bitte«, stimmte Evelin in das Flehen mit ein. »Ich will nicht sterben! Und Mama auch nicht! Wir haben doch nichts getan.« Der kleine Hans spürte die Anspannung und fing an zu weinen, was es nicht besser machte.

»Diese Leute sind keine Menschen, Evelin.« Wilhelm zerriss es innerlich. »Sie schrecken vor nichts zurück.«

»Herr Pastinak«, schaltete sich der Anführer wieder ein. »Haben Sie sich entschieden?«

Wilhelm schwieg.

»Ist das ein Nein?«

»Wilhelm, bitte!«, schrie Kathrin außer sich und weinte bitterlich. »Bitte! Du musst –«

»Ich glaube, Frau Gärtner, er hat sich entschieden.«

Die drei Schüsse fielen rasch hintereinander. Das Geschrei des Kleinkindes endete, Evelin verstummte, und auch Kathrin schwieg.

Danach war es absolut leise. Wilhelm hörte nichts, außer seinem eigenen schweren, schnellen Atem. *Er hat sie erschossen!* Familie Gärtner war ausgelöscht.

Aus seiner staubtrockenen Kehle löste sich ein grollender, langer Schrei, der sich im Zimmerchen staute und sich gegen die Wände warf, als wollte er das Gefängnis sprengen. Die ganze Verachtung und der abgründige Zorn auf diese Leute quoll aus Wilhelm heraus – und vermochte nichts zu ändern.

»*Das* war *Ihr* Werk, Herr Pastinak«, sagte der Anführer. »*Sie* haben mich dazu gebracht. Verstehen Sie mich? *Sie* haben diese Kinder und die Frau ermordet.«

Wilhelm zwang sich zurück zur Holztür, um seine Arbeit wiederaufzunehmen. Abzuschließen. Damit der Albtraum endete und in ein Happy End umgewandelt werden konnte.

Als er einen halben Meter vom Eingang entfernt war, heulte der Trennschleifer im Leerlauf auf.

»In ein paar Minuten kommen wir rein, Herr Pastinak. Was immer Sie tun, es wird Sie nicht retten«, verkündete der Anführer gelassen.

Dann griff die Schneidescheibe ins Metall und schrillte anhaltend, hochtönend und rüttelnd.

Wilhelm setzte in Ruhe den letzten Stein in die Rahmenhalterung, bevor er sich die Pochvorrichtung vornahm. In einer Mischung aus Ehrfurcht und Sorge hielt er das polierte Stück in der Hand. *Auf sie kommt es an.* Löste der schwere Schlagbolzen das passende Energiefeld nicht aus, war alles verloren.

Wilhelm legte ihn zur Seite und brachte die Platte an, auf die der Stein treffen sollte. Nochmals prüfte er den Sitz des Blattes in den Scharnieren, den Abschluss und die genaue Passform. Nichts durfte auch nur um einen Millimeter klemmen, abstehen oder sperren.

Seine akribischen Vorbereitungen wurden vom unaufhörlichen Kreischen und Sirren des Trennschleifers begleitet. Die Luft in der kleinen Werkstatt veränderte sich, bekam eine metallische Note, erwärmte sich und schmeckte nach Rauch. Blassblaue Schwaden waberten durch den Kellerraum.

Nachdem Wilhelm jedes Stückchen der Tür geprüft hatte, machte er sich an das Vollenden der Schnitzereien. Sein Blick wechselte zwischen Plan und Holz, damit er nichts übersah.

Seine Augen brannten, die Sicht trübte sich von der Anstrengung und dem schwerer werdenden Schwindel, der ihn bei jedem vierten, fünften Atemzug heimsuchte. Dennoch zwang sich Wilhelm zur Sorgfalt.

Bald habe ich es. Span um Span fiel gebogen und gekräuselt auf den Werkstattboden, bis er sich sicher war, alle Details beachtet zu haben.

Wilhelm nahm das letzte Particula und führte es in die

vorgesehene Halterung am Ende der Pochvorrichtung ein. *Vollenden wir es.* Mit leichtem Druck des kräftigen Daumens schob er – *knack.*

In mehreren Fragmenten fiel das Particula aus der Hülse und rieselte zu Boden.

Wilhelm glaubte, sein Herz bliebe stehen. *Zerstört!*

An der Tür kreischte der Trennschleifer.

Wilhelm besann sich und nahm das Säckchen der Angreifer, in denen sich weitere der kostbaren Steine befanden. Nach hastigem Wühlen fand er ein Exemplar, das eine passende Form aufwies. *Gelobt sei Gott der Herr!*

Beim zweiten Versuch ging Wilhelm behutsamer vor, danach setzte er den Schwengel in die Halterung ein. *Fertig!*

Schwitzend und hustend legte er den Plan zur Seite und zog jenes Blatt aus der Sammlung hervor, auf dem erklärt wurde, welche Einstellungen vorgenommen werden mussten, damit die Tür in der Zeit zurückführte.

Angestrengt und matt schob Wilhelm die Hülsen in die angegebenen Positionen, die mit einem leisen Klacken einrasteten.

Mittendrin bemerkte er, dass sich etwas in seiner Umgebung verändert hatte. *Der Trennschleifer! Er ist verstummt.*

* * *

DEUTSCHLAND, NAHE LEUNA-AREAL,
31. DEZEMBER 2049

Milana sah über den Rand des verschneiten Grabens hinweg zu den hell erleuchteten Gebäuden, die einen Kilometer von ihnen entfernt standen. Scheinwerfer verbrannten jegliche Schatten zwischen den Mauern und auf den Straßen, von den hoch aufragenden Schornsteinen strahlten die LEDs mit immenser Helligkeit herab.

»Eigentlich fast schön«, hörten sie Nótt in ihrem Ohrstecker sagen.

Fast, dachte Milana. Aus manchen Schloten stieg Rauch, woanders brannten Gasfackeln mit verschiedenen Farben in die Nacht, die sich über dem Leuna-Areal spannte. Was pittoresk aussah, war das Ergebnis der Vernichtung von hochgefährlichen Stoffen, die durch die Hitze abgetötet wurden.

»Fuck, das ist eiskalt«, beschwerte sich Sick und schlang die Arme um sich.

»Der Schnee macht alles viel zu hell.« Zeljko sah mit dem Nachtsichtgerät umher. »Wir werden verflucht gut zu sehen sein. Oder besser unsere Spuren. Da helfen die besten Wintertarnklamotten nichts.«

Bis auf Milana begannen sie das Beobachten durch die mitgebrachten Ferngläser. Sie hatten die Schwachstelle im Sicherungsplan ausgemacht, eine leicht zu öffnende Tür in der Nordostseite des Zaunes, die als Notausgang gedacht war.

Allerdings hatten sie nicht vorhergesehen, dass das Weiß der Schneedecke das Licht der Scheinwerfer extrem gut reflektierte. Der Wetterbericht hatte etwas anderes vorhergesagt: Schneefall und Nebel.

»Nótt, was macht die versprochene Unterstützung?« Milana hielt Ausschau in die entgegengesetzte Richtung. Zwar trug sie eine Pistole am rechten Oberschenkel und eine Schnellfeuerpistole, die angeblich nie ihr Ziel verfehlte, aber alleine der Gedanke, dass sie die Waffen einsetzen musste, ließ Übelkeit in ihr aufsteigen.

Es gab keinen anderen Weg, um an Lithos heranzukommen und sich an White-Spelling zu rächen. Sich als Lieferanten auszugeben, hatten sie verworfen. An diesen Tagen arbeiteten keine Zulieferer, außerdem waren die Kontrollen an den Zufahrtsstraßen viel zu streng. Nur eine minimale Abweichung im Dig-Y oder im Passiercode, und eine Schießerei war sicher.

»Sie ist auf dem Weg«, versprach Nótt. »Ich sag euch Bescheid.«

Die Hackerin hatte ihnen Drohnen versprochen, kleine wendige Dinger, nicht größer als ein Teelicht und geräuschgedämpft, sodass man sie nicht kommen hörte. Sie sollten Funksender an den Terminals anbringen, damit Nótt sie aus der Distanz hacken konnte, wie auch die Notfalltür in einem knappen Kilometer Entfernung. Und das dazugehörige Sicherheitssystem.

»Dieser verfickte Schnee, echt«, schimpfte Catho. »Wir sollten längst in Position sein. Wieso gibt es keinen Nebel?«

Milana glaubte, etwas in der Ferne auszumachen. *Die Verstärkung oder eine Patrouille?* Sie hob ihr Sichtgerät, zoomte und schaltete auf Wärmeerkennung.

Das Etwas entpuppte sich als Häschen, das aus dem Schutz des Unterholzes gekommen war und mümmelnd in Richtung der Menschen schaute.

»Ist da was?« Zeljko drehte sich nicht um, hatte aber Milanas Bewegung ausgemacht.

»Ein Hase.«

»Der Silvesterhase.« Herecy kicherte. »Wäre doch eine schöne Idee für ein Kinderbuch.«

»Echt jetzt? Darüber denkst du nach?«, schnauzte Bron. »Wir haben ein massives Problem, und du –«

»Ruhe«, verlangte Zeljko. »Haltet weiter Ausschau nach Überwachungsdrohnen des Konzerns. Ich will wissen, ob die Rundflugzeiten stimmen, die wir von Nótt bekommen haben.«

»Als ob ich das versauen würde«, sprach die Funkstimme prompt. »Okay, haltet euch bereit. Meine Drohnen sind gleich bei euch. Und ich sende noch was fürs Back-up mit, falls es zu einer wüsten Schießerei kommen sollte. Um ehrlich zu sein: Ich rechne fast damit.«

»Wo sind die Drohnen?«

»Kommen aus dem Wald in 3, 2, 1 ...«

Milana schwenkte das elektronische Fernglas und erkannte zehn kleine Punkte, die mit hoher Geschwindigkeit heranschossen. *Nicht mal Schnee wirbeln sie auf. Gut, gut.* An den steuerbaren Greifärmchen waren einsteckbare Sender angebracht, mit denen sich Nótt ins System der Leuna-Sicherheit hacken wollte.

Die Drohnen erreichten die Gruppe und umschwirrten sie in einem filigranen, irrwitzigen Ballett, ohne dass sie miteinander kollidierten.

»Lass das, Nótt. Ich komme mir vor wie ein Stück Scheiße, das von Fliegen umsummt wird«, sagte Sick, und die Truppe lachte leise.

»Ich kann damit auch die Scheinwerfer ausschalten, aber das fällt sofort auf«, schlug Nótt vor. »Vielleicht für ein paar Sekunden? Das könnte gehen.«

»Jetzt mal ehrlich: Die Spuren im Schnee zeigen der dümmsten Wache, dass sie Besuch bekommen haben«, warf Catho schlecht gelaunt ein. »Wir sollten abbrechen, oder, Zeljko?«

»Nein!«, erwiderte Milana an seiner Stelle, auch wenn ihr der Befehl nicht zustand. »Wir haben alles geplant und vorbereitet.«

»Wer die Spuren sieht, begreift, dass jemand eingedrungen ist«, hielt Bron dagegen. »Die haben uns schnell gefunden. Wir könnten uns noch Schellen und Glöckchen umhängen, um es ihnen einfacher zu machen.«

»Ruhig«, sagte Nótt und ließ eine Drohne dicht über der weißen Fläche schweben. In dieser Höhe wirbelte sie Flocken auf. »Seht ihr? Damit kann ich die Spuren verwischen. Nicht ganz, aber zumindest so, dass man sie nicht auf etliche Meter erkennt.«

»Problem gelöst«, verkündete Milana und entdeckte wieder etwas im Unterholz. »Fuck, was ist *das*?«

Eine menschliche Silhouette kauerte neben einem Busch. Milana schaltete durch die Ansichtsmodi, ohne dass sie den Besucher besser sah. Das Wärmebild fokussierte sich nach wie vor auf das Häschen.

»Wo?« Zeljko wandte sich um.

»Hinter dem Hasen, etwa dreißig Meter, neben dem Gebüsch«, antwortete Milana und vergrößerte den Bildausschnitt so weit wie möglich. »Tarnklamotten inklusive Gesichtstarnung.«

»Nicht durchdrehen.« Nótt lachte leise. »Das ist das Back-up, das ich versprochen habe.«

»Wer ist das?« Zeljko war der Unmut deutlich anzuhören. »Du kannst nicht einfach Leute anheuern und unsere Mission dabei in Gefahr bringen, Nótt.«

Die überbreite Gestalt erhob sich aus ihrer Deckung und kam gebeugt auf den Graben zu, in dem die Gruppe lagerte.

Sie bewegte sich sehr schnell. Nur ein perfekt trainierter Sprinter hätte mithalten können, aber eine gänzlich andere Haltung einnehmen müssen, um diese Geschwindigkeit zu erreichen. Zudem war die Person behängt mit drei verschiedenen Gewehren unterschiedlichen Kalibers. Milana war keine Expertin für Waffen, meinte jedoch, dies an Länge und Dicke der Läufe zu erkennen.

»Für ein Back-up ist der Kollege ordentlich ausgerüstet«, befand Sick.

»Wenn man in den Krieg mit einer Armee will, ganz gewiss«, ergänzte Herecy beeindruckt. »Das ist ein Destroyer-Maschinengewehr, ein Storm-Schnellfeuerkarabiner mit Granatwerfer und … was ist denn das für eine Knarre? Die mit dem dicksten Lauf?«

»Ein schallgedämpftes Snipergewehr, russisches Fabrikat. Es ist höllenschwer, hat aber durch den Silencer keine Nachteile wie ein aufgesetzter«, referierte Catho. »Das Ding ist unbezahlbar. Dank sei Nótt!«

Die Truppe lachte erleichtert.

Der vollständig getarnte Mann stieß zu ihnen, das Gesicht hinter einer Skimaske verborgen. Als er sich leicht aufrichtete, ragte er mehr als zwei Meter in die Höhe. Seine Statur erinnerte an einen Wrestler oder einen professionellen Bodybuilder; darüber lag eine Panzerung aus Kevlarelementen.

»Hallo«, sagte er mit dunkler Stimme und klang dabei gefährlich. »Ich bin Hrím. Nótt schickt mich. Ich soll euch den Arsch freihalten, sobald die Ballerei losgeht.«

Milana war wirklich beeindruckt. »Danke.«

Zeljko bedeutete Hrím, sich zu ihnen zu knien, um nicht gesehen zu werden. »Was machst du normalerweise?«

»Söldner. Ausland. Viel Erfahrung mit Drecksarbeit. Macht euch keine Sorgen.« Hríms Kopf zuckte mehrfach. »Verdammt noch eins, ich ...« Er packte mit der Linken in den Nacken und drückte fest zu, es knackte leise, und das Zucken endete. »Alte Kriegsverletzung. Habe ich einmal am Tag.«

»Wie gut, dass es *jetzt* war.« Zeljko hob sein modifiziertes Dig-Y. »Hrím. Nie gehört. Über dich gibt es auf den einschlägigen Portalen keine Einträge. Wie kommt's?«

»Verschiedene Einsatznamen. Und wie gesagt: Ausland. In Deutschland braucht man die Art von brachialen Diensten, die ich biete, eher selten.« Hrím lachte böse.

»Okay, hört auf zu labern«, sagte Nótt. »Ich surre jetzt voran und mache die Tür auf. Haltet euch bereit.«

Milana gab die Anweisung weiter. »Und dann?«

»Werde ich die Scheinwerfer dimmen und leicht verstellen, damit so was wie ein Schattenband entsteht. Ihr habt nach meinen Berechnungen etwa zehn Sekunden, um vom Tor bis zur nächsten Wand zu kommen. Bis dahin hat die nächste Drohne das Schloss geknackt, und ihr kommt rein.«

»Verstanden«, sagte Zeljko. »Das ist die Halle von Lipsi Enterprises, richtig?«

»Genau.« Catho verglich den Plan mit dem Satellitenbild. »Laut unseren Unterlagen haben sie noch einen alten Versorgungsschacht, der sie mit dem Komplex von PrimeCon verbindet.« Sie deutete auf das Leuna-Gelände. »Etwa dreihundert Meter durch eine Röhre, in der alte Kabelstränge liegen. Ich hoffe, wir passen durch.« Dabei sah sie zu Hrím.

Der Söldner winkte ab. »Schaffe ich locker.«

»Ich bin mir da nicht sicher. Du siehst aus wie der kleine Bruder von Hulk.« Herecy betrachtete ihn mit dem Nachtsichtgerät. »Beeindruckend. Echt beeindruckend. Und kalt wie ein Zombie.«

»Thermoklamotten.« Hrím deutete auf die Tür. »Sollten wir nicht los? Die ist schon offen.«

»Dafür bin ich auch.« Milana kletterte als Erste aus dem Graben und spurtete über die Schneefläche auf den Eingang zu. *Wir haben lange genug gewartet.*

»Wenigstens eine, auf die Verlass ist.« Nótt klang leicht abwesend. Die Überwachung der Drohnen und das Hacken der Sicherheitssysteme verlangten ihre gesamte Aufmerksamkeit.

Die restliche Truppe folgte ihr, wie sie am vielfachen Knirschen der Schritte hörte.

Milana sah über die Schulter.

Gleich neben ihr spurtete Hrím, so unangestrengt, als trüge er keinerlei Gewicht. Dahinter liefen Zeljko und die Seinen, während die neun Schwebedrohnen am Ende kurvten und die Spuren im Schnee verwischten.

Zum ersten Mal seit längerer Zeit stieg Milanas Zuversicht.

* * *

Tessa beobachtete die Vorbereitungen der unerschrockenen Eindringlinge aus dem Schutz des Unterholzes heraus.

Ihre schwarze Rüstung und der darübergelegte Schneetarnanzug ließen keine Thermospuren nach außen dringen, die elektronische Geräte hätten auffangen können. Deswegen lief auch der Koloss an ihr vorbei, der vom Hacker namens Nótt geschickt worden war, ohne sie zu bemerken.

Der Signalverstärker übertrug die Gespräche der Gruppe bis zu ihr. Den Begriff *Hrím* hatte Tessa durch die Datenbanken laufen lassen, sowohl die internen als auch durch internationale.

Aber niemand kannte einen Söldner, der unter einem derartigen Pseudonym arbeitete. Nicht einmal ansatzweise.

Alles, was die Suchmaschine ergänzte, war: Hrímfaxi.

Was soll das sein? Tessa prüfte den Begriff aus Neugier, weil es sonst noch nichts zu tun gab. Ihr Plan sah vor, dass sie den Eindringlingen folgte, im Hintergrund blieb und zuschlug, sobald sie in die Nähe von Lithos kamen. Dann würde sie das Artefakt im Namen des deutschen Staates an sich nehmen.

Sie bezweifelte, dass ihr Dienstausweis den Werkschutz und die Bewaffneten von PrimeCon dazu brachte, sie mit der Beute gehen zu lassen. Vor dem Feuergefecht fürchtete Tessa sich nicht, sie trug ausreichend Munition mit sich. Bösartige Spezialmunition. Sie würde zudem ihren Transponder einschalten, auch die Funkübertragung, sodass es im Falle ihres Todes genug Beweismaterial gegen das Unternehmen gab.

Tessa sah auf das Innendisplay des Helmes. *Na?*

Hrímfaxi war altnordisch und bedeutete »Rußpferd« oder »das Reifmähnige«. Es war das Pferd, das die Nacht über den Himmel zog und Nótt als Reittier diente. Es hieß, der Schaum oder Speichel Hrímfaxis fiele morgens auf die Erde hinab und bilde den Tau auf allem.

Nótt und Hrímfaxi. Tessa richtete die Blicke auf die Gruppe, die noch diskutierte. *Das ist niemals im Leben Zufall.*

Sie wechselte die Position und betrachtete die Fußspuren des unbekannten Söldners. Das Sohlenprofil drückte sich dank seines mitgeschleppten Waffengerümpels erwartungsgemäß tief ein.

Zu tief.

Der Typ muss mehr als dreihundert Kilogramm wiegen. Das schaffte niemand mit Muskel- und Ausrüstungsmenge; maximal hundertfünfzig oder hundertachtzig waren realistisch. Für einen herkömmlichen Menschen.

Was bist du für ein Kerlchen, Hrím?

Die Terroristen hatten ihre Diskussion beendet und trabten über die Schneefläche, während der Drohnenschwarm ihre Fußspuren im Schnee mit den Abwinden der Rotoren zu verschleiern versuchte.

Tessa wartete, bis die Truppe die Hälfte des Weges zum Leuna-Areal hinter sich gebracht hatte, und wollte sich gerade an den Rand des Unterholzes begeben, als sie schnelle Schritte im knirschenden Schnee hörte.

Noch mehr Back-up? Tessa blieb, wo sie war, und blickte sich um. *Das hat Hrím nicht erwähnt.*

Acht Leute in Schneetarnuniform, die Rucksäcke und kurzläufigen Gewehre auf den Rücken geschnallt, eilten heran. Die Helme waren geschlossen und wiesen eine verdächtige Ähnlichkeit zu Tessas Helm auf.

Percutoren? Tessa hatte keine Verstärkung angefordert.

Wahrscheinlich hatte die Zentrale ihren Transponder aus der Ferne aktiviert, weil man ahnte, dass sie etwas Besonderem bei ihrem Sonderauftrag auf der Spur war. Das war eine grobe Missachtung ihrer Souveränität und der Mission, die durch einen derart massiven Einsatz von Percutoren gefährdet wurde.

Ylmaz, diese kleine Schreibtischfotze. Die Retourkutsche für das Nichterscheinen in ihrem Büro, trotz der dringlichen Einladung. Milana traute ihrer Vorgesetzten durchaus zu, einen ranghöheren Beamten mitgeschickt zu haben, der einer Direktorin Befehle erteilen konnte. *Das bekommt sie zurück.*

Tessa wollte sich eben erheben und zeigen, als ihr Zweifel an ihrer Theorie kamen. Wieso nahmen sie keinen Kontakt auf? Rasch aktivierte sie die Freund-Feind-Erkennung in ihrem Helm. *Keine grünen Transponderresonanzen.*

Sie konnten ausgeschaltet sein wie ihr eigener – aber kurz vor dem Einsatz und mit dem Wissen, auf eine schwerbewaffnete Percutorin zu stoßen?

Die Truppe pirschte stumm an ihr vorbei. Sie bemerkten die getarnte Direktorin nicht und wirkten keinesfalls, als suchten sie nach ihr.

Also acht weitere gegnerische Leute. Die Übermacht war zu knacken. Tessa erwog, aus dem Hinterhalt zu agieren. Aber Lautlosigkeit war nicht unbedingt ihre Stärke, schon gar nicht in einer schier vollkommenen geräuschfreien Kulisse. Jeder Schritt im Schnee knirschte. Wurde man im Leuna-Areal aufmerksam, konnte sie die Aussicht auf Lithos begraben.

Ich werde mich ihrem Laufrhythmus anpassen. Dann kann es klappen. Tessa erhob sich und ging im gleichen Trott wie die Unbekannten, trat in deren Abdrücke. Komprimierter Schnee knirschte weniger. Dabei zog sie die schallgedämpfte Maschinenpistole.

Solange wir noch im Schutz des Unterholzes sind, muss ich zuschlagen. Tessa aktivierte die Außenlautsprecher. »Im Namen des Gesetzes: Halt. Percutorin Falkner. Sie werden mir ...«

Der Hintere wandte sich sogleich um und langte an den Rucksack, um sein Gewehr zu greifen. Damit versperrte er ihr die Sicht auf die übrigen.

Tessa feuerte eine kurze Salve in den gepanzerten Brustkorb des Mannes, dann in die Knie.

Der Getroffene schrie dumpf auf und stürzte, genau vor Tessa. Der aufstiebende Schnee hüllte sie in eine glitzernde

Wolke. Die Kamera lieferte lediglich Gestöber, der Wärmesensor erfasste die Gegner nicht.

Sie ließ sich seitlich in das Weiß fallen, um von dort die Mündung auf die neuen Ziele auszurichten. »Widerstand ist ein Verstoß gegen Paragraf …«, sagte sie, um die Unbekannten von Gegenwehr abzubringen, und schoss aufs Geratewohl in Kniehöhe dorthin, wo sich der Pulk befand.

Zwei weitere Getroffene schrien auf, dann prasselten die feindlichen Kugeln auf Tessas Panzerung und versetzten ihr starke und schwache Hiebe in raschem Wechsel. *Wenigstens keine panzerbrechende Munition.*

Die Schneewolke senkte sich und enthüllte die Widersacher.

Zwei von ihnen lagen im Weiß, um sich rote Spritzer. Die übrigen verbargen sich, nur die Spuren und das Blitzen des Mündungsfeuers verrieten, wohin sie mit den Tarnklamotten in Deckung gegangen waren.

Tessa rollte sich zur Seite und neben einen Baum, der prompt beschossen wurde. Spänchen und Rindenstücke flogen davon. Dann bemerkte sie, dass sie ihre Ausrüstungstasche verloren hatte. *Fuck! Die Particulae.*

Das Feuer der Gegenseite wurde eingestellt.

»Direktorin«, kam es von einem der Gepanzerten. »Wenn Sie verschwinden und uns eine Stunde Vorsprung lassen, verspreche ich Ihnen, dass Sie es nicht bereuen.«

»Bestechung?« Tessa lachte auf. »So viel Geld haben Sie nicht.«

»Eine Million?«

Das war überraschend und albern zugleich. »Nur aus Interesse: Wie soll das gehen?«

»Sie sagen mir, wer Sie sind, und Ihnen wird das Geld geliefert. Cash«, kam die Antwort. »Das mag für Sie seltsam klingen, aber ich schwöre Ihnen, dass sich unsere Organisation an ihr Wort hält.«

Organisation? Tessa hielt das Gerede für Ablenkung. *Wollen sie mich einkreisen?* Sie sah sich um, ob sich eine Bewegung im Dickicht zeigte. *Nein. Sie warten. Auf Verstärkung?*

Die Situation hatte eine überraschende Wendung genommen. Eigentlich hatte sie sich an die Fersen von Nikitin gehängt, jetzt litt sie selbst an Verfolgern. Tödlichen Verfolgern.

»Ich glaube nicht, dass ich Ihnen dabei entgegenkommen kann.« Sie überlegte, wie viel Schuss Munition sie mit sich führte. »Sie werden sich nicht vom Fleck bewegen.«

»Sie aber auch nicht, Direktorin.«

»Sobald die Verstärkung eingetroffen ist, mit Sicherheit.«

»Wären Sie nicht alleine hier, wären wir schon längst hochgenommen worden«, kam es zurück. »Aber da noch keiner erschienen ist, gehe ich davon aus, dass auch keiner kommen wird.«

Tessa wechselte das Magazin von Standard- auf panzerbrechende Munition. Damit durchbrach sie mit Sicherheit die dünnen Stämmchen, hinter denen die Widersacher in Deckung gegangen waren. Sie schwenkte die Mündung auf den Gegner rechts außen und versuchte abzuschätzen, wo sich ungefähr sein Kopf befand. Dann stellte sie auf Einzelschuss um.

Ein Zucken des Zeigefingers, die überschwere Maschinenpistole gab einen pfeifenden Laut von sich.

Die beschichtete und gehärtete Kugel durchschlug im Sekundenbruchteil das Holz.

Die genaue Wirkung sah Tessa nicht – nur wie eine rote Sprühwolke hinter dem Baum aufstob und sich auf dem Schnee verteilte. Einen Herzschlag später kippte der Widersacher seitlich aus dem Schutz heraus und lag still.

»Ich brauche keine Verstärkung.« Tessa erledigte den nächsten Gegner mit einem sauberen Schuss durch den Stamm hindurch. Der Erschossene rutschte leblos aus seiner Deckung.

»Erledigen wir die Schlampe!«, erklang es hektisch. »Feuer!«

Tessa machte sich klein, während die verbliebenen Leute hinter den Stämmchen und die Verletzten nach ihr schossen. Mehrmals wurde sie gestreift, was sich wie leichtes Ruckeln und Zwicken anfühlte. Aber die Rüstung hielt.

»Jeremy! Die Tasche der Percutorin«, hörte sie einen rufen. »Wirf sie rüber. Sie hat Particulae dabei.«

Woher wissen die das? Tessa lugte für eine halbe Sekunde um den zerfledderten Baum herum.

Ein Mann hielt ein Messgerät auf ihre Tasche gerichtet. Anscheinend waren damit die Abstrahlungen der besonderen Steine zu erspüren.

»Ist gut.« Der verletzte Jeremy reckte die Hand und bekam eine Lasche zu fassen, zog die Tasche unter Keuchen zu sich heran.

Bestimmt nicht. Tessa hatte lange genug abgewartet, um sicher zu sein: Da die Gegner keine Munition mit sich führten, mit der sie die Percutorenpanzerung knackten, konnte sie in den Kugelhagel gehen. Sie müssten sehr oft auf die gleiche Stelle schießen, um ein Loch hineinzustanzen. So würde es nur blaue Flecke geben, das kannte sie von ihren vielen, vielen Einsätzen. Visiertreffer waren unheimlich, weil sie das Projektil tatsächlich kommen sah, aber das Spezialglas würde halten.

Zeit zum Aufräumen. Tessa stand auf und kam mit der MP am langen Arm hinter dem Baum hervor. »Beenden wir das Ganze«, sprach sie über den Helmaußenlautsprecher. »Wenn Sie sich jetzt –«

»Du wirst uns nicht aufhalten.« Jeremy hob ächzend die Hand, um auf sie zu feuern. »Unsere Sache ist größer als –«

Mit einem einzigen Schuss durch die Stirn beendete Tessa sein Leben, und er entspannte sich, bis auf die Finger, die sich fest um die Taschenlasche geschlossen hatten.

Unter anderen Umständen hätte Tessa diese Leute festgenommen und sie verhört, um herauszufinden, was sie mit den Particulae zu schaffen und warum sie es vermutlich auch auf Lithos abgesehen hatten. Aber die Zeit lief ihr zusammen mit Nikitin und ihrer Bande davon.

Ihr habt mich schon zu lange aufgehalten. Sie beugte sich zu ihrer Tasche.

Ein faustgroßer Gegenstand flog durch die Luft und plumpste vor ihr in den rotgesprenkelten Schnee; ein kleines Lämpchen blinkte erkennbar gelb und sprang um auf Rot.

Scheiße!

Die Detonation erfolgte ohne Knall oder Explosionswolke. Die Chem-Granaten erhielten ihre verheerende Wirkung durch schlagartige Freisetzung von Treibgas, das lange, giftpräparierte Dornen in alle Richtungen davonschoss.

Nahezu lautlos sirrten die gehärteten Nadelprojektile davon, während die Druckwelle die Tasche emporschleuderte und gegen das Helmvisier presste. Gleichzeitig wurde die Direktorin von Schneekristallen umhüllt und davongerissen.

Das Glas gab einen Knacklaut von sich und überzog sich mit Rissen, was Tessa in Panik versetzte. Die Dornen waren eigentlich nicht in der Lage, das Material zu durchschlagen. Sie hatte sich in erster Linie vor der Wirkung der Druckwelle und dem Aufschlag auf dem Boden oder gegen einen Baum gefürchtet, der ihr Knochen oder gar das Genick brach.

Was zum ... Ein heißer Schmerz entstand genau über Tessas Nasenwurzel, der sich als grelles Ziehen in jede Faser ihres Körpers verteilte. Gleichzeitig erlosch jegliche Kraft in ihren Armen und Beinen.

Deutlich spürte sie, dass sie sich im Flug drehte, aber nichts dagegen unternehmen oder den Aufprall abfangen konnte.

Tessa flog aus der Glitzerwolke und landete der Länge nach in einer Hecke, versank halb darin. *Scheiße. Scheiße, ich muss doch was tun können.* Außer den Gedanken blieb ihr nichts. Ihr Körper reagierte auf keinerlei Befehle.

Und plötzlich vernahm sie die Stimmen der Angreifer deutlicher in der Entfernung, hörte das Knirschen des Schnees gestochen scharf, mit Höhen, die sie zuvor nie wahrgenommen hatte.

»Hast du die Steine?«

»Ja.«

»Gut. Carlos, geh zur Percutorin und mach sie fertig. Wir müssen hinter den anderen her. So viele Particulae bekommen wie niemals mehr auf einen Schlag zusammen. Aber dafür müssen wir schnell sein.«

»Was ist mit Jeremy und den anderen?«

»Die bleiben hier. Entweder nehmen wir sie auf dem Rückweg mit oder wir lassen die Leichen liegen.«

Das schmerzhafte Ziehen ließ nach und ging in ein Brennen über, als hätte man ihr Säure in die Adern gespritzt. Etwas Warmes lief ihr über die Wangen, und es dauerte einen Moment, bis sie verstand, dass es Tränen waren. Tränen des Schmerzes. Ein roter Tropfen glitt von ihrer Nase auf das gesplitterte Glas des Helmvisiers, das Innendisplay war erloschen.

Die hurtigen Schritte durch den knirschenden Schnee erreichten Tessa. Mit einem Ruck wurde sie von der Hecke gerissen und landete rücklings im Weiß.

»Ich glaube, die ist schon tot«, rief der Mann.

»Sei dir sicher. Schneide ihr die Kehle durch. Das spart Munition«, lautete die Anweisung.

An Tessas Kopf wurde gerüttelt, es gab einige Schläge gegen die Helmverriegelung, dann erschien die Welt vor ihren Augen ohne Risse und Sprünge, sondern sternenklar und winterkalt.

»Du hattest recht. Sie lebt noch.« Ein unbekanntes Männergesicht schob sich vor das Nachtfirmament. Es folgte seine behandschuhte Linke mit einem geschliffenen Messer.

»Sie hat so was wie einen Kopfschuss. Ein Dorn muss ihr ins

Hirn gedrungen sein.« Er lachte hämisch. »Die Granate hat sie lobotomisiert!«

»Mach ihr ein Ende und los«, kam der genervte Befehl.

»Fahr zur Hölle, Percutorin.« Der Mann setzte die Klinge an und zog sie schnell durch Tessas Kehle. Warm umspülte das Blut ihren Hals und rann über den Nacken hinab. »Nein, fahr ins Nirgendwo. Das wünsche ich Arschlöchern wie dir und deinesgleichen.« Er spuckte ihr aufs Antlitz und entfernte sich mit raschen Schritten. »Erledigt«, rief er.

»Okay, den anderen nach. Ich hoffe, wir sind nicht zu spät.«

Tessa wurde müde und hätte gerne die Augen geschlossen, doch ihre Lider gehorchten ihr nicht. Das herausquellende warme Blut lag angenehm wie ein schmeichelnder Schal um ihren Hals, und ihre Müdigkeit stieg.

Sie ärgerte sich, dass sie nichts von dem, was sie sich vorgenommen hatte, in die Tat umgesetzt bekommen hatte.

Stattdessen wartete Tessa im Schnee auf ihren Tod.

* * *

*»Die Energie kann als Ursache für alle Veränderungen
in der Welt angesehen werden.«*

Werner Heisenberg: Physik und Philosophie (1958)

KAPITEL XI

DEUTSCHLAND, LEUNA-AREAL, 31. DEZEMBER 2049

Milana trabte neben den anderen Widerständlern durch die leere Halle auf den Fahrstuhl zu, der sie nach unten in den Keller bringen sollte. Dort wartete der vergessene Durchgangsschacht zum Gebäude von PrimeCon.

»Schneller«, befahl Nótt, die verzerrte Stimme knackte in Interferenzen. »Eure Spuren konnten im Schnee nicht restlos von den Drohnen beseitigt werden. Sobald die ein Wachmann findet, wird es schwer bis unmöglich, euch zu verstecken.«

Zeljko trieb sie zu größerer Eile an. Gleich darauf fuhren sie schweigend mit dem Lift nach unten.

Milana hätte nicht gewusst, was sie ohne Nótts Drohnenarmada gemacht hätten. Die flinken Geräte surrten und schwirrten um sie herum, hielten die mechanisch-elektronischen Augen offen und sondierten die Umgebung, um sie vor Überraschungen zu schützen; durch die Hacking-Zugänge setzten sie Überwachungssysteme sehr schnell außer Kraft. »Wie lange brauchen wir durch die Röhre in das andere Untergeschoss?«

»Nicht mehr als zehn Minuten. Und dann kommen wir exakt im Versorgungszentrum raus. Perfekt für die Drohnen«, antwortete Nótt. »Ich werde mich da einloggen, und auch dann haben wir ein leichtes Spiel. Zumindest gegen die Elektronik. Der Werkschutz und was auch immer sie darin an realem Widerstand haben, ist dann eure Sache.«

Der Fahrstuhl hielt an.

Sie verließen die Kabine und gingen auf den zugeschweißten Tunneleingang zu.

»Ist kein Problem«, befand Sick und streifte seine Tarnklamotten ab, um sie in den Rucksack zu packen. Zusammen mit Catho und Herecy, welche die gefleckten Überwürfe ebenso abstreiften, machte er sich an das Aufschneiden der Bolzen. Das Sprengen hätte zu viel Aufmerksamkeit erregt, also gingen sie vergleichsweise leise vor.

Und umständlich. Und langsam. Milana konnte sich nicht an den Gedanken gewöhnen, Teil einer Kampfeinheit zu sein. Vor ein paar Tagen noch hatte sie die Einkaufspreise von Kaviar und Champagner berechnet.

Der Rest der Truppe sicherte. Die Drohnen lieferten Aufnahmen aus der Halle über ihnen und vom Dach des Gebäudes. Bisher waren sie unbemerkt geblieben.

»Das ist die größte Sache, die jemals gegen einen Konzern gefahren wurde«, sagte Zeljko stolz. »Abgesehen von feindlichen Übernahmen.«

Bron hatte ihr Gewehr geschultert und sah zu Hrím, der keinerlei Anstalten machte, sich von seiner Thermokleidung zu befreien. »Kollege, weg mit den Fetzen. Die können wir im Tunnel nicht brauchen.«

»Wer weiß? Vielleicht haben sie Sensoren drin?«, widersprach der Söldner, der eine der drei Waffen ablegte und sie zu einem Päckchen schnürte, um sie besser durch die Röhre bugsieren zu können. »Ich warte ab.«

»Tu das meinetwegen.« Zeljko blickte auf die Uhr. »Geht das schneller?«, fragte er das Trio, das die Bolzenkappen eine nach der anderen abschnitt und aus der Halterung schmolz.

»Ginge schon. Würde dann nur laut.« Herecy setzte den mitgebrachten pneumatischen Spreizer an den schmalen Rand zwischen Blech und Wand. »Achtung: Sesam öffne dich!«

Das Gerät schob seine Kiefer auseinander.

Die korrodierte Abdeckung wehrte sich ächzend gegen die Behandlung und verbog sich zunächst nur störrisch, bis sie sich mit einem Knall ablöste und scheppernd auf den Boden fiel. Die Fliesen zersprangen unter dem mehrere Zentner schweren Gewicht.

Abgestandene Luft flutete den Raum. Spinnen und anderes Getier krochen heraus und schoben sich in die Lichtkegel der Rüstungs- und Helmlampen.

Scheiße. Milana erkannte auf den ersten Blick, dass der Tunnel einen wesentlich geringeren Durchmesser hatte als in den Plänen eingezeichnet. »Wir passen gerade so zwischen den Leerrohren und Leitungen durch.« Sie wandte sich an Hrím. »Was ist mit dir?«

»Er wird die Panzerung ablegen müssen.« Herecy schob eine weiße Spinne mit dem Stiefel zur Seite. Kaum gelangte das Insekt ins Dunkel außerhalb der starken Lichtkegel, wurde es phosphoreszierend und krabbelte davon.

»Okay, aber versprecht mir, nicht auszurasten«, sagte Nótt in den Funkgeräten der Widerständler. »Hrím wird jetzt die Tarnkleidung ablegen.«

»Sag nicht, dass er darunter nackt ist.« Sick grinste breit. »Das würde mich ...« Ihm stockte der Atem, als sich die erste Schicht Kleidung löste.

»Heilige Scheiße!«, entfuhr es Herecy, und sie tauchte nach ihrem Gewehr. »Wie zum ...?«

»Ruhig bleiben«, befahl Zeljko und wich dennoch einen Schritt zurück von dem Söldner. »Er hätte uns schon längst töten können.«

Einzig Milana regte sich nicht und starrte auf das Ding, das sich ihnen offenbarte. *Der Cyborg!* OCP-209 stand in neuer lädierter Pracht vor ihr. *Das ist das Werk von Nótt. Deswegen war er so generös, als es um den Auftrag ging: Er hat sich die Teile selbst geholt.* »Hast du ihn geflickt?«, fragte sie über Funk an.

»Ja. Ich wollte es euch beim ersten Auftreten schon sagen, aber es war keine Zeit, und ihr ... habt es einfach hingenommen, dass euch ein Schrank begleitet«, gab der Hacker zu.

»Ich konnte nicht wissen, dass dieser Tunnel so eng sein wird. Scheiße.«

Alle betrachteten das Wesen, das aussah, als sei es in irgendeiner Untergrundklinik zusammengebastelt worden. Die Originalteile des OCP-209 waren noch zu erkennen: Kopf und Torso, wenn auch stark modifiziert und repariert. Der Schädel bestand größtenteils aus einer gepanzerten Maske und Helm, war aber erkennbar. Um das alte Mittelstück waren Teile angebracht worden, die aus verschiedenen Konzernbeständen herrührten.

Doch das Entscheidende war, dass sie eine Feuerkraftmaschine bei sich hatten – aus der Ferne gesteuert und mit der umprogrammierten KI des Kunstwesens.

»Ich reiße einfach ein paar Rohre aus dem Weg«, sagte Nótt über Funk. Zwei Drohnen schwebten in den dunklen Tunnel und erkundeten ihn. »Ihr anderen geht schon mal vor. Meine fliegenden Augen melden nichts Ungewöhnliches und keinerlei Überwachungssysteme.«

Bron zuckte mit den Achseln und ging am Cyborg vorbei in die Röhre, aus der eine kleine Armee von Spinnentieren krabbelte, die den Schuhen geschickt auswichen, um nicht zermalmt zu werden. »Solange dieses Riesenbaby tut, was es soll, habe ich damit keine Probleme.«

Milana fiel es schwer, sich vom Anblick des Cyborgs loszureißen, der sie in der Ruine beinahe getötet hatte. Dass OCP-209 sie nicht mehr umbringen wollte und auf ihrer Seite stand, musste sie erst verdauen.

»Uns nach«, befahl Zeljko und eilte hinter Bron in die Dunkelheit. »Wir haben keine Zeit zu verlieren, falls das jemand vergessen haben sollte.«

Die Truppe folgte ihm, umschwirrt von Drohnen und dem Knacken und metallischen Ächzen der Leitungsrohre und Streben, die der Cyborg herausriss oder durchbrach, als befreite er einen Dschungel von Lianen und Gestrüpp.

»Das hättest du mir sagen können«, beschwerte sich Milana.

»Wozu? Es hätte ja nichts geändert«, erwiderte Nótt und klang wieder abgelenkt.

Milana stieß als Letzte zur Gruppe, die sich bereits durch die Versiegelung der Röhre auf der anderen Seite schnitt. Das war eine gänzlich gegensätzliche Erfahrung zu den Partys und Events der Reichen und Schönen, und sie rang mit dem Ekel, der sie in dieser Umgebung befiel. Auch die Beengtheit setzte ihr zu. Vor der Truppe würde sie aber keine Schwäche zeigen. *Ich bin Stalina.*

Es dauerte eine Weile, bis sie die Platte geknackt bekamen und den Sturz des Metallelements so lenkten, dass es nach innen fiel. Das Kondenswasser spritzte in alle Richtungen davon, die Rohre leiteten das laute Scheppern weiter.

Sogleich summten die Drohnen in den Raum dahinter und erkundeten ihn unauffällig, manipulierten über Schnittstellen an den Sensoren die Anzeigen, die in die Zentrale gesendet wurden. Es lief wie am Schnürchen, als sei es tausendfach geprobt.

»Keiner kann uns sehen. Rein mit euch. Wir sind im Nebenraum der Generatoreinheit«, erklärte Nótt. Milana und Zeljko sprangen hinein, OCP-209 schob sich hinterher. »An den Generatoren in der nächsten Halle vorbei geht es zum Lastenaufzug. Der bringt euch bis in die Forschungsebene hinauf.«

»Irgendwelche ungewöhnlichen Aktivitäten?«, fragte Zeljko.

»Keine. Alles ruhig.«

Die Einheit bewegte sich schnell durch den Raum, drang in den nächsten ein, stets umschwärmt und abgedeckt durch die Drohnen, und spurtete durch den lärmenden Generatorraum.

Was genau geschah, woher die Energie rührte und was die Anzeigen bedeuteten, verstand Milana nicht, aber es hatte nichts mit der Stromgewinnung zu tun, die sie kannte. *Batjuschka hätte es mir erklärt.*

»Wie sieht's draußen aus?« Milana hatte kein gutes Gefühl, wusste jedoch nicht, wieso. Vielleicht weil der Cyborg wie aus dem Nichts zurückgekehrt war.

»Ich ... Moment.« Nótt schwieg sekundenlang, und OCP-209 bewegte sich prompt langsamer, unsicherer, als hätte der Hacker die Finger von den Kontrollen genommen. »Da ist was, glaube ich. Der Werkschutz ist mit ein paar Mann draußen, auf der anderen Seite des Zaunes und ... Moment! Das sind nicht unsere Spuren. Jemand kam nach uns auf die gleiche Weise auf das Leuna-Areal.«

»Wieso haben sie noch keinen Alarm ausgelöst?« Zeljko rief den Lift mit einem raschen Tastendruck, die Übrigen sicherten.

»Kannst du den Funk abhören, um rauszubekommen, wer das sein könnte?«, hakte Milana ein.

»Nein, nichts. Aktuell geht die Zentrale von Spionen aus, die ...« Wieder schwieg Nótt. »Okay, es wird knifflig. Ich bin im System, aber sie haben bereits Gegenmaßnahmen eingeleitet, um mich auszuwerfen.«

Die Kabine öffnete sich vor Milana und der Truppe, rasch stiegen sie ein.

»Wie viel Zeit haben wir?« Herecy sah angespannt auf das Bedienfeld. Eine Drohne senkte mit dem Greifärmchen einen Anschluss in den Datenleseschlitz, und die Türen schlossen sich.

»Ich habe gerade einen Funkspruch abgefangen«, sagte Nótt. »White-Spelling hat ein Experiment initiiert, das trotz der Vorkommnisse stattfinden wird. Es ist nicht mehr anzuhalten. Sämtliche Kalibrierungen und Abläufe haben einen Status erreicht, bei dem ein Abbruch nicht möglich sein wird.« Nótt stockte. »Zur Hölle! Sie veranstalten einen weiteren Testlauf mit Lithos. Mit maximaler Energie.«

»Mein Vater warnte genau *davor*«, stieß Milana aufgeregt aus. *Wir sind noch nicht zu spät.* »Schnell!«

»Sie haben die Sektionen abgeriegelt und die Schotts geschlossen. Aber es ist machbar«, sagte Nótt. »Ich fahre euch gleich auf Etage 23. Dort wird es geschehen. Ihr habt nach Öffnen der Türen etwas mehr als eine Minute, um in das Labor vorzudringen. Danach startet die Bestrahlung des Steins, und dann würde ich keinen Fuß mehr hineinsetzen.«

Milana schwieg. *Und wie ich das werde!* Sollte sich die Professorin darin befinden, würde sie nichts aufhalten. Mochte Lithos explodieren oder verpuffen – Milana würde sicherstellen, dass White-Spelling mit unterging. *Die Mörderin meines Vaters überlebt nicht.*

»Jemand ist uns gefolgt«, sagte Zeljko zu Milana. »Irgendeine Idee, wer das sein könnte?«

»Sie haben uns vorgehen lassen, weil sie wussten, dass wir in das Gebäude eindringen können«, meinte Sick und prüfte die Einstellungen seines Gewehrs.

Stockwerk um Stockwerk ging es nach oben.

Milana zuckte mit den Schultern. »Wichtig ist, dass wir den Vorsprung halten. Auch deren Ziel wird Lithos sein. Warum auch immer.«

Die Kabine hielt an.

»Der Gang ist frei«, verkündete Nótt, und die Türen öffneten sich. »T minus 87 Sekunden. Los!«

Der OCP-209 schwang sich als Erstes ins Freie, als die schweren Schotts wie von Zauberhand vor ihnen auseinanderglitten.

Sofort erklangen Alarmsirenen.

Durch die Glasscheiben rechts und links sahen Milana und die stürmende Gruppe en passant etliche irritierte Kittel- und Schutzanzugträger in hermetisch abgeriegelten kleinen Laboren, die an Particulae arbeiteten. In anderen Räumen lagen zerlegte oder verbrannte Türrahmen aus verschiedensten Materialien auf Tischen, wurden in Geräten untersucht und analysiert. PrimeCon hatte offensichtlich viel Mühe aufgewendet, um hinter die Geheimnisse des extraterrestrischen Gesteins zu gelangen.

Im Laboratorium unmittelbar neben dem Hauptlabor, das sie just erreichten, stand eine intakte Tür in einer Halterung eingespannt und wartete auf eine Untersuchung oder ihre Dekonstruktion.

»T minus 45 Sekunden«, warnte Nótt. Das rote Alarmlicht am Stahlportal flammte auf, und eine weitere Sirene heulte los. Millimeterweise schwang der Eingang auf. »Da drinnen sollte Lithos stehen. Schnappt euch das Ding, steckt mir ein Funkmodem in den nächsten Datenschlitz eines Auswertungscomputers, und dann raus mit euch!«

Die Truppe verteilte sich vor dem Zugang, Sick und Bron sicherten den Rückweg. Die Verwirrung der Kittel- und Schutzanzugträger beim Auftauchen der Unbekannten wandelte sich zu Panik, die Ersten suchten nach Fluchtmöglichkeiten aus den Laboren.

Milanas Aufregung stieg. Mit dem Funkmodem würde Nótt sämtliche Forschungsdaten abgreifen und hinaussenden, um sie als Beweise zu sichern. *Damit ist PrimeCon geliefert und des geheimsten Wissens beraubt.*

»T minus 41 Sekunden.«

»Das reicht niemals. Ich gehe vor.« Kaum war der Spalt breit genug, zwängte sich Herecy in das Labor dahinter. »Los!«

»Was soll das?« Zeljko folgte ihr sofort. »Was machst du da? Warte!«

Auch für Milana gab es kein Halten mehr, denn auf der anderen Seite wartete White-Spelling auf ihre gerechte Strafe.

* * *

»Du! Steh auf!«

Die herrische Stimme einer Frau schien Tessa ins Ohr zu rufen.

Wie kann das sein? Ich ...

»Hörst du nicht, was ich dir befehle?«

Tessa versuchte, die Augen zu öffnen und zu erkennen, wer sie anbrüllte, während sie zum Sterben im Schnee zurückgelassen worden war.

»Hoch mit dir, Menschfrau.«

Sosehr sich Tessa mühte, es blieb bei Dunkelheit und Reglosigkeit. »Ich kann nicht!« Ob sie es dachte oder sagte, wusste sie nicht.

Ihre Erwiderung wurde vernommen. »Wer nicht kann, der will nur nicht, Sklavin.«

Jetzt wurde Tessa wütend. »Wie redest du mit mir? Wer bist du?«

»Du bist von nun an mein, auch wenn dies eine rätselhafte, seltsame Welt für mich ist«, erklärte die Unbekannte mit hochvornehmer Herablassung. »Ich gab dir durch meinen Stein, der in deinem Kopf steckt, dein Ka zurück, nachdem es dich verließ. Meine Macht verleiht dir Unsterblichkeit, solange du in meinen Diensten stehst. Und das tust du durch den Stein.«

Tessa war sich jetzt sicher, im Übergang zum Jenseits zu hängen. Sie lag im Schnee und delirierte. Ihr Verstand hatte sich in ein Zwischenstadium geflüchtet, um keine Schmerzen zu spüren. Bis das Herz stehen blieb und sie endlich starb.

»Ich kann dich bestrafen, Dienerin.«

»Fick. Dich.«

Der Schmerz, der durch Tessa fuhr, war ihr völlig unbekannt. Sie kreischte und brüllte und spuckte schaumigen Speichel, wurde von Brennen ausgefüllt, das nur langsam nachließ.

»Ich habe Macht über dein Ka, Sklavin. Ich kann es durch

meinen Stein manipulieren, verändern und es dir nehmen, wenn mir danach ist«, grollte die Stimme. »Durch mich bist du am Leben. Vergiss das niemals!«

»Was ist das für eine Scheiße?« Tessa wollte nur sterben. Mehrmals war sie angeschossen worden, und in ihrer Kehle klaffte ein Spalt. *Aber ... wie gelingt mir das Reden? Oder ... bilde ich mir das alles ein?* »Was soll dieses Ka überhaupt sein?«

»Das Ka ist die Lebenskraft. Die Energie, das Eine, das über Ton, Erde und Staub hinausgeht, aus dem Menschen erschaffen sind«, sprach die Frau. »Dein Leib ist seit geraumer Zeit tot. Aber solange der Stein aus der Sonne in deinem Kopf verbleibt, so lange wirst du unsterblich sein. So lange ich es will. Dein Körper wird erhalten, ganz gleich, was dir widerfährt.«

Der Stein aus der Sonne? Tessa ertrug es nicht mehr.

»Lass mich sterben«, bat sie.

»Nein. Du hast einen Auftrag, Menschenfrau.«

»Ich –«

Wieder der Schmerz, der nie da gewesene Schmerz, der Tessa den Verstand zu rauben drohte oder das bisschen hinfortriss, das sie noch besaß. Dieses Mal dauerte er länger an. Die Strafe stieg.

»Dein Auftrag, Sklavin, ist: Suche alle Sonnensteine, die du finden kannst. Und bringe sie zu mir. Ich suche ganz besondere unter ihnen. Welche, die mir gehörten und die mir gestohlen wurden. Wie jener, der in deinem Schädel versenkt ist. Deswegen traf dich mein Fluch.«

Tessa keuchte vor Pein. »Bitte! Lass es enden!«

»Du wirst losgehen und sie finden, sie an dich nehmen und zu mir bringen«, donnerte die Herrscherinnenstimme. »Dafür erhältst du ewiges Leben, Sklavin. Niemand sonst kann das von sich behaupten.«

Tessa gab ihren Widerstand auf. »Wer bist du?«

»Mutemhat. Priesterin des Amun-Ra, der Hauch des Lebens für alle Dinge, vom sanften Hauch bis zum vernichtenden Sturm, der Allesbeweger, der den Tieren, Menschen und den Sternen das Leben schenkte«, verkündete sie. »Nun erfülle meinen Willen, Sklavin. Finde mir die Steine aus der Sonne. Alles Weitere offenbare ich dir, sobald du fündig wurdest.« Die gottgleiche Stimme verhallte in Tessas Ohren.

»So eine Scheiße«, murmelte sie schwach.

Langsam kehrten ihre Sinne zurück. Sie schmeckte Blut, und es knirschte zwischen den Zähnen. Es roch nach Trockenheit, nach Hitze und Sand. Das Rauschen mochte von Palmenblättern herrühren.

Delirium. Mehr war und ist es nicht. Tessa fühlte Schwere. Eine Kraft zog an ihr, nach unten, wo auch immer das war. Es gab kein Oben und kein Unten.

Die herrschaftliche Stimme kehrte nicht zu Tessa zurück.

Das plötzliche Alleinsein, die Einsamkeit zwischen Sterben und Leben erschuf Angst in ihr. Fast sehnte sie sich nach weiteren Worten der Priesterin, deren Namen sie bereits vergessen hatte.

Aus dem Rauschen wurde ein Zischen, ein Klappern und Scheppern aus einiger Entfernung. Auch der Geruch änderte sich, das Trockene und der Sand schwanden.

Plötzlich bekam Tessa das Körpergefühl zurück. Arme, Beine, Oberkörper, jeder Muskel, jede Faser prickelte und meldete sich.

Sie stand aufrecht in der Finsternis und blinzelte in eine unverhoffte Dunkelheit, an deren Ende drei weit entfernte Lichter leuchteten. Von dort erklangen gedämpfte Stimmen, gelegentlich wurde ein Umriss sichtbar.

Das muss Einbildung sein. Behutsam tastete Tessa sich ab.

Sie trug keine Handschuhe, aber noch immer ihre Panzerung, die Waffen, die Granaten, nichts fehlte, bis auf die im Schnee verlorene Tasche und ihr Helm. Die Detonation der

Granate hatte ihr keinen schweren leiblichen Schaden zugefügt. Bei dem Zustand ihres Geistes war sie nicht ganz sicher.

Als ihre bloßen Kuppen über ihr Gesicht fuhren und die Stirn berührten, hielt sie inne. Ziemlich genau zwischen den Augen, Millimeter über der Nasenwurzel, tat sich ein erbsengroßes Loch auf.

Niemals war das ein ... Tessa kratzte das getrocknete Blut ab, es rieselte herab. Etwas hatte sie bei der Explosion erwischt, entsann sie sich. *Ein Particula. Das sind die Steine aus der Sonne?* Der Schnitt im Hals, mit dem ihr der Angreifer namens Carlos die Kehle durchtrennt hatte, war hingegen verheilt. Lediglich das verkrustete und teils gefrorene Blut erinnerte an die tödliche Wunde.

Sie hatte keine Ahnung, wo sie sich befand. Schon gar nicht wusste sie, wie sie an diesen Ort gekommen war. *Ein Keller. Im Leuna-Areal?* Und immer noch bezweifelte sie zu einem gewissen Teil, dass real war, was gerade geschah.

Der Kampfgeist der langgedienten Direktorin erwachte.

Ich stecke in diesem Szenario drin. Also mache ich etwas daraus. So leise Tessa es vermochte, schlich sie durch den heruntergekommenen und längst nicht mehr genutzten Raum, um sich der Gruppe zu nähern.

Ihr Körper funktionierte noch nicht in allen Details. Manchmal zuckte ihr Arm oder ein Finger, was die Handhabung der Maschinenpistole interessant machen würde.

»... in den Tunnel. Die haben garantiert Alarm ausgelöst«, sagte eine Frau nachdrücklich. »Wir müssen schnell sein.«

Tessa erinnerte sich an die unbekannten Angreifer, die in Rüstungen steckten, die ihrer glichen. Ein Konzernnachbau für militärische Zwecke.

»Dann rein in die ...«, setzte ein Mann an und hielt inne, wandte sich langsam zu Tessa um. Die Taschenlampe leuchtete ihr mitten ins Gesicht. »Ach du Scheiße! Die hat deinen Kehlschnitt überlebt, Carlos. Du Idiot hast nicht tief genug –«

»Doch! Habe ich.« Eine Silhouette, von hinten beleuchtet, kam auf sie zu. »Tue ich es eben wieder.«

Es knallte mehrmals. Feuerblumen blitzten krakelig vor der Mündung der Waffe und blendeten Tessa, Hitze und Wind wallten gegen ihre Züge und brachten die grünen Haare zum Wehen.

Sie erkannte das Modell am Klang. Eine vollautomatische Scorpion EVO 5, die sie in fast identischer Ausführung trug. Während sie noch darüber nachdachte, trafen sie die zehn Millimeter Projektile an der gepanzerten Brust, am Hals und zweimal ins ungeschützte Gesicht.

Aufschreiend ging Tessa zu Boden – und spürte viel weniger Schmerz, als sie angenommen hätte. *Ich ... ich müsste tot sein!*

»Bring sie dieses Mal richtig um, Carlos.«

»Ist ja gut, Owe.« Die Schritte des Angreifers kamen rasch näher. »Geh mit Judyth vor. Nicht dass die Penner uns mit Lithos entkommen. Wir brauchen das Artefakt für das Arkus-Projekt.«

Tessa starb nicht. Sie starb einfach nicht, sondern lag da und dachte über das nach, was geschehen war. *Ewiges Leben, hat die Priesterin gesagt. Solange ich ihre Dienerin, ihre Sklavin bin.*

»Okay, aber mach schnell.« Die zwei eilten in die Röhre.

Tessa erhob sich blitzschnell und fühlte sich lebendig wie selten. Sie bemerkte ein deutliches Kribbeln in den Fingern, mit dem das letzte vermisste Gefühl in die Spitzen zurückkehrte.

»Fuck, das gibt's doch nicht«, entfuhr es Carlos.

»Und wie es das gibt!« Sie entriss ihm die lange Maschinenpistole und schlug sie ihm quer durchs Gesicht. Knisternd prallten Magazin und Schulterstütze vom Helmvisier ab, der Mann wurde zu Boden geschleudert. Tessa leuchtete ihn mit der Unterlauflampe an. »Wer seid ihr?«

»Was ... was haben sie dir ...«, keuchte Carlos entsetzt. »Bist du ein Scheißroboter?«

»Antworte.«

»Wir sind ...« Carlos versuchte, seine Pistole zu ziehen.

Ohne zu zögern, löste Tessa die Maschinenpistole aus und pumpte das gesamte Magazin in den Widersacher. Zielte immer auf die gleiche Stelle. Die Kugeln hackten sich in die Panzerung, die nach dem achten, neunten Treffer aufgab, und gruben sich in den Mann, der schreiend starb.

»Carlos?«, schallte Owes Ruf aus dem Tunnel.

Tessa warf die EVO 5 weg und zog ihre eigene Maschinenpistole, trabte los, um die letzten zwei einzuholen. Sie wollte wissen, was es mit diesen Menschen auf sich hatte, die von Arkus und Lithos sprachen.

»Das ist die Direktorin!«, hörte sie Judyth erschrocken rufen. »Wieso lebt die noch?«

Als die Salven ratterten, ging Tessa aus Gewohnheit in Deckung, auch wenn sie es vermutlich nicht mehr musste. Nie wieder musste. Sie war immun gegen die Wirkung der Geschosse.

Heilen die Wunden? Als sie nach den Löchern an Hals und Gesicht tastete, hatten sich die Öffnungen bereits geschlossen. Dieses Mal war kein Blut ausgetreten. Tessa fühlte feinen, trockenen Sand an den Fingern wie zur Erinnerung, wem sie das Wunder verdankte.

»Carlos? Was ist mit dir?«, rief Owe alarmiert aus dem Tunnel, aus dem die zwei Taschenlampenkegel herausstachen.

Tessa wollte die beiden rasch ausgeschaltet wissen. Sie nahm eine der Schockgranaten vom Gürtel und warf sie in die Röhre. Es knallte und blitzte, und die Gegner schrien erschrocken auf.

Sofort stürmte die Direktorin voran. Sie erledigte Carlos mit einem gezielten Kopfschuss. Die panzerbrechende Munition hatte leichtes Spiel mit dem Glasvisier, das sich nach dem Einschlag von innen rot färbte, als sei das Gesicht des Mannes explodiert.

Judyth bekam zwei Schüsse in die Unterschenkel und brach zusammen. Wimmernd ließ sie die Waffe fallen und reckte die Hände. »Nein, nicht. Bitte! Ich ergebe mich. Verhaften Sie mich, Direktorin!«

Im Vorbeigehen nahm Tessa ihre lädierte Tasche an sich, in der sich die vermissten Particulae befanden, wie sie sich mit einem schnellen Blick vergewisserte. *Ich habe sie wieder.*

»Was soll diese Scheiße?« Sie richtete die Mündung auf das Gesicht der Gegnerin. »Was habt ihr vor?«

»Vergessen Sie's. Sie müssen mich verhaften und ins Gefängnis stecken.«

»Später vielleicht.«

»Ich muss Ihnen gar nichts sagen und habe ein Recht auf einen Anwalt.«

Tessa verschob das Gewehr des erschossenen Owe mit dem Fuß so, dass der Strahl der Unterlaufleuchte gegen die Tunnelwand fiel und ihn aufteilte, sodass es heller in der Röhre wurde. Dann blickte sie sich um. »Das ist ja seltsam. Ich sehe keinen Anwalt.«

»Den hole ich mir, sobald –«

»Sagst du mir nicht sofort, was ich wissen will, bleibst du mit Carlos und Owe in diesem Keller. Im gleichen Zustand wie die beiden«, unterbrach Tessa gnadenlos.

»Das dürfen Sie nicht. Sie sind eine Percutorin.«

»Du bist verdammt dämlich für die Lage, in der du steckst.« Tessa setzte einen dritten Schuss in den Fuß der Frau, die gellend aufschrie. »Für jede Frage, auf die ich keine Antwort von dir bekomme, kassierst du einen Treffer. Ich arbeite mich aufwärts, Judyth. Sei klug.« Sie schwenkte die MP auf den anderen Stiefel. »Was tut ihr hier?«

Die Drohung und die Schmerzen wirkten beflügelnd. »Wir wollen Lithos stehlen.«

»Warum?«

»Das würden Sie mir nicht glauben.«

»Ihr habt Particulae bei mir gefunden. Ich denke, ich glaube dir. Los.«

»Wegen der Steine, aus der er zusammengesetzt ist. Wir brauchen sie.«

»Um was zu tun?«

»Um ... etwas Größeres damit zu errichten.«

»Einen Arkus«, sagte Tessa. »Was ist das?«

Judyth keuchte auf und hielt sich die blutenden Unterschenkel, an den durchschossenen Fuß kam sie nicht heran. »Das kann ich nicht sagen.«

»Versuche es. Du wirst bald ohnmächtig wegen des Blutverlustes. Und wenn ich keine Antwort bekomme ...« Sie ließ die Konsequenzen offen und nahm ein Verbandspäckchen aus ihrer Einsatztasche. »Darin ist alles, was du brauchst, um zu überleben.«

Judyth biss die Zähne zusammen und rang den letzten Funken Loyalität für den Auftraggeber nieder. »Der Arkus soll ein Durchgang werden. Ein Portal aus Particulae.«

»Weswegen?«

»Weil diese Macht gigantisch sein muss.«

»Wohin führt dieses Portal? In eine andere Dimension, in eine neue Welt? Ins Jenseits?«

»Das sehen wir dann.« Judyths Lider flatterten. »Es ist unsere Bestimmung. Seit Jahrhunderten.«

Für Tessa klang es bescheuert, etwas zu erbauen, von dem man nicht wusste, was es anrichten mochte. Durch diese Öffnung könnte alles kommen, was die Menschheit brauchte – oder auch nicht brauchte. Es gab Unmengen an Büchern, Filmen und Computerspielen, die derlei Szenarien ausmalten.

»Wo ist euer Hauptquartier?«

Judyth sank mit geschlossenen Augen, der Körper entspannte sich. *Ohnmächtig.*

Sie nahm der Frau das Dig-Y ab, durchsuchte sie rasch und eilte den Tunnel entlang.

Sie musste Lithos konfiszieren – im Auftrag ihrer Herrscherin Mutemhat.

* * *

DEUTSCHLAND, ANNWEILER AM TRIFELS, SPÄTSOMMER

Das Geräusch des Trennschleifers war verklungen. Die Räuber hatten sich durch das Schloss und den vorgelegten Riegel geschnitten.

Jetzt! Jetzt muss ich es schaffen! Wilhelm prüfte nochmals die eingerasteten Schieberegler und glich sie mit dem Plan ab, als die Tür hinter ihm mit einem hellen Klirren und Krachen aufschwang.

Ohne sich umzuwenden, hob er den Klopfer an. Er würde in die Vergangenheit zurückreisen und Vorbereitungen treffen. Das Schlimmste verhindern. Seinen Lehrling und die kleine Familie retten.

Wilhelms Muskeln spannten sich, obwohl sie schmerzten und müde waren. *Noch einmal alle Kraft geben, den Türklopfer herabfahren lassen und danach den Albtraum ungeschehen machen.*

»Opa Wilhelm!«, hörte er hinter sich Evelins Stimme.

Er hielt inne. *Sie ... sie lebt noch!*

»Herr Pastinak! Tun Sie das nicht.« Die Worte des Anführers klangen trügerisch freundlich. »Ich sehe von hier aus, dass Sie die Tür falsch zusammengesetzt haben. Es wird in einer Katastrophe enden, sollten Sie das Energiefeld auslösen.«

Gegen seinen Willen wandte sich Wilhelms Kopf, er sah über die Schulter.

Auf der Schwelle standen der Maskierte, der eine Pistole auf ihn gerichtet hielt, und gleich neben ihm und vor dem Mann mit dem Trennschleifer harrte Evelin aus. Sie war verschüchtert, ihre Augen rot und geschwollen vom vielen Weinen.

»Sie haben die Kinder am Leben gelassen?« Wilhelm hielt den Klopfer noch immer oben.

»Sie leben *alle* noch. Die komplette Familie Gärtner. Bis auf Anton.« Der Anführer machte einen behutsamen Schritt in die Werkstatt. »Es liegt in Ihrer Hand, Herr Pastinak, dass es so bleibt. Nicht mehr in unserer.«

»Bleiben Sie stehen!«

Der Mann gehorchte. »Ich kenne die Pläne der Mastertür. Aber was Sie montierten, ist nicht ganz korrekt. Die Feinheiten sind Ihnen misslungen.« Er sah auf die Einstellungen der Regler mit den Particulae. »Sie wollten in die Zukunft reisen?«

»In die Vergangenheit.«

»Oh. Dann haben Sie *noch* einen Fehler begangen.«

Sollte es das Ziel gewesen sein, ihn zu verunsichern, hatte es der Maskierte geschafft. Wilhelm vermochte nicht mehr richtig zu denken. Die Anstrengung, der Blutverlust, die schlechte Luft, die schwachen Augen. Die zittrigen Hände. Deswegen hätte Anton diese Tür fertigstellen sollen. Doch dafür war es zu spät.

»Senken Sie den Klopfer ganz langsam ab. Dann kommen Sie zu mir, Herr Pastinak, und ich verspreche Ihnen, dass wir Sie ebenso am Leben lassen wie die Familie Gärtner. Und wir sorgen finanziell für Sie.« Der Maskierte sprach ruhig und mit einem Hauch von Angst in der Stimme. »Ich ahne, dass Sie viel über die Particulae wissen. Aber *ich* weiß noch *mehr*. Meine Freunde und ich wollen nichts Böses. Im Gegenteil, wir wollen etwas Großartiges erschaffen. Und dazu brauchen wir die Particulae, die Sie –«

»Was erschaffen?«

»Einen Arkus. Ein Portal aus reinen Particulae, das uns einen Durchgang zum Göttlichen gewährt. Sie könnten Teil dieses einmaligen Vorhabens werden, nach dem Menschen seit vielen hundert Jahren trachten«, beschwor ihn der Anführer. »Aber nur, wenn Sie den Klopfer nicht betätigen. Und uns alles überlassen, einschließlich der Tür und den verbauten Particulae. Niemand muss zu Schaden kommen.«

Außer Anton. Wilhelm sah zu Evelin, die zwischen den Vermummten stand und zu gerne zu ihm gelaufen wäre. Er sah es an ihrem Blick. »Wo sind Kathrin, Hans und Annabell?«

»Wir haben sie nach oben gebracht.«

»Dann will ich sie sehen.«

»Sie schlafen. Wir verabreichten ihnen ein Beruhigungsmittel.« Der Anführer wagte einen weiteren halben Schritt und zeigte auf die Tür. »Das Kraftfeld wird kollabieren, und wir fliegen alle mit einem großen Knall in die Luft.«

»Sie aber auch!«

»Das mag sein. Genauso wie die drei Geschwister. Und die Mutter.«

Wilhelm schluckte, sein Mund war trocken, und das bisschen Spucke blieb im Hals stecken. *Was soll ich nur tun?*

Hatte er wirklich die falschen Raster eingestellt und Fehler in der Herstellung gemacht?

Würde er tatsächlich in der Zukunft landen?

Oder ginge alles in einer einzigen Verpuffung in die Luft?

Aus seinem verzweifelten Plan wurde eine Gefahr für die Kinder und Kathrin. Aktuell schien es besser zu sein, sich zu ergeben und den Maskierten zu überlassen, was sie wollten.

»Ich schlage Ihnen einen Handel vor«, sagte Wilhelm.

»Nur zu.«

»Sie bringen die Schlafenden zu mir und verschwinden.

Sobald sie aufgewacht sind, werden Kathrin und die Kinder mein Haus verlassen und mich über Handy anrufen, dass sie wohlbehalten bei sich zu Hause angekommen sind«, erklärte er. »Erst danach lasse ich diesen Klopfer los und ergebe mich. Dann können Sie sich die Tür nehmen.«

»Das klingt doch vernünftig. Sehr gut«, erwiderte der Maskierte. Als Evelin auf Wilhelm zugehen wollte, wurde sie von dem Mann zurückgehalten. »Aber wie stellen wir sicher, dass Sie die Tür nicht trotzdem zerstören?«

»Da werden Sie sich auf mein Wort verlassen müssen.«

»Und wenn die Mutter zur Polizei geht?«

»Sollten Sie lieber vorher hier sein und die Tür einsacken.« Wilhelm deutete mit der freien Hand gegen die Decke. *Ich bin in der besseren Position.* »Bringen Sie Kathrin und die Kleinen zu mir.«

Der Maskierte wägte den Deal sichtlich ab. Er wandte sich zu seinen Leuten und redete mit ihnen in einer unbekannten Sprache.

Nein! Sie hecken etwas aus. »Was tun Sie da? Über was reden Sie?«, fragte Wilhelm erschrocken.

»Nichts, was Sie beunruhigen muss.« Der Anführer schob Evelin hinter sich. Drei seiner Leute stapften die Stufen hinauf ins Erdgeschoss. »Sie werden gleich bei uns sein.«

»Versuchen Sie nicht, mich reinzulegen.«

»Sie haben den Trumpf in der Hand. Wie könnte ich? Es wäre unser aller Tod, nicht wahr?« Der Mann setzte sich halb auf die Werkbank, ohne die Waffe zu senken. »Lassen Sie uns doch ein bisschen plaudern, Herr Pastinak.«

»Warum?«

»Zum Zeitvertreib. Um die Lage zu entspannen.« Mit der Linken deutete er auf das Türblatt. »Sie gehören also zu jenen, die mit diesen Türen Kontrolle über die Menschheit ausüben wollten.«

»Nein.«

»Wieso hat man Ihnen die Pläne denn dann vermacht? Was war der Grund, weswegen Sie diese ungewöhnliche Arbeit auf sich nahmen? Sagen Sie jetzt nicht Uneigennützigkeit.«

Wilhelm ließ sich weder ablenken noch in eine Unterhaltung verwickeln. Dass der Anführer Anweisungen in einer fremden Sprache gab, verhieß nichts Gutes. *Und wenn die Einstellungen korrekt sind? Wenn alles perfekt vorbereitet ist?* Er überlegte, ob er den Klopfer nutzen sollte.

Aber dann sah er zur vollkommen fertigen Evelin, die schniefend die Nase hochzog und von einem Mann mit Trennschleifer festgehalten wurde. Falls es stimmte und die Anordnungen waren fehlerhaft, tötete er das Mädchen.

Wilhelm nahm den Plan erneut zur Hand und studierte ihn im schlechten Licht und mit seinen ermatteten Augen.

»Sie glauben mir nicht«, stellte der Anführer fest. »Doch Ihre Montage bleibt falsch.«

»Ich war mir sicher, keinen Fehler gemacht zu haben.« Wilhelm sah über den Rand des Papiers zu dem Mann, der auf der Werkzeugbank nach vorne gerutscht war und sich nur noch zwei Schrittlängen entfernt befand. »Was wird das? Zurück mit Ihnen!«

»Ich glaube, Sie schätzen die Lage falsch ein, Herr Pastinak. Sie können die größte Katastrophe anrichten, sollten Sie denken, ich hätte Sie belogen. Sie landen weder in der Vergangenheit noch in der Zukunft. Alles, was geschehen wird, ist ein lauter Knall. Und dann gibt es nichts mehr: Sie nicht, wir nicht, weder Evelin, Annabell, Kathrin noch den kleinen Hans.«

Wilhelms Verunsicherung stieg und stieg. *Was soll ich tun?* Da entdeckte er das Blut, das die Stufen hinabtropfte.

Täusche ich mich? Er ging leicht in die Knie, um die Treppen besser sehen zu können.

Ein abgewinkelter Kinderarm geriet in seinen Sichtbereich. Das bunte Kleidchen gehörte Annabell, und das Blut rann an den Fingern abwärts.

Der Maskierte hat mich belogen!

Im gleichen Moment bebte die Decke, Dreck rieselte herab, und die Lampe tanzte am schwarzen Kabel hin und her. Die Angreifer hatten versucht, sich von oben durchzusprengen, und waren am dicken Stahlbeton des einstigen Bunkers gescheitert.

Der Maskierte richtete seine Waffe sofort auf Evelins Kopf. »Herr Pastinak. Bitte. Nehmen Sie mir den Versuch nicht übel. Unser Ziel ist ein höheres und jedes Wagnis wert. Aber zum letzten Mal, ich …«

Sie ist tot. Wie Anton. Und Kathrin und der Kleine. Wilhelm ließ den Türklopfer abwärts fahren, klirrend traf der auf die Aufschlagplatte.

Es geschah nichts.

Sofort schwenkte der Anführer die Pistole auf den Schreinermeister und drückte mehrmals hintereinander ab. »Sie alter Narr!«

Ich habe nicht kräftig genug … Die Kugeln durchschlugen Wilhelms Brustkorb, drangen in Lunge, Milz und Leber ein. *Ich muss … entkommen und …* Im Sterben reckte er den Arm und drückte den Klopfer ein weiteres Mal aufwärts.

Das nächste Geschoss jagte in seinen Rücken und zerfetzte das Herz.

Und … es … ungeschehen machen! Wilhelm stürzte sterbend zu Boden. Im Fallen riss er den Pocher mit seinem ganzen Gewicht nach unten.

Laut klingend prallte das Particula erneut gegen das Plättchen am blutbespritzten Türblatt.

Wilhelms schwindender Verstand registrierte das Aufleuchten, die Hitze und das Donnern wie von tausend Unwettern. Dann starb der alte Schreinermeister.

* * *

»Die Energie ist tatsächlich der Stoff, aus dem alle Elementarteilchen, alle Atome und daher überhaupt alle Dinge gemacht sind, und gleichzeitig ist die Energie auch das Bewegende.«

Werner Heisenberg: Physik und Philosophie (1958)

KAPITEL XII

*DEUTSCHLAND, LEUNA-AREAL,
31. DEZEMBER 2049*

Milana stand in einem Vorraum und sah fasziniert durch ein scheunengroßes Panzerglasschott in ein riesiges Laboratorium. Darin befanden sich mehrere Menschen in dicken geschlossenen Schutzanzügen, welche die Ausrichtungen von antennenartigen Gestängen und Sensoren prüften, die aus der wabenförmigen Wandverkleidung ins Zentrum zielten.

Da ist er! Im Mittelpunkt des Labors erhob sich ein türgroßer Monolith, zusammengesetzt aus unzähligen graumetallischen Particulae. *Lithos!*

Milana fuhr zusammen, als eine Frau hinter Lithos hervortrat: White-Spelling, als Einzige nicht in einen Anzug gezwängt. *Die Mörderin meines Batjuschka!* Die Professorin war älter geworden, aber dem grauen Dutt und dem übergroßen Brillengestell war sie treu geblieben, als sei sie selbst ein Relikt aus vergangenen Zeiten.

Herecy und Zeljko bedrohten die überraschten Assistentinnen und Assistenten, die auf ihrer Seite des Raumes saßen und weitere Displays sowie Terminals überwachten. Eine ihrer Drohnen schwebte vorbei und schob den Funksender in den Datenschlitz.

»T minus 38 Sekunden«, hörten sie Nótts Stimme. »Ich beginne das Hacking. Lade die Daten runter. Sämtliche Files.«

Zeljko drückte einer Frau im Kittel die Pistole an den Hinterkopf. »Halt es an! Stopp das Experiment!«

»Das kann ich nicht«, erwiderte sie ängstlich. »Wie stellen

Sie sich das vor? Die Generatoren haben sich über zwei Wochen aufgeladen und –«

»Hat das keinen Notausschalter?«, fragte Herecy ungläubig.

»T minus 31 Sekunden.«

Milana handelte, wie sie handeln musste, und drückte auf den Knopf für die Schottverriegelung. »Haltet mir den Rücken frei. Ich bringe euch Lithos.«

Leise entriegelte sich die Sperre, und das runde Glastor glitt langsam auf.

Milana wartete nicht, bis der Eingang gänzlich geöffnet war, sondern presste sich durch die Lücke in das Laboratorium, die Pistole im Anschlag.

»Los! Alle hinlegen!«, schrie sie und kam auf die Füße. Sie feuerte zwei Schüsse über die Köpfe hinweg, und die Wissenschaftsmeute zuckte erschrocken zusammen. »Wer sich mir in den Weg stellt, fängt sich eine Kugel ein.«

Der Großteil der Männer und Frauen folgte ihrer Anweisung, einige andere rannten geduckt durch einen Seitenausgang in ein angrenzendes kleines Labor.

White-Spelling stellte sich mit ausgebreiteten Armen vor ihre Leute. »Sind Sie irre? Die Energie wird Sie ...« Dann veränderte sich ihr Gesichtsausdruck. »Kennen wir uns?«

»T minus 21 Sekunden.«

Milana hörte, wie sich das Glasschott nach dem Aufheulen einer Sirene hinter ihr schloss. *Ich werde es nicht schaffen, lebend rauszukommen.* »Sie sind die Mörderin meines Vaters!«

»Die kleine Russin?« White-Spelling lachte ungläubig auf. »Ich dachte, wir hätten Sie beim Zerstören der Tür für alle Zeiten erledigt.« Sie ließ die Arme langsam sinken und steckte die Hände in die Kitteltaschen; noch eine Sache, die sie beibehalten hatte. »Welch Überraschung.«

»Fuck! Ich kann dich nicht rausholen«, hörte Milana Nótt

sagen. »Da läuft eine verfickte Triple-A-Routine ab. Wegen des Scheißexperiments. Abschalten wird nicht vor Ende des Countdowns klappen!«

»Ist auch nicht nötig.« Milana zielte auf die Stirn der lächelnden Professorin und drückte ab.

Mit dem Knall erreichte das Projektil die Frau – und blieb vor ihr in der Luft stehen. Die Kugel dellte die Haut der rechten Stirnseite leicht ein, ohne in den Schädel einzudringen, und fiel dann auf den klinisch reinen Laborboden.

Gleichzeitig sprang das Licht auf Rot um, ein lauter Countdown begann bei zehn und wurde runtergezählt.

Diese Chance nutzten die verbliebenen Weißkittel und krochen aus dem Raum, während ein metallisches Summen erklang und sich die Luft elektrisch auflud. Die antennenartigen Stäbe begannen zu vibrieren, dünne grünliche Entladungen zuckten um die Enden.

»Nur zu. Versuchen Sie es gleich wieder«, bat White-Spelling gelassen.

Wie hat sie das gemacht? Milana schoss nochmals, feuerte zwei, drei weitere Kugeln auf White-Spelling. Doch wie beim ersten Mal gelang es den Projektilen nicht, die Haut zu durchschlagen, und sie landeten auf dem Boden. »Was haben Sie …?«

Pfeilschnell war die Professorin bei ihr, packte sie am Hals und schleuderte sie quer durch das Laboratorium, als wöge Milana nicht mehr als ein Kiesel. »Sie haben mich überrascht. Aber dieses Mal werde ich gründlicher sein.«

Hart prallte Milana auf, überschlug sich und verlor die Pistole. *Wie geht das?* Sie hustete, rang nach Luft und bekam einen heftigen Tritt in die Seite, der sie erneut meterweit durch den Raum sandte. Knackend brachen die Rippen und perforierten gleich mehrere innere Organe. Sie schrie vor Schmerzen.

»Ihr Vater war brillant. Aber ein Feigling, Miss Nikitin.«

Der nächste Tritt ließ Milana Blut spucken. Ein Gefäß war gerissen, das warme Rot gurgelte die Kehle hinauf und ergoss sich über ihre Lippen. Auf allen vieren kroch sie über den anthrazitfarbenen Boden, der sich vor ihren Augen drehte.

White-Spelling schien unverwundbar und besaß Kräfte wie Hulks Schwester. Hatte sie sich in dieser Welt von 2049, in der es Cyborgs und Maschinenwesen gab, in einen Androiden umbauen lassen?

»Er hatte keine Visionen. Und schwafelte ständig vom Wohle der Menschheit. Das konnte ich nicht zulassen.«

Milana vernahm die Stimme nur noch gedämpft, zum einen, weil ihr schummrig war, zum anderen, weil das Surren und Summen lauter wurde. Sie verstand den Countdown nicht, aber es konnte nicht mehr lange bis zur Null dauern. *Gleich sterbe ich in den Entladungen.* Sie sah zur Professorin, die keinerlei Schutz trug. *Hoffentlich mit ihr!*

»Die Menschheit wüsste nicht zu schätzen, was Lithos vermag!«, rief White-Spelling durch das Tosen der ansteigenden Energien.

Milana setzte sich röchelnd auf Hintern und Unterschenkel, sah zur lächelnden Professorin. Blut lief in ihre Lunge und brachte sie zum nassen Husten und Röcheln, rote Bläschen entstanden vor ihrem Mund. Was sie unbedingt vor ihrem Tod sehen wollte, war die Mörderin, die in den unkontrollierbaren Kräften platzte wie ein Ei in einer Mikrowelle.

»Energija«, flüsterte Milana, rote Speichelfäden sickerten aus dem Mundwinkel.

Im nächsten Moment setzten die Gestänge ihre gleißenden Ladungen frei.

* * *

Suna steuerte den OCP-209 in den Vorraum am Glasschott und ließ ihn den Gang hinunter mit dem Maschinengewehr sichern. Die veränderte KI des Cyborgs übernahm die schlichte Aufgabe, auf alles zu feuern, was sich vor der Mündung zeigte. Nach dieser Aktion würde PrimeCon seine besten Leute auf Nótt hetzen, eine Privatarmee aus Menschen und Maschinen aussenden, um sie in die Knie zu zwingen. Noch fing sie die Aktivierungssignale aus der Wachzentrale ab. »Gut. Der Korridor ist safe.«

Zeljko und seine Truppe hatten den Überwachungsraum mit den Assistentinnen und Assistenten unter Kontrolle. Von Kittelträgern waren keine Heldentaten zu befürchten.

»Was können wir tun?«, fragte Zeljko über Funk. »Das Schott hat sich geschlossen!«

»Ich weiß.« Suna sah auf die gestohlenen Daten des Konzerns, die auf ihrem Display eingeblendet wurden. »Ich arbeite dran.«

Das war gelogen.

Die Drohne hatte ihr über den Funksender den Zugriff ermöglicht, und nun las sie Testergebnisse der letzten Tage, Wochen und Monate aus. Ihr Decrypto-Programm zerschlug die Chiffrierung von Sekunde zu Sekunde weiter, der Upload an mehrere Cloudserver geschah nahezu zeitgleich. Diese Informationen musste die Welt sofort sehen.

Was Suna jedoch nicht gelang, war ein Unterbrechen des Experimentablaufs, so sehr sie sich mühte. Die Schutzprogrammierung verhinderte den Abbruch, weil die angestauten Energien der Generatoren nicht auf andere Weise aufgefangen oder abgeleitet werden konnten. Jedenfalls nicht ohne umfangreiche Vorbereitungen. Und genau die waren von White-Spelling nicht vorgenommen worden, wie die blinkenden Warnungen besagten.

»Shit! Habt ihr das gesehen? Diese Bitch ist kugelsicher!«, rief Herecy aufgeregt.

»Und sie kickt Milana die Scheiße aus dem Leib«, fügte Bron entsetzt hinzu. »Wie macht die alte Frau das?«

»Null«, verkündete die automatisierte Ansage.

Nein! Suna verfolgte über die Kameras der Drohnen und der Einrichtung, was sich im Inneren des hermetisch abgeschlossenen Laboratoriums tat.

Aus den Gestängen schossen in wahnsinnigem Wechsel türkisfarbene Entladungen und schlugen in Lithos ein. Dem Block aus zusammengesetzten Particulae wiederum entwichen schwarzrote Energiefinger, welche die zusammengesunkene Milana ergriffen, die sich näher an dem Konstrukt befand. White-Spelling versuchte noch, sich in deren Bahn zu werfen, aber sie war zu langsam.

Die junge Russin bäumte sich auf und spreizte die Arme, ihr Mund öffnete sich zu einem anhaltenden Schrei. Unverzüglich drängten sich die Energien aus Lithos auch über ihre Lippen.

Das wird sie töten! Suna sah die Adern, die Sehnen, die Muskeln, die Knochen durch die Haut schimmern, während sich violettfarbene Gespinste aus Milana lösten, als verdampfe das Blut in ihr und drängte durch die Poren. »Wir sind zu spät.«

»Schalt es ab«, verlangte Zeljko. »Wir brauchen Lithos!«

»Sonst war unsere Aktion vergebens.« Herecy hämmerte sinnlos auf die Tastaturen und Regler ein, wischte auf den Displays herum. Zwar versuchten zwei Assistentinnen, sie daran zu hindern, doch Herecy stieß sie grob von sich. »Wie geht das Scheißding aus? Da muss es was geben!«

Die Steuerung reagierte mit Anzeigen und akustischen Warnhinweisen, aber aufhalten ließ sich der Ablauf nicht.

Immer mehr Entladungen wurden in Lithos gefeuert, in immer kürzeren Abständen. Der künstliche Stein schoss seine Kraft in Milana wie zur Rache für seine Behandlung durch PrimeCon. White-Spelling versuchte, näher an die kreischende Russin zu gelangen, aber sie lief offenbar gegen ein unsichtbares Hindernis, das kein Durchkommen ermöglichte.

Die Messwerte schraubten sich in den roten Bereich. Durchgehend.

Unvermittelt rumpelte es laut und anhaltend. Der Cyborg eröffnete das Dauerfeuer mit dem Maschinengewehr, noch bevor die Widerständler die anrückenden Konzerntruppen überhaupt sahen. Seine Sensoren waren den Menschen gegenüber im Vorteil.

Die Schreie aus dem Gang belegten, dass die Kugeln aus dem Destroyer-MG getroffen hatten.

»Kein Wunder, dass den keiner aus der Ruine holen konnte.« Suna ließ sich die Zielerfassung der Menschmaschine anzeigen. Das Morden überließ sie OCP-209, sie kontrollierte lediglich wie eine Drohnenpilotin, dass das System reibungslos funktionierte. Schon aus eigenem Interesse. Der Cyborg war die Fahrkarte hinaus. *Für alle.*

»Herecy, Bron, haltet den Korridor sauber. Catho und Sick, behaltet die anderen Labore im Auge.« Zeljko nahm eine Vorrichtung aus seinem Rucksack, die an einen Wok erinnerte. »Ich blase das Schott mit einer Haftladung auf.« Er setzte die Sprengvorrichtung auf, die sich eigenständig mit langen Schrauben verankerte. »Wir brauchen Lithos!«

Suna ärgerte sich, dass nicht mehr von Milanas Rettung die Rede war. *Ohne sie wärt ihr nicht hier, ihr Penner.*

»Zeljko, das kann ...«, wandte Sick noch ein.

»Zündung!« Mit einem unterdrückten Knall, aber einer enormen Druckwelle löste die Haftladung aus.

Ein Loch erschien im Panzerglasportal. Es reichte aus, um einen Menschen passieren zu lassen. Die Metallschale der Sprengvorrichtung schoss in gerader Linie in den Gang davon. Zögernd stand Zeljko vor der kreisrunden Öffnung, aus der die zischelnden, schneidenden, gefährlich grellen

Geräusche der Entladungen hallten. Aus allen Stabenden strömten die Blitze gleichzeitig in Lithos, dessen Farbe sich allmählich veränderte. Die Nahtstellen zwischen den einzelnen Particulae wurden sichtbar, als brächen sie binnen Sekunden auseinander. Die Steinchen glommen nicht mehr metallisch-silbrig, sondern in oszillierendem Schwarz-Weiß.

Ich würde auch zögern, dachte Suna bei Zeljkos Anblick. »Was ist nun?«

»Achtung«, kam es aus den Lautsprechern. »Aufgrund eines terroristischen Angriffs werden Gegenmaßnahmen eingeleitet. Das Personal wird gebeten, sich umsichtig zu verhalten und nicht in Gefahr zu bringen. Legen Sie sich flach auf den Boden, und behindern Sie die Arbeit der bewaffneten Kräfte nicht. Viel Glück Ihnen und uns allen.«

Suna vermutete, dass sich in der Mitteilung codierte Hinweise an die Mitarbeiter verbargen. Sie prüfte den Status des OCP-209.

Die KI des Cyborgs reagierte auf einen neuerlichen Angriffsversuch, es wurden mehr und mehr Wärmebildumrisse deutlich. Salve um Salve schickte er in die Reihen, die orangefarbenen Menschenformen fielen nach hinten um. Kaum eine Kugel verfehlte ihr Ziel, unentwegt lud er nach und nutzte zwischendurch das Schnellfeuergewehr mit dem Granatwerfer. Dumpf rollten die Explosionen aus dem Korridor.

Auch Herecy und Bron schossen aus ihren Sturmgewehren und schleuderten Granaten. Der Gang füllte sich mit Rauch, die Wände zierten sich mit Rissen, Löchern und Blutspritzern. Abgerissene Gliedmaßen lagen umher, rote Pfützen sammelten sich auf dem Boden.

»Ich glaube, da kommt was Großes«, meldete Sick und deutete auf ein angrenzendes Labor. »Das Feuerwerk im Gang ist nur Ablenkung!«

Suna feuerte die gezogenen Daten in die legalen und illegalen Netzwerke. Sie flutete Nachrichtensender damit, bedeutende und kleine, sodass das Wissen um die Machenschaften des Konzerns nicht zurückgehalten werden konnte. Aufnahmen von Lithos, von Experimenten, Messströme, Magnetresonanzauswertungen, Zahlen und Kurven, die Suna nicht verstand – jedes Detail gelangte ins Kollektiv. *Und an die Börse.*

»Wir werden bereits wahrgenommen«, meldete Suna begeistert. »Die ersten Aktienverkäufe von PrimeCon und Tochterfirmen haben eingesetzt. Frankfurt reagierte zuerst, London ist bereits dran. New York, Tokio, wacht auf!«

»Ich gehe rein!« Zeljko beugte sich nach vorne, als ein Miniraketengeschoss aus dem umkämpften Gang heranzischte und an dem Terminal zerschellte. Zeljko tauchte ab, weil er mit einer Detonation rechnete.

Sofort wurde eine weißlich blaue Wolke freigesetzt, welche die Mitarbeiter zum Keuchen brachte. Nach einer Sekunde lagen sie regungslos.

»Nur Gas. Aber so wird das nichts.« Sick lachte. »Geschlossene Helme sind was Tolles.«

OCP-209 hielt wie geplant den Gang frei und eliminierte die verzweifelten Sicherheitskräfte sowie die ausgesandten Drohnen. Nicht die wildesten Manöver vermochten es, der verbesserten Zielerfassung der KI zu entgehen. Zu den abgerissenen Fingern, Armen und Beinen gesellte sich Schrott auf den Fußboden.

»Lange wird sich das PrimeCon nicht mehr gefallen lassen.« Die hauseigenen Hacker schnitten Suna nach und nach von den Zugriffsrechten ab. *Bald bekomme ich nicht mal mehr die Türöffner angesteuert.* Aber der Schaden war unwiderruflich angerichtet. »Die Aktien fallen ins Bodenlose«, verkündete sie aufgekratzt. »PrimeCon ist am Arsch.«

»Kommt darauf an, wer sie aufkauft«, warf Herecy ein.

»Sei kein Spielverderber«, konterte Catho. »Die werden

kein Bein ...« Er sah nach rechts. »Oh, Scheiße!« Mehrmals feuerte er durch die Seitenscheibe ins benachbarte Räumchen, wo schwergepanzerte Einheiten mit Raketenwerfer in Stellung gingen, um den Cyborg zu knacken.

»Ich hole Milana!« Zeljko erhob sich, um durch die Öffnung im Schott zu hechten, als ihn eine Kugel von hinten erwischte. Sie durchschlug den Helm, als bestünde er aus dünnem Plastik, und fegte die Vorderzähne mitsamt Stückchen von Ober- und Unterkiefer durch das Visier hinaus. Der Anführer brach mitten im gesprengten Loch zusammen.

Dann geschah vieles gleichzeitig, wie Suna dank der Sensoren und Kameras des Cyborgs beobachtete.

Die Raketenwerfer im Nachbarlabor wurden ausgelöst. Die dicken Geschosse ritten auf dünnen, weißen Abgasstrahlen durch die Scheiben und rauschten in die Überwachungszentrale, wo sich die Widerständler befanden.

Durch das Kreuzfeuer von OCP-209 und den Konzerntruppen rannte eine grünhaarige Percutorin, als könnten ihr die Projektile nichts anhaben, und sandte dabei mit gezielten Schüssen jeden nieder, der ihr im Weg stand.

Und letztlich jaulte die Warnung aus dem großen Laboratorium auf:

! WARNING !
LITHOS OVERLOAD
MELTDOWN IMPENDING
EVACUATE NOW

Verfickte Drecksscheiße! Genau das hätte nicht geschehen dürfen.

* * *

Milana sah alles wie durch eine dunkelviolette Sonnenbrille. Die Schmerzen in ihr ebbten ab, in den Ohren knackte und knisterte es, als loderte in ihrem Kopf ein Feuer. Der Geschmack von verbranntem Fleisch und Tonkabohnen lag auf ihrer Zunge.

Aber ihr Denken funktionierte einwandfrei, nun, nachdem die anfängliche Pein vergangen war. Der Schmerz hatte sie gereinigt. Da waren keine Angst, keine kleingeistigen Gedanken, kein Hass und keine sinnlose Wut mehr.

Wo ist sie? Rasch blickte sie sich um und sah White-Spelling etwa vier Meter von sich entfernt stehen. Sie versuchte offenbar, eine kaum wahrnehmbare Sphäre zu durchdringen.

»Ich töte dich«, schrie die Professorin außer sich. »Du raubst, was mir zustand! Du verdammte Diebin!«

Aus dem abwechselnd weiß und schwarz glimmenden Lithos schlugen unentwegt dunkelrote Energiebahnen und drangen durch Milanas Haut, um sie mit einer unbekannten Kraft zu versorgen.

Lithos hat etwas mit mir gemacht. Sie erhob sich mühelos und stand stolz inmitten des riesigen Raumes. »Energija«, raunte Milana ein zweites Mal.

Die Entladungen aus den Gestängen endeten nicht, und das wurde zum Problem. Warnanzeigen flammten auf: Lithos drohte zu überhitzen und den Schmelzvorgang einzuleiten.

Wie Batjuschka es befürchtete. Ihr Blicke richteten sich auf den Vorraum, in dem sich die verzweifelten Widerständler gegen die überlegenen Konzerntruppen verteidigten, und in das Labor nebenan, in dem die intakte Tür in der Aufhängung völlig unberührt vom Chaos ringsum hing.

Nichts von dem würde bestehen bleiben, wenn Lithos desintegrierte. Weder Mensch noch Gebäude noch Leben im Umkreis von zweihundert Kilometern.

Milana wusste nicht, woher sie die Gewissheit nahm, aber sie sah die Auswirkungen vor sich: ein kratertiefes Loch von mehr als zehn Kilometern Tiefe, Schockwellen, die durch Europa liefen, einstürzende Bauwerke auf dem ganzen Erdball. Verschobene Plattentektonik und der Kollaps des Magnetfeldes, das die Erde umgab.

Das Ende der Welt auf Raten. Milana wandte sich Lithos zu. *Ich muss es von hier wegbringen.* PrimeCon hätte sie den totalen Verlust ihrer Forschungseinrichtung gegönnt, aber nicht zu diesem Preis.

Milana streckte die Hände aus und packte Lithos an den langen Seiten. Es ließ sich von ihr anheben, während es ohne Unterlass seine schwarzroten Entladungen gegen sie schleuderte.

»Nein! Lass Lithos stehen!«, tobte White-Spelling. »Es gehört nicht dir! Ich habe es erschaffen! Hörst du?«

Milana wunderte sich, wie leicht das Artefakt war. *Ich weiß, wie ich den Monolithen wegschaffe!*

Sie ging auf das benachbarte Laboratorium mit der aufgehängten Tür zu. Es spielte keine Rolle, wohin sie führte, solange es an einen Ort jenseits der Erde war. Am besten weit, weit entfernt, in eine andere Welt, in eine andere Dimension, auf irgendeinen Planeten.

»Halt!« White-Spelling reckte die Hände nach vorn. Aus ihren Fingerkuppen zuckten gelbweiße Blitze, die gegen die Sphäre prallten und sie zum Aufleuchten brachten. »Es ist meine Macht! Du wirst sie mir nicht rauben!«

Milana begriff, warum die Professorin als Einzige keinen Schutzanzug getragen und alleine in dem Laboratorium hatte bleiben wollen. *Lithos verlieh ihr die Kraft. Es ist nicht das erste Mal, dass sie es mit Energie versorgt.*

»Er wird nicht schmelzen. Das haben wir schon ausprobiert«, beteuerte White-Spelling. Mit dem nächsten grellgelben Blitz aus ihren Fingern barst die Schutzhülle. »Jetzt erledige ich dich und sende dich zu deinem Vater!« Zwischen den Handflächen entstand eine Kugel aus schimmernder Energie, die sie auf Milana schleuderte.

Milana konzentrierte sich und errichtete eine rotschwarze Wand, an der die Attacke verpuffte. Gleichzeitig spürte sie, dass Lithos die kritische Grenze erreichte. Die unaufhörliche Einspeisung endete einfach nicht, die Stäbe sandten ihm ihre Energie in langen Bahnen quer durch den Raum hinterher.

»Weg!« Milana schlug mit Lithos wie mit einem Baseballschläger nach der Professorin. »Ich muss durch!«

Die Attacke war unerwartet genug, dass White-Spelling lediglich schützend die Arme heben konnte, um den Aufschlag abzumildern.

Der Aufprall kam, und er war hart.

White-Spellings Gebeine falteten, knickten, stauchten ein und verloren dabei ihre Form. Lithos presste ihren Schädel, als bestünde er aus Wachs. Ruckartig flog die Professorin zur Seite, die Knochen des Oberkörpers mehrfach gebrochen. Beim Auftreffen auf den Boden lösten sich Arme und Beine aus den Gelenken und rissen ab. Blut sprühte aus den Wunden, doch zu schreien vermochte White-Spelling nicht mehr.

Für Freude hatte Milana keine Zeit. *Ich muss durch die letzte Tür.*

Sie hob den Fuß, trat gegen die Glasscheibe. Anstatt das Fenster zu zertrümmern, ging ihre Sohle ins Leere, denn das Glas schmolz wie von selbst und ermöglichte Milana den Durchgang. *Wie habe ich das gemacht?*

Die Energiebahnen aus den Gestängen hingen als Dauerentladungen am Monolithen, aus dem die eigenen Blitze jetzt nicht nur in Milana eindrangen, sondern auch auf die Particulae im aufgehängten Türrahmen übersprangen. Die Stellen, an denen die Steinchen saßen, begannen zu rauchen. Das Holz fing an zu kokeln.

Mit ein, zwei raschen Schritten ging Milana auf das Portal zu. *Es muss gut enden! Es muss …*

»Wohin willst du?«, hörte sie plötzlich Nótts Stimme mit enormen Interferenzen.

»Ich werde euch retten«, erwiderte Milana ohne Wehmut oder Furcht. »Lithos muss weg. Durch die Tür.«

»Kehrst du zurück?« Es knackte und rauschte, der Hacker war kaum zu verstehen.

Milana schüttelte den Kopf. »Ich denke, nicht. Danke für deine Hilfe.«

»Ich habe nur Schulden beglichen. Und für die Guten gekämpft.« Nótt lachte zerhackt und leise. »Dann raus mit dir.«

Milana trennten noch zwei Schritte, erste Flämmchen spazierten über den Rahmen.

Wie aus dem Nichts sprang ihr eine ältere Percutorin in den Weg, die langläufige Maschinenpistole auf Milanas Kopf gerichtet. Auf dem Namensschild stand *Falkner,* dem Rang nach war sie Direktorin.

»Stell Lithos ab. Das ist Eigentum der Republik Deutschland.« Dass sie von den schwarzroten Energien des Lithos erfasst wurde, welche durch sie hindurch in die Particulae der Tür strömten, beeindruckte sie nicht.

»Dann werden wir alle sterben.« Milana sah an ihr vorbei zu dem rauchenden, rettenden Durchgang. »Ich kann ihn nicht –«

»Ich schon.« Falkner schoss mehrmals, die Kugeln trafen Milanas Gesicht.

Milana spürte nur ein harmloses Trommeln von der Stärke eines Fingertippens. Die deformierten Projektile perlten von ihrer Haut auf den Boden. *Wie bei der Professorin.* »Keine Zeit für Diskussionen.«

Mit Lithos unter dem Arm hechtete sie gegen Falkner und stieß sie rücklings um. Ihre Linke reckte sich über die stürzende Percutorin hinweg und fasste den Türklopfer, schlug ihn kräftig herab. Im selben Augenblick ging der Rahmen vollständig in Flammen auf, heiße Lohen fauchten Milana entgegen.

Das Particula prallte auf die Platte, und das Kraftfeld baute sich auf.

Mit Schwung brach Milana durch die Tür und fiel in das Flimmern, das sie und Lithos an irgendeinen Ort brachte, der hoffentlich weit genug entfernt war, um den Entladungen zu entgehen.

Für dich, Batjuschka.

Zu spät bemerkte Milana, dass sich die Percutorin an ihren Fuß klammerte und sich mitziehen ließ.

* * *

Suna verfolgte über die Kameras, wie Milana mit Lithos und der vollkommen unerwartet aufgetauchten Percutorin durch das Kraftfeld der brennenden Tür stolperte – und verschwand.

Dann brach der flammende Rahmen zusammen. Die Meltdown-Warnung erlosch in der gleichen Sekunde. Alle Anzeigen und Messwerte sprangen auf Grün um, weil es nichts mehr zu empfangen gab. Lithos war verschwunden.

»Scheiße noch eins! Sie hat es geschafft!«, rief Suna und schaute in den Vorraum. »Habt ihr das …?«

Erst da realisierte sie, dass sie die Letzte des Teams war.

Den Treffern der Raketen, den Splittern, den Druckwellen und dem Maschinengewehrfeuer der anrückenden gepanzerten schweren Schwebedrohnen hatte einzig OCP-209 standgehalten. Doch Dutzende leuchtende Warnmeldungen verrieten, dass ein System nach dem anderen im Cyborg ausfiel.

Unaufhörlich feuerte die Menschmaschine mit den Waffen, die sie zu greifen bekam. Mit nur einem Arm. Der zweite hing zerfetzt und nutzlos herab.

Hinter OCP-209 wurde ein EMP-Werfer aufgebaut.

»Sie wollen ihm den Stecker ziehen und sich die KI schnappen.« Nach einem Reboot könnte sich PrimeCon die Daten sichern und so aus dem fatalen Verlauf ihrer Lithos-Forschung noch Kapital schlagen. »Aber nicht mit meinem Baby.«

Die Lebenserhaltung schaltete sich ab. Das menschliche Gewebe, das auf Sauerstoffzufuhr angewiesen war, bekam den Mangel mit leichter Verzögerung zu spüren.

So auch Suna. Denn sie war ein Teil von OCP-209 geworden.

Nach der Sache in England, bei der sie von einem Lastwagen niedergemäht worden war, hatte sie Jahre im Koma verbracht, bis die Medizin ihren Körper so weit wiederhergerichtet hatte, dass sie zurück ins Leben konnte. Zurück ins Netz. Nótt reborn.

Aber ihre Bewegungsmöglichkeiten blieben stark eingeschränkt. Und ihre Lebenszeit neigte sich dem Ende zu, bedingt durch die schweren Verletzungen und die Vielzahl von eingenommenen Medikamenten.

Bis sich die Chance mit dem Cyborg aufgetan hatte.

Suna hatte nicht widerstehen können und ihre kläglichen Überreste mit seinen kläglichen Überresten verschmelzen lassen. Verbunden mit KI und Technik, die ihren Befehlen gehorchte, steuerte, hackte und überwachte sie alles von ihrer neuen Festung aus.

»Zeit zu gehen, mein Großer«, raunte Suna mit Blick auf die heranstürmenden Truppen.

Hinter ihr lud sich der EMP-Werfer mit einem elektronischen Pfeifen auf.

Mit Tränen in den Augen schaltete Suna den Sprengkopf

scharf, der im Inneren des Cyborgs lagerte. Lebend bekam sie niemand aus dem OCP-209; gleichzeitig erwachten die Zünder der Sprengsätze, die sie ohne Wissen der Truppe im Generatorraum der Anlage angebracht hatte.

Nichts würde von ihr bleiben.

Nichts würde von PrimeCons illegaler Einrichtung bleiben.

»Ich hoffe, du bist an einem besseren Ort, Milana«, raunte Suna. »Danke für die Rettung der Welt. Möge es nicht vergebens gewesen sein.«

»EMP bereit«, rief jemand.

Suna schloss die Augen. »Ein bisschen Armageddon.« Sie aktivierte die Zünder.

Sämtliche Zünder.

Den Feuerball über dem Leuna-Areal sah man bis nach Berlin.

* * *

DEUTSCHLAND, ANNWEILER AM TRIFELS, SPÄTSOMMER

Kommissar Dirk Rudolf stand an der Absperrung neben dem Einsatzleiter der Feuerwehr und gab der örtlichen Presse ein erstes Interview. Das Übliche. Dass man die Untersuchungen abwarten müsse, dass man noch nichts wisse, dass es vermutlich ein illegaler Gastank gewesen war, dass keine Gefahr für die Bewohner bestünde und so weiter.

Die Presse zog halbwegs zufrieden ab. Die Meldungen gingen durch die Ticker und würden andere Medien anlocken.

Auch auf Rudolfs Smartphone kam eine Pushnachricht herein, die neuste Informationen zur Detonation im kleinen Annweiler verkündete. Mit mindestens einem Toten, dem Besitzer des Hauses. Wilhelm Pastinak.

»Ich rechne mit Kamerawagen aller Sender, sobald die Bilder durchs Internet gehen«, sagte Rudolf zum Einsatzleiter. Er kannte Fred Freund schon lange, man sah sich meistens bei Verkehrsunfällen oder Hausbränden. So etwas wie das hier hatte es in dem Dörfchen noch nicht gegeben. »Zwei Drohnen sind bereits über das Gelände geflogen und haben Aufnahmen geschossen.«

Fred wandte sich zum Krater um. »Das war kein Gas.«

»Munition? Wäre doch möglich, weil die Wände nach altem Bunker aussehen.«

»Auch nicht. Auch kein Sprengstoff.« Freund deutete auf die Ränder des Lochs. »Das passt zu nichts von dem, was sie uns in der Feuerwehrschulung beibrachten.«

Rudolf steckte die Hände in die Hosentaschen. »Was dann?«

Freund zuckte mit den Achseln. »Außerirdische.«

Rudolf lachte auf. Er hielt es für wahrscheinlicher, dass der alte Pastinak irgendwas im Keller gehortet hatte, das in die Luft geflogen war. Chemikalien vielleicht. Uralter Dünger oder Unkrautvernichtungsmittel. Weltkriegsmunition. »Das muss eine Tonne von irgendwelchem Zeug gewesen sein.«

»Also angenommen, es war so was: Was wollte Pastinak damit? Reichsbürger?«

»Ne. Der nicht. Der wollte nur schnitzen und seine Ruhe haben.« Rudolf sah zu zwei Feuerwehrleuten, die sich übergaben, einer musste sich ins Gras setzen. »Sie haben noch was gefunden.«

»Ja.«

»Wie viele Leichenteile sind es bislang?«

Freund nahm eine Liste zur Hand, von der sie der Presse noch nichts berichtet hatten. »Fetzen von zwei verschiedenen

Mädchen, der Torso einer erwachsenen Frau, zwei unterschiedliche Männer.« Er lauschte auf seinen Funk. »Eine Babyleiche.«

»Scheiße.« Rudolf fragte sich, ob sie jemals rekonstruieren könnten, was sich im Haus von Wilhelm Pastinak abgespielt hatte. »Eine Tragödie.«

Einsatzleiter Freund nickte nur.

* * *

NACHKLANG

AN EINEM ANDEREN ORT

»Mama! Komm schnell! Sie sind wieder im Fernsehen!« Aufgeregt legte die kleine Penelope den E-Book-Reader zur Seite und schaltete die Boxen des riesigen Hologrammgenerators lauter. Die Nachrichten liefen.

»Was?« Zaphira eilte aus der Küche und rieb sich die Finger mit einem Küchentuch sauber. »Zeig mal.«

»... kam es erneut zu einem Schlagabtausch der Liga des Lithos gegen die Schwarze Ritterin«, meldete der Sprecher, der vor einer großen LED-Wand scheinbar mitten im Raum stand. Als er zur Seite trat, wurde die Einblendung auf der Wand ebenfalls zu einem dreidimensionalen Hologramm. »Unseren Informationen nach versuchte eнeяgija, den Überfall der Schwarzen Ritterin auf die Bank in Halonstrade zu vereiteln.«

Penelope und Zaphira verfolgten gebannt, wie die ältere Frau in der martialischen schwarzen Rüstung in den Angriff gegen die Heldin im weißen Dress ging. In ihren behandschuhten Fingern führte sie ein Schwert aus reiner Energie.

»Wir sehen eнeяgija im Kampf mit ihrer ewigen Widersacherin, um sie von dem Zugriff abzuhalten«, kommentierte der Sprecher. »Gerüchten zufolge handelte es sich bei den Gegenständen, die geraubt werden sollten, um winzige Fragmente eines extraterrestrischen Gesteins. Die Liga nennt sie Particulae und rät Menschen davon ab, damit in Kontakt zu kommen.«

Die Schwarze Ritterin drosch mit der Klinge auf eнeяgija ein, die zwischen ihren bloßen Fingern zwei weiße Stäbe erschuf, mit denen sie die Angriffe parierte. Funken sprühten.

»Wir haben diese Sequenz in Zeitlupe gefilmt, damit die Bewegungen überhaupt zu sehen sind«, erläuterte der Sprecher.

»Los, Schwarze Ritterin!«, feuerte Penelope ihre Favoritin an. »Mach енеяgija fertig!«

»Also hör mal! Die Liga sind doch die Guten!«

»Mir egal. Die Ritterin hat die cooleren Gadgets«, erklärte Penelope. »Einmal, da hat sie sich mitten im Gefecht in Sand aufgelöst, um sich hinter den Gegnern wieder zusammenzusetzen. Wie in den Mumienfilmen!«

Zaphira streichelte den blauen Schopf ihrer Tochter. »Aber die Liga brachte uns die unendliche Kraft von Lithos. Ohne sie wäre das alles nicht möglich.« Sie zeigte auf ihre Einrichtung und die elektronischen Geräte. »Was, wenn die Schwarze Ritterin Lithos stiehlt? Willst du auf all das verzichten?«

Penelopes Anfeuerungen wurden leiser.

Die Schwarze Ritterin und енеяgija waren vor vielen Jahren aus dem Nichts auf ihrer Welt erschienen. Während енеяgija Lithos sogleich eingesetzt hatte, um die Menschen in ein neues Zeitalter zu führen, ließ die deutlich ältere Schwarze Ritterin keine Gelegenheit ungenutzt, um Lithos zu attackieren. Weil dieser Monolith mit seinen Kräften eine Gefahr darstelle, je größer er werde, sagte sie. Für ihre gesamte Welt.

Daran schieden sich die Geister.

Sowohl die Schwarze Ritterin als auch енеяgija sammelten Anhänger, die einen als Union, die anderen als Liga, und führten ihre eine Fehde beständig fort.

Niemand wusste, wer hinter den Maskierten steckte. Aber Penelope war sich sicher, dass sie insgeheim unter ihnen lebten. Wie es sich für gute Helden und Schurken gebührte.

»Die ComTessa hat etwas gegen die Kriminellen gemacht. Gegen die Korruption. Das sagen doch Papa und du immer. Eneягija nicht.«

»Die ComTessa?«

»Ja. So nennt sie sich gelegentlich.« Das Mädchen tippte auf den E-Book-Reader. »Steht in den Geschichten. Und sie ist unsterblich, weil sie verflucht wurde.« Mit dem Finger malte sie das Ankh-Symbol auf den Tisch. »Unsterblich! Das ist toll!«

»Sie haben verschiedene Ansätze«, sagte Zaphira, während der Kampf in ihrem Wohnzimmer tobte.

Doch die Schwarze Ritterin musste nach einer Attacke durch ihre Widersacherin den Rückzug antreten.

»Und so wurde der Raub der Particulae vereitelt. Eine Bestätigung, dass es sich um diese besonderen Steine handelte, haben wir noch nicht. Aber sollte es so sein, werden sie Lithos bald hinzugefügt«, versprach der Moderator. »Nun zum Sport.«

»Manno! Ich dachte, dass die ComTessa ihr endlich eine Abreibung verpasst.« Penelope schmollte.

»Ach, du wirst bestimmt mal jubeln dürfen.« Zaphira schaltete das Gerät aus. »Lies lieber noch ein bisschen, und danach gehen wir schwimmen. So viel Zeit ist noch, bevor ich zu meiner Schicht muss.«

Penelope klatschte in die Hände. »Eine schöne Überraschung. Aber noch schöner wären Superkräfte! Wie von der Schwarzen Ritterin!«

»Ist klar.« Zaphira zwinkerte ihr zu und verschwand in der Küche.

Dabei prüfte sie mit einem kurzen Griff, ob sich die Particulae nach wie vor in ihrer Schürze befanden. Halonstrade hatte ihr drei neue Stückchen beschert, die sie in Lithos einzusetzen gedachte. Ihr Superkräfte mochte sie ebenso wenig missen wie ihr Leben auf dieser Welt. *Voller eneягija.*

Während sich Milanas Fähigkeiten gänzlich aus Lithos speisten, nutzte die Schwarze Ritterin in erster Linie andere Kräfte. *Ägyptisch.* Sie hatte das Ankh zu ihren Zeichen gemacht, Milana hingegen das Kyrillische.

Zwei Widersacherinnen im Kampf. Sie rührte den Teig erneut um und kostete ihn. *Hätte nie gedacht, dass es so viel Spaß macht.*

* * *